中公文庫

少年は

中央公論新社

少年は死になさい…美しく

1

「あら、お帰りなさい」

向かいの田辺節子が、笑顔で声をかけてきた。

恭介は足を止め、会釈した。

恭介の帰宅時間に節子は自宅の前の植え込みに水をやるのが習慣なので、毎日のように顔を合わせていた。

朝の出勤時にも節子は植え込みに水を撒いているので、日に二度は顔を合わせていることになる。

恭介の出勤時間と帰宅時間に合わせて水を撒いているのではないかと、つい疑ってしまいそうになる。

だが、近所づきあいは大切だ。

恭介が桜新町の建売住宅を三十五年ローンで購入したのが三十三歳のとき……五年前のことだった。

よほどのことがないかぎり、死ぬまで住む地だ。

近隣住民と仲良くするのは、所帯を持つサラリーマンの鉄則だ。

平凡で、地味に目立たない生活を送るのが恭介の理想だった。

「こんにちは。いつも、きれいになさってますね」

恭介は足を止め、花壇を眺めながら微笑んだ。

感情と違う言動は得意にしていた。

感情を表に出すのは人間ではなく獣だ。

「年寄りの愉しみは、これくらいしかないからねぇ」

「還暦なんて、いまの時代まだまだお若いですよ」

恭介は、節子が欲しがっているだろう言葉を口にした。

「あら、うまいこと言っちゃって。本気にするわよ。それより、私の年を覚えていてくれたなんて嬉しいわぁ」

節子が、思春期の少女のように頰を赤らめはにかんだ。

恭介の頭には、近隣住民の家族構成、職業、年齢の情報が男女問わずに入っていた。

「では、失礼します」

「あ、そうそう、中島さんに訊きたいことがあるんだけど……」

自宅に入ろうとした恭介を、節子の声が引き留めた。

「なんでしょう？」

恭介は立ち止まり、笑顔で振り返った。

「奥さんと子供さん、具合でも悪いの？」

「いえ、二人とも元気ですが……どうしてですか？」

恭介は言いながら、節子に気づかれないように一歩下がった。

節子の唾液の飛沫が、かからないようにするためだ。

「あ、ああ……ならいいけど。いえね、昨日も今日も、お二人の姿を見かけないからどうしたのかなぁと思ってね」

奥歯に物の挟まったような言いかたをし、節子が恭介に疑わしそうな眼を向けた。

「ほら、奥さんとお嬢ちゃん、ウチの染五郎が好きで毎日のように遊びにきていたでしょう？」

節子の背後には、庭に繋がれた鼻の周りが黒く灰色の毛をした、やたらと大きなかわいくない雑種犬……染五郎がハアハアと舌を出していた。

「実は、妻の父親の具合が悪くて、愛理を連れて実家に帰っているんですよ」

仕方なく、恭介はでたらめを口にした。

人間拡声器の節子に本当のことを言ったら、二時間後には近隣住民のほとんどに知れ渡ってしまう。

愛理はまだ二歳なので、妻が実家に連れて帰っていると言っても不思議ではない。

「ああ、そうだったのねぇ。それで、お義父様はどうなさったの？」

節子の瞳に、疑心の色が宿っていた。

彼女は、夫婦の不和を疑っているのだろう。

当たっているとも当たっていないとも、言えなかった。

恭介自身にも、本当のところはわからない。

「農作業をしている最中に、腰を痛めたようです。もう、七十を超えてますからね」

恭介は、苦笑いした。

「腰は、癖になってしまうわよ。私も以前に……」

「あの、すみません。仕事の電話をしなければならないので、これで失礼します」

恭介は節子を遮り、頭を下げると踵を返した。

節子の情報収集につき合っている暇はなかった。

恭介はインターホンを鳴らさず、シリンダーにキーを入れた。

みさとが家にいるときには、窓から明かりが漏れているのですぐにわかる。

会社から何度かみさとに電話を入れたが、ずっと電源が切られたままになっていた。

ハンカチでノブを包みドアを開けると、薄闇が恭介を出迎えた。

恭介はハンカチ越しに電気のスイッチを押した。

「ただいま」

無人の室内に声をかけながら、恭介は洗面所に向かった。

ハンドソープで入念に手を洗った。

指を一本ずつ、指の谷間や関節の皺の溝まで丁寧に、たっぷり十分はかけた。

うがいも、一回二十秒を五十回繰り返した。

次は洗顔フォームを泡立て、顔を洗った。

洗顔を終えると、ゴム製の吸水タオルで洗面台、蛇口、鏡に付着した飛沫を拭き取った。

タオルで手と顔を拭くと、洗濯籠に放った。

洗面所から出てきたときには、三十分が経っていた。

リビングに入った恭介はハンガーにかけたスーツに除菌スプレーをかけ、クロゼットにしまった。

すぐに閉めると換気が悪くなり臭気が籠ってしまうので、クロゼットの扉は開けたままにした。

恭介はリビングを出てシャワールームの前の脱衣スペースに足を向けた。

靴下と下着を脱いで使用済のタオルとともに洗濯機に放り込み、スタートボタンを押した。

下着は、毎日洗濯をしていた。

一度使ったタオルも、二度は使用しない。

みさとがいるときも、恭介自身がやっていた。

彼女は大雑把な性格をしているので、任せてはおけなかった。

みさとは、バスタオルを二度、三度と使い回しても平気な性格で、すぐに洗濯する恭介を不経済だと非難していた。

恭介に言わせれば、雑菌塗(まみ)れのバスタオルを使い病気にでもなり会社を休むことになったり病院通いになるほうが、よほど不経済だ。

仮に不経済だとしても、タオルを使い回せる神経が理解できなかった。

ほかに理解できないのは、自分や愛理の飲みかけの水やジュースに平気で口をつけたり、犬にキスできるところだ。

最愛の配偶者や娘であっても、口の中は雑菌だらけだ。

犬に至っては自殺行為だ。

散歩に行くたびに、ほかの犬がマーキングした電柱の匂いを嗅(か)いだり舐(な)めたりしている鼻や口の周囲には尿がこびりついている。

つまり、犬の尿を舐めているのと同じだ。

――あなたの言っていることはどれも正しいことだけど、ちょっと神経質じゃない？ 過ぎたるは及ばざるが如しって言うじゃない。

毎日のように、恭介はみさとに小言を言われた。

——僕は、僕が正しいと思ったことをやりたい性分なだけだよ。だから君も、君の正しいと思ったことを好きなようにやればいい。

——正しいと思ったことなら、なんだっていいの？　もしも愛理が将来、援助交際をやりたいって言ったら？　まさか、好きなようにやればいいなんて言わないでしょうね？

みさとが、挑むような口調で訊(たず)ねてきた。

——愛理が周囲に流されたり強制されたりではなくて、自らの意思で正しいと思ったことなら僕は構わないよ。

恭介が即答すると、みさとがあんぐりと口を開いた。

——あなた……それ、本気で言ってるの⁉

みさとが気色(けしき)ばんで問い詰めてきた。

——なーんてね。冗談だよ、冗談。そんなこと、認めるわけないじゃないか。

恭介は、朗らかに笑い飛ばした。

——もう、からかわないでよ。心臓が、止まりそうになったわ。あなたが、どうかしちゃったんじゃないかと思って……。


胸に手を当て安堵の息を吐くみさとを、恭介は柔和に細めた眼でみつめた。

恭介は、自分の理念を他人に押しつける気はなかった。

夫婦とは、育ってきた環境も経験も違う赤の他人が共同生活を送りながら人生を共に歩むことだ。

夫婦関係を良好にする秘訣は、相手の考えを尊重することだ。

だからといって、自分の考えを殺すというわけではない。

自分が正しいと思ったことはやればいいだけの話だ。

それをわざわざ考えの違う人間に宣言することもなければ、押しつけることもない。

たとえ口にしたことが嘘であっても、夫婦関係が破綻するよりはましだ。

恭介が愛理の件で持論を押し通せば、離婚問題に発展したことだろう。

円滑な結婚生活を送るためなら、恭介はどんな嘘も厭(いと)わなかった。

恭介には、家庭が必要だった。

平凡な、どこにでもあるような家庭が理想だった。

家事は、料理以外は恭介がやっていた。

妻に不満はなかった。

中途半端にしかできないのに家事を仕切られるよりも、任せてくれるぶんよかった。

恭介はネクタイを外し、脱いだワイシャツをクリーニング用のカゴに入れた。

ワイシャツは、一度袖(そで)を通したらクリーニングに出していた。

脱衣所の収納棚から取り出したTシャツとスウェットパンツを、恭介は手早く身に着けるとリビングに戻った。

ソファに座り、テーブルに置いていたスマートフォンをチェックした。

みさとから電話もメールも入っていなかった。

時刻は、午後六時半になろうとしていた。

恭介は、ミントのタブレットを三粒まとめて口に放り込むとソファに背を預けた。

一粒や二粒では物足りず、四粒では多過ぎる。

これまでの経験で、三粒がちょうどいい量だということを恭介は知っていた。

経験は重要だ。ライオンの子供が経験によって毒蛇の見分けかたとハリネズミの針の痛さを知るように、人間も身を以て体験するのが一番の勉強だ。

フィンランドの寒さを知るには、ガイドブックを読むよりも、実際に足を運んだほうが寒さを体感できるように——殴られた者の痛みを知るには、親から繰り返し聞かされるよりも、実際に殴られたほうが痛みを体感できるように。

それにしても……。

恭介は、記憶を巻き戻した。

最後にみさとを見たのは、昨日の朝だった。

夕方に帰宅したら、みさとも愛理もいなかった。

恭介が三十歳のときにみさとと結婚してから八年、無断で外泊するのは初めてのことだ。

恭介は、みさとの実家や思い当たる友人のところに電話をかけることはしなかった。

それをやってしまえば、みさとが家出したことを周囲に広めるようなものだ。

そう、みさとは家出した。

愛理が家にいれば事故の可能性も考えたが、二人ともいないことが家出の線が強いと証明していた。

恭介は新たに三粒のミントタブレットを口に入れた。

テレビ台の上の、フォトスタンドの中のみさとと愛理に視線をやった。

黒髪のセミロング、黒目がちな円(つぶ)らな瞳、地味なメイク、三十路(みそじ)とは思えない童顔、小柄でスリムな体型……これは半年ほど前に二子玉川(ふたごたまがわ)のデパートの屋上で撮った写真で、みさとは妊娠二ヵ月だった。

再来月に出産予定のみさとのお腹は、いまではかなり目立っていた。

そんな身体で家を出るのだから、自分にたいしての不満が相当に溜(たま)っていたのだろう。

特別にいい夫とは思わないが、平均的だという自信はあった。

これまでに夫婦喧嘩をしたことがなく、みさとに声を荒らげたこともない。

かといって、冷めた夫婦というわけでもなく、恭介は毎晩のようにみさとの話の聞き役になっていた。

駅前のスーパーの店長と客が不倫をしている、向かいの田辺節子がいつも監視しているようで怖い、隣の家がゴールデンレトリバーを飼い始めた、芸能人の誰と誰が結婚した、政治家が収賄罪で捕まった、痴漢が逃亡の際に線路に飛び降り山手線の内回りが一時間遅れた……みさとの話は、他愛のないものばかりだった。

昼食に出た際に強烈なビル風が吹いて課長のカツラが飛んだ、部長の女子社員にたいしてのセクハラがひどい、会社の近くにオープンした評判のラーメン屋に長蛇(ちょうだ)の列ができて四十分待ちだったから昼休憩の時間がなくなった……聞き役に徹するだけでなく、恭介もその日あった出来事を話した。

一般的な夫婦よりも、恭介とみさとの会話の数は多いほうだった。

小さな出版社に勤める恭介の年収も六百万と、平均的なサラリーマンの家庭よりも裕福な暮らしができるだけの高給を貰っていた。

女性遊びもせず、酒も飲まず、煙草も吸わず、ギャンブルもやらず……恭介は、模範的な夫だという自負があった。

恭介が羽目を外す機会がないわけではなかった。

同僚にキャバクラに誘われても断り、部下の女性に思わせ振りな態度を取られてもやり過ごした。

我慢していたのではなく、みさと一人で十分に満足していた。

そのほかの嗜好品や娯楽にも興味はなかった。

そもそも恭介には、ストレスを発散するために身体にとって悪影響を及ぼす可能性の高い酒や煙草に逃げるのはナンセンスだという思いがあった。

どうしても抗いきれないストレスを感じたときには、その根源を取り除くことに集中するのが自分の解消法だ。

恭介は、新たにミントタブレットを三粒口に入れた。

だが、だからといって、みさとにとって完璧な夫だったなどというつもりはない。

たとえ完璧だったとしても、みさとから見たら不完全な夫かもしれないのだ。

経済的にも恵まれ、夫婦仲がよく、子煩悩な夫……みさとに不満があるわけがないというのは、恭介の視点だ。

年収は最低三千万は稼いでほしい、スキンシップやコミュニケーションが全然たりない、子供の教育をもっと熱心にしてほしい……みさとの視点だと、恭介に不満だらけなのかもしれない。

インターホンが鳴った。

恭介は新たにミントタブレットを三粒口に放り込み、ソファから立ち上がりインターホンのモニターテレビを見た。

モニターには、配送員の男性が映っていた。

「はい」

『お届け物ですー』

「いま開けますのでお待ちください」

恭介は愛想のいい声をスピーカーに送り、玄関に向かった。

「ご苦労様です」

恭介はドアを開けながら、笑顔で言った。

「こちらにサインをお願いします」

配送員が伝票を差し出した。

饐えたような汗の匂いが、恭介の鼻孔を不快に刺激した。

夏だから、たっぷりと汗を吸った作業服が生乾きして雑菌が広がっているのだろう。

泥だらけのスニーカーの爪先が、沓脱ぎ場を踏んでいるのが気になった。

「はい、どうぞ。ありがとうございました」

サインした伝票を返した恭介は梱包封筒を受け取り、そそくさとドアを閉めた。

梱包封筒を廊下に置き、クロゼット式の靴箱の扉を開いた。

取り出した除菌スプレーを配送員の薄汚いスニーカーが踏んでいた箇所に噴霧し、ペーパータオルで拭いた。

外に出て、配送員が触ったドアノブにも除菌スプレーをかけてペーパータオルで拭いた。

誰かくるたびに、こういうふうに殺菌しなければ気が済まなかった。

恭介は室内に戻り、廊下に置いていた梱包封筒を開けた――中身は、DVD‐Rだった。

梱包封筒をリビングのゴミ箱に捨てると、恭介はアルコールティッシュで入念に両手を拭った。

DVD‐Rをプレイヤーにセットした恭介はソファに座り、伝票の控えを見た。

少女が書くような丸文字で記された住所は、渋谷区桜丘となっていた。

送り主の名前は、アニメの主人公の喪黒福造となっていた。

嫌な予感に苛まれながらリモコンを手に取った恭介は、テレビをつけて再生ボタンを押した。

画面が暗転し、十数秒が過ぎた。

突然、画面にフローリング床の部屋が映り、おもちゃのマイクを手にした赤い覆面をつけた赤いスウェット姿の男がフレームインした。

『中島さ～ん、はじめまして～、マスクドレッドでーす！』

いきなり赤覆面が、恭介の苗字(みょうじ)を口にして呼びかけた。

嫌な予感に拍車がかかった。

声の感じからして、まだ若い。

もしかしたら、十代なのかもしれない。

『抽選の結果、一億二千万の日本国民の中からマスクドＡＶ賞の一等賞に、中島さんが選ばれました～、おめでとうございま～す！』

ふざけた口調で言うと、赤覆面はカメラに向かって拍手した。

『では早速、ショータイムといきましょう！』

赤覆面が、カメラを促(うなが)すように移動するとベッドが現れた。

ベッドの両脇には、青覆面に同色のスウェット、緑覆面に同色のスウェットを着た二人の男が立っていた。

ベッドの上で手足をＸ字に伸ばし括(くく)りつけられている全裸の妊婦を眼にした恭介は、新たなミントタブレットを口に入れようとした手を止めた。

『ジャジャーン！　ヒロインは、中島みさとさんでーす！』

赤覆面が言うと、青覆面と緑覆面が拍手した。

恭介は、瞬き一つせずに画面を注視した。

縛りつけられているのは、たしかにみさとだった。

口には粘着テープが貼られていた。

『ってか、もう飽きたし、ここからは普通にやるから。おっさん、孕んだ奥さんをこれから輪姦される気分はどう？』

赤覆面が、露出している口角を吊り上げた。

『先輩、妊婦とやるなんて初めてだから、俺、興奮するっすよ！』

青覆面が、下卑た笑い声で赤覆面に言った。

『俺もだよ、しのは……レッド。ほら、見てみ？　ビンビンだぜ、ビンビン！』

緑覆面が、スウェットパンツの布地を突き破らんばかりの股間を指差し笑った。

『俺も、撮るのばっかり嫌ですよ。ブルーさん、代わってくださいよ！』

『ばーか！　てめえは中坊で一番ガキだから最後に決まってんだろ！』

青覆面の言葉に、恭介は耳を疑った。

十代かもしれないとは思っていたが、まさか中学生が混じっているとは……。

一つわかったことはこの四人は先輩後輩の間柄——赤覆面と緑覆面が同い年で、青覆面が後輩でカメラを撮っている中学生が一番年下ということだ。

『まあ、ガッツくな。俺がヤッたあと、お前らにもヤラせてやるからよ。とりあえずは、いっただーきまーす！』

赤覆面がスウェットの上下を脱ぎ、全裸になるとみさとに覆い被さった。

激しく頭を左右に振るみさとのくぐもった絶叫が、粘着テープ越しに漏れ出した。

『おっぱいすげえ張ってるじゃん！　ミルク出るのかな？』

赤覆面が、みさとの乳首にむしゃぶりつき両手で乳房を揉みしだいた。

『先輩っ、どうっすか？　ミルク出たっすか？』

青覆面が、身を乗り出して訊ねた。

『おいっ、しの……レッド、俺にもやらせろよ！』

緑覆面が、スウェットパンツを脱ぎ勃起したペニスを扱きながら訴えた。

『うるせえな……口ならいいぞ』

面倒臭そうに赤覆面が言うと、緑覆面がみさとの口の粘着テープを引き剝がした。

『いやーっ、やめて！　やめ……』

『俺のぶっといちんぽで蓋してやるから！』

緑覆面がみさとの顔の上に跨り、鼻を摘まみ息苦しさに開いた口にペニスを押し入れた。

『おいっ、おばさんの顔、ズームアップしろ』

赤覆面がカメラの中学生に命じた。

『ひゃめへふぇ……むぉ……ひゃめ……うぇ……』

みさとが涙目になり、えずいた。

恭介は震える拳（こぶし）を握り締めた——拳の中で、ミントタブレットが砕けた。

『おばちゃん、主婦ってフェラうまいんだろ？　旦那のちんぽをしゃぶってるみたいに、俺にもやってくれよ』

緑覆面が、みさとの頭を鷲掴（わしづか）みにして腰を前後に動かした。

『なんか、腹が出てっからバランスボールに乗ってるみたいで安定悪いわ』

赤覆面がみさとの腹を平手で叩きながら吐き捨てた。

『ママをイジめないで！』

フレームインした愛理が、泣きじゃくりながら緑覆面の太腿を叩いた。

『お嬢ちゃん、お兄ちゃんといいことしようか？』

赤覆面が、愛理を抱き上げカメラのほうを向いた。

『おじさーん、あんたの奥さんをヤッちゃってるお礼に、俺が娘ちゃんにフェラのやりかた教えるからさ』

嘲（あざけ）るように言いながら、赤覆面が愛理の二つ結びの髪を掴み小さな口に熱（いき）り立（た）ったペニスを強引に捩じ込んだ。

恭介は、奥歯を噛み締めた。

顎関節が軋み、掌に握り締めた爪が食い込んだ。

『やめふぇ！　むふめになにふるの！』

緑覆面のペニスに口を塞がれながらも、みさとが懸命に訴えた。

『口がちっちゃいから、よく締まるわ～。おばさーん、娘のフェラを見習ったほうがいいよ』

愛理の顔に腰を打ちつけるように前後に動かす赤覆面が、みさとに言った。

『ああ……ヤベえ……おばさんとやっちゃう前にイッちゃいそうだ……お前、邪魔しねえように押さえとけ』

赤覆面が愛理の口からペニスを引き抜き、青覆面のほうに突き飛ばした。

『おじさん、悪いけど、もう我慢できねえから、奥さんのまんこにちんぽぶち込むからさ。お腹のガキに、俺の精子をぶっかけてやるよ』

赤覆面がカメラに向かって下卑た笑みを浮かべ、みさとの股間に腰を埋めた。

『うぉ～、妊婦のまんこ締まるぅ～』

天を仰いだ赤覆面が、うわずった声で言った。

『どうよ？　旦那のふにゃちんに比べて、若いカチカチのちんぽは気持ちいいだろ？』

『ママをイジめないで……ママをイジめないで……』

愛理の泣きじゃくる声が聞こえた。

『おい、ガキを連れてこい。おら！　おら！　おら！』

赤覆面が青覆面に命じ、かけ声とともに猛スピードで腰を動かした。

『おじさ～ん、あんたの奥さんのまんこ、超気持ちいいから……』

カメラを振り返った赤覆面が、喘ぎ交じりに言った。

青覆面が、背後から抱き締めた愛理を赤覆面のそばに連れてきた。

『しっかり押さえとけよ……』

腰を動かしつつ言うと、赤覆面が左手を伸ばした——愛理のパンツを引き裂いた。

『あ、ああ……イク……イクっ！』

泣き喚く愛理の声に、緑覆面のよがり声が重なった。

『やめて！　愛理になにするの⁉』

緑覆面がペニスを引き抜くと、みさとが絶叫した。

『なにやってんだよ、てめー早ーよ！』

緑覆面を茶化しつつ、赤覆面が中指を舐めた。

『お願いだから……愛理に触らないで！』

『妊婦の母親におまんこしながら二歳の娘に指マンするの……世界で俺が初めてだろ？

ギネスブックに載るかな？』

　赤覆面がカメラ目線で言うと、突き立てた左の中指を愛理の陰部に無理やり突っ込んだ。

『痛いっ、痛いっ、痛いっ！』

　愛理の絶叫に、恭介は唇を噛み締めた。

　口の中に、鉄の味が広がった。

『うらうらうら！　なあ、ガキでも潮吹くのかな？』

　幼い肉襞（にくひだ）を激しく指で掻き回しつつ、赤覆面が笑いながら青覆面に訊ねた。

『いや～、さすがに吹かないいんじゃないいんすかね。ってか、俺もおばさんの口に突っ込んでいいすか？』

　青覆面が、もどかしげに言った。

『もうすぐ代わってやるから、ガキを押さえてろ！』

『痛いっ！　痛いっ！　痛いっ！』

　愛理がくしゃくしゃにした顔を左右に振って泣き喚（わめ）いた。

『あ～あ、おじさ～ん、あんたの娘のせいで、手がこんなになっちゃったよ』

　赤覆面が血に濡れた左手を、カメラの前に突き出した。

『汚ったねえな！』

　不意に、赤覆面がバックハンドで愛理を殴りつけた。

青覆面の腕の中で、鼻血を噴き出した愛理がぐったりとした。

『愛理！　愛理！　幼い子になんてひどいことを……』

『うるせぇっ、若いちんぽを突っ込んで貰ってるだけでも感謝しろ！　右ストレート、左ストレート！　右フック！　左フック！』

怒声を浴びせた赤覆面が、腰を振りながらみさとの腹に左右のパンチを繰り出した。

『おい、レッド……それはさすがにヤバくね？　赤ん坊が死んじゃうぞ？』

緑覆面が、怖々といった感じで赤覆面に言った。

『なにビビってんだよ？　だからてめぇは、だめなんだよ！　うら！　うら！　うら！　うら！　うら！　うら！　うら！　うら！　うら！』

赤覆面が、ピストン運動を続けながら狂ったようにみさとの腹を殴りつけた。

いや、彼は狂っている——完全に、常軌を逸していた。

『お願い……やめ……て……赤……ちゃん……が……お願い……します……』

みさとが、切れ切れの声で懇願した。

『うわっ！　汚ったねえ！　カメラ！　ここ映せ！　ここ！』

移動したカメラが、赤い染みが広がるシーツを映した。

その大量の血がなにを意味しているのか、恭介にはわかった。

『腹ん中で死んだガキに、俺の精子をぶっかけてやる！』

一際、赤覆面の腰の動きが速くなった。

もう、みさとは声を出すこともできずに虚ろな眼を宙に泳がせていた。

『ヤベっ……ヤベっ……うわっち……イク……イク……イクー！』

赤覆面はペニスを引き抜くと、みさとの顔に跨りペニスを扱いた——白濁した液体を顔面に放出した。

『あ～超気持ちよかった！　お前も、やっていいぞ』

みさとの顔にペニスを擦りつけながら赤覆面が、青覆面を促した。

『勘弁してくださいよ～、これじゃやる気なんないすよ』

青覆面が、鮮血と羊水でぐちゃぐちゃに汚れたシーツを指差し言った。

『おい、レッド……病院に連れて行ったほうがいいんじゃないか？　赤ん坊が死んじゃうぞ……』

緑覆面の声は、硬くうわずっていた。

『あ？　そうかぁ？　なら、俺が堕してやるよ。おら！　おら！　おら！　おら！　おら！　おら！』

赤覆面が立ち上がり、みさとの腹を踵で踏みつけ始めた。

意識が朦朧としているはずのみさとが、反射的に両手で腹を庇った。

本能でお腹の子を守ろうとしているのかもしれない。

『おら！　おら！　おら！　おら！　おら！　おら！　おら！　おら！　おら！　おら！　おら！　おら！』

赤覆面はみさとの腕の上から、お構いなしに腹を踏みつけまくった。

シーツの赤い染みが、みるみる広がった。

凄惨な光景だが、恭介は画面から眼を逸らすことをしなかった。

「おい、ブルー！　ボディスラムいけ！」

赤覆面が、愛理とみさとの腹を交互に指差し青覆面に命じた。

「了解っす！　よーいしょっと！　うりゃあ！」

青覆面が、失神している愛理を高々と抱え上げ、みさとの腹に投げつけた。

その瞬間、ブジュッブジュッ、という音とともに大きな血の塊がみさとの股間から溢れ出た。

『スゲー！』

カメラを撮っている中学生の興奮気味の声が聞こえた。

「おじさ～ん、これ、あんたが作った腹ん中の赤ちゃんじゃね？」

赤覆面が血の塊の足と思しき箇所を摘まみ、カメラの前で振り子のように左右に揺らした。

恭介は、画面を見据えたままテーブルに右の拳を打ちつけた。

二発、三発、四発、五発、六発、七発、八発、九発……皮膚が捲れ、血肉がテーブルに付着した。

『ごめん、死んじゃったみたい。おい？　起きろっ、おい？』

赤覆面が胎児を肩越しに放り捨てみさとの足を蹴ったが、ピクリともしなかった。

『もしかして……死んだのか？』

恐る恐る、緑覆面が訊ねた。

『ビンゴ！』

みさとの左胸に耳を当てた赤覆面が、親指を立てて叫んだ。

『俺のボディスラムが止めっすか⁉』

青覆面が、己の顔を指差しながら弾んだ声で言った。

『馬鹿っ、図に乗るんじゃねえ！　俺のストンピングの嵐が止めに決まってんだろ！』

赤覆面が、親指で首を斬るポーズをした。

『お前ら……そんなこと言ってる場合か……これは、殺人だぞ……』

緑覆面の声は震えていた。

『お前、マジにビビりだな？　俺ら十七になったばっかだから、万が一捕まっても少年法が守ってくれるし。その前に捕まんないし』

恭介は、ふたたび耳を疑った。

十代だとは思ったが、ふてぶてしい言動から赤覆面は十七歳には見えなかった。

『あ、そうそう、おじさ～ん』

思い出したように、赤覆面が青覆面からカメラに顔を向けた。

『警察行ってもいいけどさ、伝票に書いてある住所でたらめだから。おじさんの奥さんを犯して腹ん中のガキと一緒に殺しちゃったけど、俺らシックスティーンだからさ。ショーネンホーってやつ？　だから、ついでにもう一人殺しちゃうから』

人を食ったような口調で言うと、赤覆面がみさとの腹の上で気を失っている愛理を逆さまに抱え上げた。

『コーナーポスト最上段からの～、パイルドライバー！』

赤覆面は叫び、ベッドからジャンプした——太腿で挟んだ愛理の頭を、脳天からフローリングに叩きつけた。

グシャッ、という鈍い音がした——恭介の思考が止まった。

愛理の首はおかしな方向に捩じれ、口から泡を吹き白目を剝いていた。

『親子三人殺し達成！』

赤覆面が、勝利したプロレスラーのように右手を突き上げた。

『っていうか、もう飽きた。また、からかいたくなったら連絡するわ。おじさんの家知ってるしさ。っつうことで、バイバーイ！』

画面が暗転し、手を振る赤覆面が漆黒に呑み込まれた。

「許せない……」

恭介の握り締めた拳がぶるぶると震えた——きつく嚙み締めた唇がわなわなと震えた。

眼を閉じた。

瞼の裏に蘇る地獄絵図を追い払うとでもいうように、恭介は頭を左右に振った。

眼を開けた。

暗転した画面——驚くほど冷たい眼をした「男」が、恭介を見据えていた。

「こんな殺しかたは、許せない……」

恭介は絞り出すような声で呟いた。


美しくない。少しも……。

君が、彼らに教えてあげないとね。

暗転した画面の中の「男」——一切の感情を排除した能面のような顔の「男」が、恭介に語りかけた。

2

プードルを散歩させる女性、父親とキャッチボールする男の子、ベンチで缶コーヒーを飲むスーツ姿の男性……ブランコに座った少年は、園内を見渡した。

少年は学校に行くふりをして家を出てきたので、紺のブレザーにグレイのスラックスという制服姿だった。

少年の家は、この公園から歩いて十分くらいのところにあった。

父は銀行員で、母は自宅でピアノ教室を開いている。

豪邸ではないが、瀟洒（しょうしゃ）な二階建ての家はこのあたりでは目立っていた。

両親は教育に熱心で、少年も小学校の頃からピアノ、ヴァイオリン、英語を習っていた。

音楽大学出身の母からピアノを、母の音大時代の友人からヴァイオリンを習っていた。

英語は、帰国子女の東大生の家庭教師に教わっていた。

一週間のうちに習い事がないのは今日……月曜日だけだったので、初めて学校をサボってしまった。

小学一年の頃からスケジュールは変わらないので、もう九年間は同じ生活を送っている。

不満はなかった。

むしろ、嬉しかった。

ピアノやヴァイオリンを弾いていると、いつもとは違う景色が見える。

行ったことのないハンガリーやドイツの街角を歩いている気分になったり、セーヌ川沿いのさざめきが聞こえてくるような気がする。

ピアノもヴァイオリンもそれぞれ三時間は弾いているが、演奏に没頭しているうちにレッスンが終わってしまう。

両親は厳しく、滅多なことでは褒めてくれない。

少年が小学生の頃にテストで九十五点を取っても、父はなぜ五点を失ったかの反省を促してきた。

少年がレッスンのときにノーミスでピアノを弾いても、母は旋律に感情が乗っていないとダメだしをしてきた。

少年が中学の学期末考査で学年三位になっても、父はなぜ二人の上に行けなかったかの反省を促してきた。

少年が区のピアノコンクールで優勝しても、母はその演奏は全国のコンクールでは通用しないとダメだしをしてきた。

だが、少年は両親を嫌だと思ったことはない。

それどころか、感謝の気持で一杯だった。

両親が厳しいおかげで、少年は完璧に挑む楽しさを知った。

両親が厳しいおかげで、少年は人とは違う景色を眺める楽しさを知った。

「お兄ちゃん！」

風に乗って聞こえてくる五時を告げるチャイムに背を押されるように、慧（さとし）が駆けてきた。

「ごめん、友達と遊んでたら遅くなっちゃった」

下膨れ（しもぶくれ）の頬を紅潮させた慧が、息を弾ませつつ言った。

「大丈夫だよ。お兄ちゃんも、いまきたばかりだから」

少年は、慧に微笑みかけた。

慧とは、約一年前にこの公園で出会った。

少年が公園を通りかかったときに、上級生のグループにイジメられていた慧を助けてあげたのがきっかけだった。

九歳の慧は少年より六歳年下だが、不思議とウマが合った。

少年が習い事のない月曜日に、二人は待ち合わせて遊ぶようになった。

二人でサッカーをしたり、ゲームセンターやハンバーガーショップに行ったり……慧といるときの少年は、普段はしないような遊びをした。

慧といると、少年は刺激を貰えた——別世界を体験できた。

慧も少年を、実の兄のように慕っていた。

「ねえ、早く行こうよ！」

慧が、少年の手を引き急かしてきた。

「うん、そうだね」

少年はブランコから立ち上がり、慧と手を繋ぎ公園を出た。

☆

公園から歩いて十数分の裏路地に建つ古びた雑居ビルの前で、少年は足を止めた。

「ここに宝物があるの？」

慧が、好奇に輝く顔で少年を見上げた。

「そうだよ」

「宝物って、なに？」

「それは、見てのお楽しみ」

少年は慧の肩を抱き、エントランスに足を踏み入れた。

この雑居ビルは、来月取り壊しの予定で現在は廃墟と化していた。

宝物を隠すために方々を探し回り、発見したのだ。

少年は地下へと続く階段を下りた。

「探検みたいで、ワクワクするね！」

声を弾ませる慧に、少年は微笑みを返した。

立ち入り禁止のプレイトが下がった黄色いロープを踏みつけ、慧が跨げるようにしてあげた。

少年は軍手を嵌め、錆びついたスチールドアを開けた。

午前中にきたときに、鍵がかかっていないことは確認済みだった。

軋みを立てながらドアが開くと、薄暗く寒々とした灰色の空間が現れた。

「うわっ……」

足もとを駆け抜けたゴキブリに驚いた慧の悲鳴が、室内に響き渡った。

「情けないな、男の子だろう?」

からかうように言いながら、少年は慧の手を引き室内に足を踏み入れた。

剝き出しのコンクリート床には破れた新聞紙や雑誌、ビールやジュースの空き缶が散乱していた。

隅には二メートル四方のビニールシートが敷かれ、傍らにゴミ袋とリュックサックが置いてあった。

そこここに撒き散らされた食べかけのコンビニ弁当の異臭が、不快に鼻孔を刺激した。

たまに、ホームレスでも泊っているのかもしれない。

フロアの中央に設置してあるスチールデスクの前で、少年は足を止めた。

慧へのサプライズのためにスチールデスクが必要だったので、廊下に遺棄されていた三脚のうち一脚を室内に運び入れたのだ。

スチールデスクには、逆さにしたブリキのバケツが載せてあった。

朝の十時頃に設置したので、七時間が過ぎていた。

バケツは、少年がディスカウントショップで購入したものだ。

早朝からやることが多かったので、学校を無断欠席したのだった。

いま頃学校から母親に連絡が入っている可能性が高かったが、この場所さえわからなければ構わなかった。

「ここに、宝物があるの⁉」

慧が、バケツを指差しながら訊ねた。

少年は、柔和に微笑み頷(うなず)いた。

「宝物は、慧君へのプレゼントだよ」

「プレゼント⁉　なになに⁉」

慧の瞳の輝きが増した。

「ヒントは、慧君の好きなもの」

「スーパーファミコン⁉」

慧がハイテンションに質問を重ねた。

「もっと好きなものだよ」

「えーっ、なんだろう⁉　あっ、ハムスター⁉」

「近いけど、ブッブー。生き物は動き回るから、この中でじっとしていないでしょ？」

少年は、バケツを指差しつつ言った。

「そっか！　なんだろう？　わかんないや」

「教えてあげようか？」

慧が、何度も大きく頷いた。

「ここにきて」

少年は慧をスチールデスクの正面に立たせた。

「じゃあ、行くよ」

スチールデスクの背後に回った少年は、バケツに手をかけた。

「五、四、三、二、一！」

少年がバケツを取り去った瞬間、慧が表情を失った。

「うわあぁーっ！」

数秒の間を置き、慧が悲鳴を上げながら尻餅(しりもち)をついた。

「うわっ……うわっ……うわぁーっ！」

腰を抜かしたまま、慧が激しく泣きじゃくった。

股間からは、尿が漏れ出していた。

慧の反応も、無理はない。

幼い彼の瞳に映っているのは、少女の生首だった。

「慧君は、理恵ちゃんのこと大好きだと言ってたよね？」

少年は、少女の生首……理恵を右手で指しつつ言った。

「ああ……あぅあわ……あうぁぁぁ……」

慧が、顎が外れたように大きく口を開け、声にならない声を出した。

血が抜けた理恵の顔は蠟（ろう）人形のように蒼白になっていた。

生きている頃から理恵は抜けるように肌が白く、目鼻立ちのはっきりした美少女だった。

近所では、よくハーフだと間違われていた。

「慧君、僕からのプレゼントは気に入ってくれた？　死んだときに眼を閉じたままだったから、開くのに苦労したよ。瞼の筋肉が硬直してたから、開かせようとしてもすぐに閉じちゃってさ。だから、これを使ったんだ」

少年は、ポケットから取り出した瞬間接着剤を宙に掲げた。

「あぁぁ……うわ……いやだ……あぅぁ……」

相変わらずだらしなく口を開いたままの慧は、意味不明の呻（うめ）き声とともに激しくしゃくり上げていた。

「あまり大量に使い過ぎると接着剤が染み出して乾燥したときに白くなってしまうし、少量過ぎても瞼が閉じてしまうし、量の加減が難しかったよ。理恵ちゃんの魅力は、円な瞳だからさ。慧君も、理恵ちゃんのぱっちりした目が好きだったでしょ？」

少年は言いながら、理恵の頭を撫(な)でた。


理恵は慧と同学年で、同じ小学校に通っていた。

少年、慧、理恵は何度か一緒に遊んだこともあるので顔見知りだった。

理恵の自宅から通学路に抜ける人気(ひとけ)の少ない裏路地で、少年は待ち伏せをした。

近所だったので、少年は路地の隅々まで知り尽くしていた。

少年は慧が待っていると嘘を吐き、理恵を雑居ビルへと誘った。

親友である少年の言葉に微塵(みじん)の疑いも抱かず、理恵は素直についてきた。

地下室に入ってすぐに理恵を刺し殺し、頭部を切断したのだった。


「慧君は、理恵ちゃんとキスしたことはあるの？」

少年が訊ねると、慧が大声で泣き喚いた。

「そっか。二人とも、まだ、九歳だもんね。僕が特別に、お手本を見せてあげるから」

少年は理恵に斜めにした顔を近づけた――唇に唇を重ねた。

理恵の硬く冷たい唇を吸うと、少年は慧のほうを振り返った。

「わかった？　じゃあ、次は慧君がやってみようか？」

少年は言いながら慧の背後に回り両腋から手を差し入れ、そのまま抱え上げた。

「やだ……あぁっ……やだ！　ひっ……やだっ……ひっ……やだ！」

慧は自転車でも漕ぐかのように両足で宙を蹴り、激しく抵抗した。

「恥ずかしがらなくていいよ。大人になったら、理恵ちゃんと結婚したいって言ってただろう？　将来夫婦になる関係なら、キスぐらいするのはあたりまえさ」

諭し聞かせるように言いながら、少年は慧を理恵のもとに運んだ。

「やめて！　やめて！　やめて！」

慧の右足が、理恵に当たった――理恵がスチールデスクから落ちてコンクリート床に転がった。

少年は慧を放り投げ、慌てて理恵を抱え上げた。

陶器のようにつるつるとしていた頰の皮膚が、裂傷を負い捲れていた。

「馬鹿野郎！　なんてことをするんだ！　理恵ちゃんが傷ついたじゃないか！」

少年の怒声に、慧が眼を見開き固まった。

出会ってからの一年間、怒鳴るどころか声を荒らげたこともないので慧が驚くのも無理はない。

少年は理恵の肌に付着した汚れをハンカチで丁寧に拭き取り、乱れた髪の毛を手櫛で整えてからスチールデスクに戻した。

「大きな声を出してごめん。慧君を驚かせてやろうと、苦労して理恵ちゃんを連れてきたのに傷つけられたから、つい……いまのことは忘れてね。プレゼントは、これだけじゃないんだよ」

少年は慧に片目を瞑ると、ブルーシートが敷かれているフロアの隅に移動した。

ブルーシートの下から流れ出した赤黒い液体が、コンクリートに染みを作っていた。

ブルーシートを盛り上げているのは、切り離された理恵の胴体だった。

傍らにあるゴミ袋には、返り血を吸ったスウェットが詰め込まれていた。

少年はブレザー、シャツ、スラックスを脱ぎ、リュックから取り出した新しいスウェットに着替えた。

慧の元に戻った少年は、右手をリュックに忍ばせた。

「もう一つのプレゼントは、慧君と理恵ちゃんの永遠の愛の誓いだよ」

リュックから抜かれた少年の右手に握られた刃渡り二十センチのサバイバルナイフに、慧の凍てついた視線が吸い寄せられた。

「ああ……あぅわ……やだ……やだ……」

肛門に付着した糞の残滓をアスファルトに擦りつける犬のように、慧が尻でコンクリート床を後退(あとずさ)った。

「君の夢を、僕が叶えてあげるんだよ」

微笑みつつ、少年は慧に歩み寄った。

「や……やだ……ふひゃっ……やだ……ひゃっ……やだよぉ……」

泣きじゃくる慧を見て、少年は首を傾(かし)げた。

なぜ、慧は怯(おび)えているのか？

大好きな理恵と永遠に寄り添わせてあげようとしている自分は、感謝されても怖がられる理由はない。

「慧君、どうしたの？」

少年は腰を屈め、慧の腕を摑んだ。

「お……お兄ちゃん……お願い……たす……ふひっ……けて……ひっ……やだよぉ……ひいっ……」

厳寒期の雪山に裸で放り出されたとでもいうように、慧は奥歯をガチガチと鳴らしていた。

「おかしな子だね」

少年は言いながら、慧の腕を引いた――背後から抱き締めた。

「お兄……ちゃん……やだ！　やめて！　や……ぐぅっ……」

少年は、右手を振り下ろした——サバイバルナイフの切っ先が、慧の左胸に吸い込まれた。

「い……いだい……いだいよ……おにい……」

少年はサバイバルナイフを引き抜き、ふたたび心臓に突き刺した。

呻き声とともに、慧の身体がバウンドした。

三回、四回、五回、六回……サバイバルナイフを引き抜き、突き刺した。

「ラ・カンパネラ」の流麗なピアノの調べが、幾千の鐘を鳴らしたように少年の脳内で響き渡った。

七回、八回、九回、十回……サバイバルナイフを引き抜き、突き刺した。

スウェットに飛散した鮮血の真紅が、エーゲ海の離島に咲き乱れるブーゲンビリアのように広がった。

十一回、十二回、十三回、十四回……サバイバルナイフを引き抜き、突き刺した。

血の気を失った慧の青白い顔は、スイスの湖岸で羽を休める白鳥を照らす月明りのようだった。

十五回目——振り上げた右腕を宙で止めた。

少年は慧の身体をそっと床に横たわらせ、リュックにサバイバルナイフを入れた——代わりに、スイミングキャップ、ゴーグル、鋸(のこぎり)を取り出した。

スイミングキャップとゴーグルをつけた少年は、鋸を手に慧の傍らに正座した。

喉仏の真下に、鋸の刃を当てた。

ちょうど第三頸椎(けいつい)の節目——少年は、そう見当をつけた。

一般的な鋸は引くときに力を入れると切れるタイプのものが多いが、少年が選んだのは押すときに力を入れて切るタイプのものだ。

引くときに力を入れるのは柔らかい木材を切るのに適しており、少年が購入したのは硬い木材を切る用途で作られた鋸だ。

少年は大きく息を吸い、止めた瞬間に鋸を押した。

前腕に伝わる皮と肉を切る振動——スプリンクラーが水を噴霧するように撒き散らされた鮮血で、視界が赤く染まった。

少年はタオルでゴーグルに付着した返り血を拭い、息を小出しに吐きつつ鋸を引いた。

あっという間に、白のスウェットは七割がた赤く変色していた。

少年は、ふたたび返り血に濡れるゴーグルを拭った。

クリアになった視界——慧の首の裂け目から噴出する鮮血、競い合うようにぬるぬると溢れ出す黄白色の脂肪と肉。

少年は息を止め、力強く鋸を押した。

今度は、ゴリッ、という感触が前腕に伝わった。

刃が、骨に当たったようだ。

少年は鼻孔から息を漏らしながら鋸を引き、力を入れて押した。

さっきより強い、ゴリッ、という感触——刃が骨に深く達したことを告げた。

首を切断するだけが目的ではない。

切断面が汚かったり、切るときに圧をかけすぎて眼球が迫り出したりする事態は避けたかった。

首だけになっても、美しい慧にしてあげたかった。

今日のために、三ヵ月間で七匹の猫の首を切断した。

二匹目までは三十分近くの時間を要した上に見るも無残な状態になってしまったが、三匹目あたりから技術が上達し、六匹目と七匹目は切断面もきれいで作業に十分とかからなかった。

だが、しょせんは猫だ。

頸椎の太さも、猫に比べると人間のものは太くて硬い。

いきなり人間に移る前に本当は中型犬あたりで試したかったが、猫のように野良犬はいないし、もしいたところで戦闘能力が高いので逆襲にあったら命が危ない。

案の定、理恵の作業は苦戦した。

鋸を押し引きする力の加減がわからず、骨に達する前に皮や肉をぐちゃぐちゃにしてしまった。

結局、作品が出来上がるまでに一時間もかかってしまった。

理恵のときの反省点を活かしたおかげで、慧の作業はスムーズに運んでいた。

少年は刃が左右に傾かないように垂直を保ち、吸い込んだ息を止めて力強く鋸を押した。

ゴキッ、という音とともに鋸に抵抗がなくなった。

頸椎の切断に成功したようだ。

少年は焦らず、小刻みに息を吐き出しながら力を抜いて鋸を引いた。

鋸を力を入れて押し、力を抜いては引くことを繰り返した。

四回目——鋸を引いたときに、胴体から切り離された慧が転げた。

少年はすかさず慧を拾い、床に立てた。

理恵の隣に並べる前に、しっかり血抜きをしておく必要があった。

少年は慧の胴体を抱え上げ、ブルーシートの下……理恵の胴体と並べた。

スイミングキャップとゴーグルを外した少年は、慧の血で赤く濡れたスウェットを脱ぎ捨てると軍手とともにゴミ袋に詰めた。

顔、首筋、耳、手首……大量に買い込んだウエットティッシュで、付着した返り血を丁寧に拭った。

最後に真っ白なタオルで全身を拭いて変色しないのを確認した少年は、制服を着こんだ。

作品を完成させるには……慧と理恵をキスさせた状態で維持するには、石膏で固めなければならない。

駅前のホームセンターで、石膏と二人の台座にする木材を仕入れる必要があった。

仕入れから戻ってくるまでの間に、慧の血抜きも終わっているだろう。

そこここに飛び散っている血肉や脂肪は、そのままにしておいた。

どの道、二人の胴体もここに放置するのだ。

警察から逃げようとは、思っていなかった。

作品が完成し彼らの両親にお披露目するまで、自由の身でいられれば十分だった。

作品名は、「ファーストキス」。

最愛の子供達の「純愛」を見たときの彼らの両親の顔を想像しただけで、少年の胸は高鳴った。

「少しの間、お留守番しててね」

少年は慧と理恵に微笑みを残し、地下室をあとにした。

3

アサイーヨーグルトの朝食を摂りながら、クラシックを聴くのが恭介の日課だった。

中でも、ショパンとリストがお気に入りだった。

もの哀しく叙情的な旋律……ショパンの奏でる調べは、まるで愛を囁く詩を聞かされているように繊細で美しかった。

「ピアノの詩人」と呼ばれるのも納得だ。

一方で、「ピアノの魔術師」の異名を取るリストは、超絶技巧練習曲で知られる難易度の高いスキルを持つピアニストで、正確無比な演奏は他の追随を許さなかった。

ショパンの麗美さとリストの正確さは、恭介を魅了した。

恭介はショパンの囁きに耳を傾けながら、スプーンで掬ったアサイーを口に運んだ。

アサイーを好んで食べるのは、健康にいいという昨今のブームに乗ってのことではない。

ラズベリーのような酸っぱさもイチゴのような甘さもいらない。

恭介は、アサイーの無味なところが気に入っていた。

自分の最高は、自分が決める。

たとえ、それが音楽であろうと食事であろうと。

ヨーグルトの気分、蜂蜜の気分、ストロベリージャムの気分……無味を好むのは、自分の好きな味に染められるからだった。

誰かにプレゼントするときのラッピングも、人任せにはしない。

どんなショップの店員より、自分のほうがセンスのいいリボンと包装紙をチョイスできることを知っている。

一流のパティシエのどんなに凝ったデコレーションされたデザートも、恭介の瞳にはチープに映る。

勘違いな「美」を押しつけられるほど、迷惑なことはない。

中途半端な「美」を聴かされるほど、苦痛なことはない。

その点、ショパンの「ノクターン　第8番　変ニ長調　作品27の2」の優美な旋律は完璧だ。

だが、ショパンの曲だからといって「英雄ポロネーズ」でも「別れの曲」でもだめだ。

誤解してほしくないのは、「ノクターン　第8番　変ニ長調　作品27の2」が最も優れた作品だということを言いたいのではない。

ダイニングキッチンで、午前六時半から午前七時のアサイーボウルとグリーンスムージーの朝食を摂っている時間帯に聴くクラシックとしては……という前提の話だ。

午後十時から午前零時まで赤ワインを飲みながらくつろいでいるときは、同じショパンでも「ノクターン　第1番　変ロ短調　作品9の1」の濡れた夜露を彷彿とさせるしっとりした楽曲を聴く。

インターネットのグルメサイトで高評価のレストランで食事をしたり、友人から勧められた映画を観たりする人間の気が知れない。

中島恭介という王国のことは、恭介が一番よく知っている。

もしも、恭介がいま、右の肩甲骨が痒いということがわかる他人がいたら別だが。

恭介は、アサイーを咀嚼した。

一回、二回、三回、四回、五回……ゆっくりと、咀嚼した。

ペースト状になったアサイーとヨーグルトと唾液が絡み合った。

六回、七回、八回、九回、十回……ゆっくりと、咀嚼した。

絡み合ったアサイーとヨーグルトと唾液が、舌に染み込んだ。

十一回、十二回、十三回、十四回、十五回……ゆっくりと、咀嚼した。

恭介は咀嚼を続けながら宙の一点を凝視し、ショパンの奏でる音の舞に耳を傾けた。

咀嚼が五百回を超えたあたりで、不意に、脳内にあるメロディが鳴った。

恭介はグリーンスムージーを飲み干し、食器をシンクに運び丁寧に洗った。

シンクに飛散した水滴をゴム製の吸水タオルで拭き取り、リビングに移動した。

恭介はソファに座り、テレビのリモコンのスイッチを押した。

次に、ビデオの電源を入れて再生ボタンを押した。

『中島さ～ん、はじめまして～、マスクドレッドでーす！』

画面に、赤覆面が現れた。

恭介は、早送りボタンを押した――再生ボタンを押した。

『おじさーん、あんたの奥さんをヤッちゃってるお礼に、俺が娘ちゃんにフェラのやりかた教えるからさ』

愛理の二つ結びの髪を摑んだ赤覆面が、ペニスを口に押し込んだ。

耳を澄ました――早送りした。

『おじさん、悪いけど、もう我慢できねえから、奥さんのまんこにちんぽをぶち込むからさ。お腹のガキに、俺の精子をぶっかけてやるよ』

卑しく笑いながらカメラに向かって挑発した赤覆面が、みさとに挿入した。

『うぉ～、妊婦のまんこ締まるぅ～』

赤覆面が、恍惚の顔で天を仰いだ。

耳を澄ました――早送りした。

『妊婦の母親におまんこしながら二歳の娘に指マンするの……世界で俺が初めてだろ？ギネスブックに載るかな？』

カメラ目線で赤覆面が言いながら、突き立てた左手の中指を愛理の性器に突っ込んだ。

耳を澄ました——巻き戻した。

『妊婦の母親におまんこしながら』

巻き戻した——聞き覚えのあるメロディが微(かす)かに聞こえる。

「♪どこよりも高く～買い取り取り取り～？　電化製品お売りになるときホリグチ！」

恭介は、赤覆面の声とともに微かに聞こえるリズミカルなフレーズを声に出した。

ディスカウントショップ「ホリグチ」のコミカルな歌はＣＭでも流れているので、鼓膜に焼きついていた。

「ホリグチ」は東京限定でチェーン展開しており、新宿、池袋、渋谷、立川、八王子の五店舗だった。

恭介はＤＶＤが送られてきたときの送付状の控えを手にした。

住所は渋谷区桜丘で送付主は喪黒福造。

名前はもちろん、住所もでたらめの可能性が高かった。

だが、渋谷区というのは本当かもしれない。

しょせんは、頭の悪い少年達だ。

番地をでたらめにして偽名にすることで完璧だと思い込んでいるに違いない。

もっと頭が切れるなら、場所が絞り込まれるような音楽が外で流れていることに気づいたはずだ。

恭介はミントタブレットを三粒口に放り込むとソファから腰を上げ、ベッドルームに移動した。

クロゼットからワイシャツと濃紺のスーツを取り出し着替えると、グレイと赤のストライプのネクタイを締めて鞄を手に玄関に向かった。

腕時計の針は、出勤時間の七時半を指していた。

「おはようございます。いま、お出かけ？」

玄関を出てドアのカギを締める恭介の背中に、声がかけられた。

恭介は心でため息を吐きながら、ゆっくりと振り返った。

ジョウロを手にした節子が、笑顔で佇んでいた。

「おはようございます。はい。これから出勤です」

毎朝顔を合わせているのだから、訊かなくてもわかっているはずだ。

「寂しいわね」

「はい？」

「奥さんと子供さん、まだご実家に帰ってるんでしょう？」

恭介の表情を窺いつつ、節子が言った。

節子には、二人の不在の理由をみさとの父親が農作業中に腰を痛めたので、愛理を連れて看病のために帰っているということにしていた。

「ああ、そういうことですね。何ヵ月もいないわけではないので、大丈夫ですよ」

恭介は、微笑みながら言った。

何ヵ月どころか、みさとと愛理が戻ってくることは永遠にない。

構わなかった。

恭介も、そう長くこの家に住み続けるつもりはなかった。

「なにか、困ったことがあったら遠慮しないで言ってね」

「ありがとうございます」

「もしよかったら、お掃除とかしても……」

「では、遅れますので行ってきます」

恭介は節子を遮り足を踏み出した。

歩きながらスマートフォンを取り出した恭介は、上司の電話番号をタップした。

『どうした？　こんな時間に？』

電話に出るなり、部長の山崎が怪訝な声で訊ねてきた。

無理もない。

出勤前に山崎の携帯に電話を入れたことは、入社して十年以上経つが一度もなかった。

「朝から三十九度の熱がありまして……もしかしたらインフルエンザの可能性もあるので、いまから病院に行ってきます」

恭介は、気だるげな声を出してみせた。

『三十九度⁉　人一倍健康管理に気を遣う君にしては珍しいな』

驚いた声で、山崎が言った。

「『近代文藝賞』の授賞式も近いですから、下読み原稿を読むのに根を詰め過ぎたようです」

恭介が編集長を務める「太陽出版」が主催する「近代文藝賞」の授賞式が再来月に迫っているので、最終選考に残す候補作を絞るために今月中に十作品に目を通さなければならない。

『そうか。インフルじゃなければいいけどな。授賞式が延期なんてことになったら……』

「ご心配には及びません。インフルだったとしても、出社はできませんが自宅で原稿は読めますから」

山崎を遮り、恭介は言った。

昼あたりに山崎には、インフルエンザだったと報告するつもりだ。

十日ほど休んでも文句は言われないし、社員が見舞いにくることもない。

『さすがは編集長だな。だが、あまり無理をしないようにしてくれよ。君がいてこその「太陽出版」だからな。無理をしない程度に、無理をしてくれ』

冗談とも本気ともつかぬ口調で言うと、山崎が電話を切った。

たしかに、ゴマすりと立ち回りだけで出世した無能な文芸部部長だけでは「太陽出版」は潰れるだろう。

恭介は冷笑を浮かべ、スマートフォンを上着の内ポケットにしまった。

「ちょっと待って」

足を踏み出しかけたときに、背中に声をかけられた。

振り返った恭介の視線の先で、レシートを手にした節子が立っていた。

反対側の手には、ジョウロを握り締めていた。

「なんでしょう?」

反射的に作った笑顔を、恭介は節子に向けて訊ねた。

電話の内容を聞かれていないことを祈った。

「これ、落としたわよ」

節子が、レシートを恭介に差し出してきた。

「いえ、それは私のものではありません」

「あらそう……やだ、てっきり中島さんが落としたものだと思い込んでしまって。私のおっちょこちょい」

節子が舌を出し、げんこつで頭を軽く叩いた。

二十代の女性がやっても許されない少女の特権である仕草を、還暦を迎えた節子がやるのは犯罪に値する。

「でも、声をかけてくださりありがとうございます。では……」

「インフルエンザじゃなければ、いいわね」

恭介を遮った節子が、心配そうな顔を作って見せた。

やはり、聞かれていたようだ。

「そうあることを、僕も願います」

「でも、中島さんは偉いのねぇ。そんなにしっかりスーツを着て、インフルエンザじゃなかったら出社するつもりでしょう？　ただの風邪でも、馬鹿にしたら怖いわよ。身体を壊したら、元も子もないんだから。これだから、男一人じゃだめなのよ。奥さんがいない間、私を女房だと思っていいわよ」

勘違い、お節介、野次馬根性……節子が、三日月形に細めた爛々と輝く眼で恭介をみつめた。

どうやら、節子を甘く見ていたようだ。

ただの井戸端会議好きなおばさんだと思っていたが、女としての欲求も残っているようだ。

醜く年も取っているので、恭介にとっては対象外だった。

いや、対象外ならまだましだが、公害でしかなかった。

性的な意味だけでなく、すべてにおいてだ。

美しくなくても若いなら、それなりに仕上げる自信はあった。

若くなくても美しいなら、それなりに仕上げる自信があった。

性別や性格は問わない。

どちらか一つでも条件を満たしていれば恭介もその気になる価値があったが、雑草が枯れたような節子に構っている時間はない。

「一つ、お願い事を聞いて頂けますか？」

恭介は、節子をみつめた。

「まあ、なにかしら？　なんでも言ってちょうだいな。中島さんのためなら、一肌でも二肌でも、なんなら、洋服だって脱いでもいいわ。こう見えても昔は石田えりやかたせ梨乃に似てるってよく言われた……」

「二度と、私に声をかけないでください」

「え……」

ハイテンションになり分を弁（わきま）えない下ネタまで飛ばしていた節子の上機嫌な顔が、一転して強張った。

「では、これがあなたに最後にかける言葉です。失礼します」

恭介は平板な口調で言うと頭を下げ、駅へと足を踏み出した。

4

「♪どこよりも高く～買い取り取り取り～？　電化製品お売りになるときホリグチ！」

渋谷新南口の駅を降りた恭介は、ディスカウントショップ「ホリグチ」のPRソングに導かれるように歩を進めた。

目的は「ホリグチ」ではなく、近辺のコンビニエンスストアだった。

恭介は、手にした宅配便の伝票の控えの右下に押してあるスタンプに視線を落とした。

スタンプは、荷受けしたコンビニエンスストア――「ポプリ」渋谷新南口店のものだった。

品と美的センスがないだけでなく、低能な少年達だ。

送りつけてきたDVDに入っていた有名なディスカウントショップのPRソングで、犯行現場の建物が渋谷だと特定された。

それだけでも十分に間抜けだが、宅配便を持ち込んだコンビニエンスストアが「セブンイレブン」や「ファミリーマート」のようにそこここに支店のある大手ではなく、一店舗しかないマイナー店を選んだことでさらに範囲が特定された。

これが罠なら見所はあるが、そんな知恵の回る少年達ではない。

ひたすら安っぽく陳腐な内容のＤＶＤを送りつけることで、被害者の夫であり父である自分を絶望の底に叩き落とせると考える程度の浅はかな連中だ。

こんな下等な連中にターゲットにされたことは、恭介にとって最高の屈辱だった。

妊娠中のみさとがレイプされるのを観て、奈落の底に叩き落とされると思われたことは冒瀆（ぼうとく）だ。

胎児が宿る腹を殴られたみさとが嬲（なぶ）り殺しにされるのを観て、激憤すると思われたことは侮辱だ。

二歳の愛娘が性器に指を入れられフェラチオさせられた挙句に脳天から床に叩きつけられ惨殺されたのを観て、狂乱すると思われたことは屈辱だ。

膣から引き摺り出された赤子を生ゴミのように放り捨てられるのを観て、絶望すると思われたことは恥辱だ。

なにより、低俗な少年達と同レベルだと思われたことが許せなかった。

Ａ５ランクの高級な黒毛和牛であっても、料理が下手な素人が焼けばただのステーキだ。

三ツ星レストランの一流シェフが趣向を凝らして作る、メインディッシュと同列に語られたらたまったものではない。

黄色の看板の「ポプリ」はすぐに見つかった。

恭介は肘（ひじ）で自動ドアのボタンを押した。

不特定多数の人間の雑菌を、指先で触れたくはなかった。

「すみませんが、店長はいらっしゃいますか？」

恭介は、レジカウンターにいた小太りの中年男性に声をかけた。

「私が店長ですが、なにか？」

「突然申し訳ありません。麻薬取締官の者ですが、少々、お訊ねしたいことがありまして」

恭介は、シナリオ通りのセリフを口にした。

「警察の方ですか？」

「いいえ、それは、組織犯罪対策部組織犯罪対策第五課のことです。私は、厚生労働省管轄の麻薬取締官、通称、麻取と呼ばれています。潜入捜査や囮捜査をする性質上、警察のように身分を証明する類のものを携行していません」

「テレビドラマでやっている公安みたいな感じですか？」

小太り店長が、質問を重ねてきた。

「身元が割れないように身分証を携行していないという点では共通していますが、公安は我々と違い警察組織です」

疑念を抱かれないように、恭介は淀みない口調で言った。

四十を超えているだろう年で、コンビニエンスストアの店長をしているようなうだつの上がらない中年男を騙すくらいはわけがなかった。

何事も用意周到に進め手を抜かないのが、恭介のやりかただ。

それは相手を警戒しているわけでも敬意を表しているわけでもない。

ミスをしたくないだけの話だ。

物事に完璧を求める自分にとって、ミスをするほど苦痛なことはない。

「なるほど……あの、それで、麻薬捜査官の方がどういった……」

「麻薬取締官です」

すかさず、恭介は訂正した。

どの道でたらめなので小太り店長が間違えてもシナリオに支障はない。

しかし、恭介が説明したにもかかわらず、小太り店長が麻薬捜査官と麻薬取締官を間違えたのは事実なので、指摘せずにはいられなかった。

「あ……すみません。麻薬取締官の方が、私にどういったご用でしょうか？」

「いま我々が内偵しているのは、ある青少年グループの薬物ルートについてです。この界隈で店長さんは、青少年グループの悪い噂を聞いたことはありませんか？　または、いわゆる非行少年のグループを見かけたとかでも構いません」

「薬物をやっているかどうかはわかりませんが、この一ヵ月くらいの間に毎晩のように店の前でたむろしている少年グループがいて困っています」

小太り店長が、嫌悪に顔を歪めた。

「その少年グループは学生ですか？」

「制服を着ているのを見たことがないのでなんとも言えませんが、顔つきや声からして十代なのは間違いないと思います。いつも四、五人でたむろしているのですが、中には中学生ではないかと思うような幼い顔立ちの少年もいます」

ディスカウントショップ「ホリグチ」の近所、恭介に送られてきた宅配便の伝票に押してあるスタンプのコンビニエンスストア、毎晩のように店先でたむろする十代と思しき四、五人の少年グループ……確実ではないが、その少年グループが喪黒福造である可能性は高かった。

「営業妨害にはならないんですか？」

誘い水——些細な情報でもいいからほしかった。

「大迷惑ですよ！　あ……すみません。つい、大声を出しまして……」

小太り店長が、バツが悪そうに俯いた。

「いえいえ、構いませんよ。どんな被害を被っているのか、詳しく教えて頂けませんか？」

いまは、パズルのピースを集める段階だ。

「彼らが店の前で缶チューハイやビールを飲んで騒いだり、通りすがる人を冷やかしたりするものだからみんな怖がってしまって、客足がガタンと減ってしまいましたよ。翌日になると店先は煙草の吸殻や飲み食いした食べ物のゴミだらけで、ひどいものです」

　小太り店長が、唇を震わせた。

「警察に被害届けは出されたんですか？」

　恭介の問いに、小太り店長がゆっくりと首を横に振った。

「どうしてです？」

「以前、近所のコンビニエンスストアの店長が、ウチと同じようにたむろしている少年グループに注意したことがあったんですが、逆ギレした彼らに袋叩きにあいましてね。恐らく、同じ少年達だと思います。その店長は、いまでも後遺症が残って車椅子生活を強いられています。腸（はらわた）は煮えくり返りますが、私にはまだ幼い子供もいますし、万が一のことがあっては……」

　小太り店長が、恐怖に語尾を震わせた。

「ところで、彼らの居場所……溜り場みたいな場所はご存知ないですか？」

　恭介は、話題を変えた。

　小太り店長の鬱屈（うっくつ）に、つき合う暇も興味もなかった。

「さあ、できるだけ関わり合いにならないようにしているのでわかりません」

「あの……僕、知ってます」

　陳列棚の弁当を補充していたアルバイトの青年が、話に割って入ってきた。

「中森君っ、君は口を挟まなくてもいいから手を休めないで！」

小太り店長が、アルバイト青年に強い口調で命じた。

よけいなことを喋ることで逆恨みされ、少年達の報復を恐れているに違いない。

「いえ、是非、お話を聞かせてください」

恭介は、アルバイト青年に言った。

「ですが、私達が告げ口したことが彼らにバレて、店に乗り込んできたらどうするんですか⁉　店の中をめちゃめちゃにされたり、例の店長みたいにボコボコにされて障害が残ったり……いや、それならまだましですが、妻や子供に被害が及んだらと思うと、不安で堪らないんです！」

小太り中年が、ブルドッグのように頬肉を震わせた。

「お気持ちはわかりますが、青少年の薬物汚染を食い止めるための内偵捜査にご協力願えませんか？」

恭介は、穏やかだが有無を言わさぬ口調で同意を求めた。

「困ったな……」

小太り中年が、表情を曇らせた。

「なにを恐れてるんですか⁉　あんな奴ら、警察に捕まったほうがいいですって。店長だって、老人が運転している車が突っ込んできて轢き殺されればいいのにって、通り魔に滅多刺しにされて内臓を撒き散らせばいいのにって、言ってたじゃないですか⁉」

アルバイト青年が、強い口調で訴えた。

「そ、それとこれとは話が違うだろ⁉　とにかくお前は首を突っ込まないで仕事をしなさい！」

小太り中年のヒステリックな声が、恭介の鼓膜を不快に刺激した。

「いえ、僕は納得できません！　あいつらを捕まえる、いい機会じゃないですか⁉」

「この人は警察じゃないから……」

「麻取にも逮捕権はありますよ」

恭介は、店長を遮り言った。

「ご安心ください。店長さんにもこのお店にも絶対にご迷惑がかからないとお約束しますから」

嘘ではなかった。

復讐しようにも、数ヵ月後には彼らはこの世に存在しなくなる人間だ。

小太り店長が黙ったのを見計らい、恭介はアルバイト青年に顔を向けた。

「少年グループの溜り場は、どこかな？」

「ここから三十メートルくらい離れたところに、一階がレンタルＤＶＤショップになっているマンションがあります。そのマンションはメンバーの一人の自宅です。そのメンバーは一人住まいなので、みんな入り浸っているようです」

小太り店長は顔を歪めていたが、もう、なにも言ってはこなかった。

「君は、どうしてそんなに詳しいんだい？」

瞬間、このアルバイト青年は少年グループと繋がっているのかもしれないという懸念が頭を過った。

年代的に言えば、彼がメンバーだとしても違和感はなかった。

彼らは覆面を被っていたので、素顔はわからない。

少しでも勘に引っ掛かる少年は、疑ってかかる必要があった。

「僕の妹は高校二年で、少年グループのリーダーと中学時代に同じクラスだったんですが……」

アルバイト青年が、悲痛な顔で下唇を嚙み締めた。

「なにかあったんだね？」

恭介の誘い水に、アルバイト青年が頷いた。

「もしよければ、なにがあったか聞かせて貰えないかな？」

恭介は、優しく促した。

「妹は……奴らにレイプされました……」

アルバイト青年の瞳に浮かぶ涙が、恭介の心を冷え冷えとさせた。

「レイプ……」

冷え切った心をおくびにも出さず、恭介は絶句してみせた。

ショックを受けた表情、哀しみに打ちひしがれた表情は、ニュースで流れる家族や恋人を失った人を観て勉強した。

「中学の卒業式の日に奴らに代わる代わる……」

アルバイト青年が、震える語尾を呑み込んだ。

「その奴らというのは、もしかして、この店に迷惑をかけている少年グループと同じなのかな？」

「はい……。グループのリーダーは篠原と言って、同い年の友人や後輩とつるんで中学時代から悪さを繰り返していました」

アルバイト青年の言葉が、恭介の記憶を巻き戻した。

――俺もだよ、しのは……レッド。ほら、見てみ？　ビンビンだぜ、ビンビン！

恭介の脳裏に、勃起したペニスを指差し笑う緑覆面の声が蘇った。

あのとき緑覆面は、名前を口にしかけて慌ててレッドと言い直した。

恐らく、篠原と言いかけたのだろう。

その少年達が、自分に挑戦状を送りつけてきた下品で低俗な覆面グループであるという確率がさらに高くなった。

「さっき教えてくれたマンションは、篠原というリーダーの自宅なのかな？」

恭介の問いに、アルバイト青年が頷いた。

「何階に住んでいるかわかるかい？」

「五〇三号室です」

アルバイト青年が即答した。

妹の復讐を考えていた時期があるのかもしれない……いや、いまもその思いは持ち続けているのだろう。

恭介は、アルバイト青年を少年グループの仲間かもしれないという疑いから外した。

「いろいろとありがとう。情報、助かったよ」

恭介はアルバイト青年に礼を言うと、45リットルのゴミ袋と新聞を四紙、缶コーラを購入した。

「また、なにかあったら寄らせて貰います。どうも、失礼しました」

恭介はアルバイト青年から店長に視線を移し礼を述べると、店をあとにした。

「すみません！」

恭介は立ち止まり振り返った。

アルバイト青年が、店を飛び出し追いかけてきた。

「訊きたいことがありますっ」

「なんだい？」

「奴は……篠原は、捕まったら死刑になりますか⁉　いや……死刑にして貰えませんか⁉」

アルバイト青年が恭介の腕を摑み、懇願の瞳を向けた。

「残念ながら、未成年が薬物を扱った罪では死刑にはならない」

「奴らは、人殺しです！　妹を高校二年と言いましたが……それは、生きていたらの話ですっ」

アルバイト青年を鬱陶しく思う気持ちを悲痛の仮面で隠し、恭介は息を吞んで見せた。

「妹はその後抜け殻のようになって、一日中、家にこもりきり……そんな生活が一ヵ月ほど続いたある日のことでした」

珍しく外出した妹が車に撥ねられ即死した、表向きは事故だが自殺に違いない、妹の希望も未来も奪った少年達を絶対に許すことはできない……暗鬱な表情で語るアルバイト青年の話は恭介の耳を素通りした。

彼の妹の死が自殺だろうが事故死だろうがまったく興味がなかった。

ようするに、アルバイト青年は少年達に妹の復讐をしたいのだ。

妹をレイプされ死に追い込んだ復讐……発想が陳腐過ぎて、くだらなかった。

恭介の妻と娘も少年達にレイプされた。しかも、アルバイト青年の妹と違い、母娘ともに嬲り殺しにされた。

それだけではなく、みさとの腹の中にいた胎児も引き摺り出されて殺された。

悲惨さという点においては、アルバイト青年の比ではない。

恭介に、少年達への復讐心はない。

いま、会社を休んで少年達を追っているのは、彼らにわからせるためだ。

蝶と蛾の違いというものを……真作と贋作（がんさく）の違いというものを。

「わかった。中森君だったね？　君に協力してほしいことができたら連絡するから、電話番号を教えてくれ」

恭介は言いながら、スマートフォンを手にして、アルバイト青年が口にする電話番号を登録した。

もちろん、自分の番号を教えはしない。

「僕、なんでもやりますから！　麻薬取締官って、極秘任務ですよね⁉　いつでも駆け付けますから、連絡ください！」

「必要なときがきたら、力を貸して貰うよ」

前のめり気味に訴えるアルバイト青年に言い残し、恭介は踵を返した。

捨て駒が必要になったら……。

恭介は買ったばかりのコーラの中身を路上に捨てながら、言葉の続きを心で紡いだ。

☆

アルバイト青年の言う一階にレンタルDVDショップの入ったマンション——「ステーション渋谷」はすぐに見つかった。

コンビニエンスストアを出た恭介は、名簿屋から仕入れた不良債務者が売った運転免許証で借りたレンタカーを、マンションのエントランスを出てすぐの場所に駐車していた。

マンションの白い外壁は真新しく、築後何年も経っていないようだった。

少年グループのリーダー……篠原の実家だろうか？

十五、六歳の少年が家賃を払えるとは思えない。

親が子供を甘やかすタイプで、一人住まい用に借りてやっているのか？

それとも、同居する親を無視して勝手に溜り場にしているのか？

前者であることを願った。

家族がいれば、通報される恐れがあった。

悪魔のような息子でも、親は子供を守ろうとするものだ。

恭介は伊達メガネをかけ、マスクをつけてからエントランスに踏み入った。

オートロックの扉の前でスマートフォンを取り出し、耳に当てた。

電話をかけたいわけではない。

五分が過ぎても、人の出入りはなかった。

さらに五分が過ぎた頃、エレベータの作動する音が聞こえた。

ほどなくして、オートロックのガラス扉越しに郵便局の配達員が現れた。

「はい、はい……あ、いま、ちょうどオートロックのドアが開いたのでそのまま入ります」

恭介は、耳に当てた不通のスマートフォンに話しかけながら居住フロアに足を踏み入れた。

恭介はハンカチでドアノブを覆い、非常口のドアを開けた。

エレベータには乗らず、階段を使い五階に向かった。

アルバイト青年の言っていた五〇三号室の前で、恭介は立ち止まった。

右斜め上に視線をやった——ネームプレイトは空白のままだった。

恭介は、クリーム色のスチールドアに耳を当てた。
二、三分、耳を澄ましたが物音はしなかった。

中に誰かいても、この時間なので寝ていても不思議ではない。

携帯用の除菌ティッシュで耳を拭った恭介は、コーラの空き缶をドアのノブ側の角に置くと、近隣の居住人に姿を見られないうちに非常階段に引き返した。

用意してきたレジ袋から買ったばかりの新聞を取り出し、一枚ずつくしゃくしゃに丸めてゴミ袋に詰めた。

四紙を詰めた恭介はゴミ袋の口を縛り足もとに置いた。

誰かが非常階段に現れたときに、居住者がゴミを出しに行く途中を装うためだ。

五〇三号室から誰かが出てくれば、空き缶が倒れる音がする。

エレベータが五階に到着すれば、扉の開く音がする。

待つことは、苦にならなかった。

最高の芸術作品を生み出すためなら、三日三晩飲まず食わずでも創作に没頭できる。

ヨアンネス・クリュゾストムス・ボルフガングス・テオフィールス・ゴットリープ・アマデ・アマデーウス・モーツァルトやパブロ・ディエーゴ・ホセ・フランシスコ・デ・パウラ・ホアン・ネポムセーノ・マリーア・デ・ロス・レメディオス・クリスピーン・クリスピアーノ・デ・ラ・サンティシマ・トリニダード・ルイス・イ・ピカソが集中すると、排泄行為さえ忘れる気持ちが恭介には共感できる。

自らの突出した芸術性を考えると、前世というものが存在するならば彼らの転生した姿ではないかと思うときがある。

音楽で表現する代わりに、絵で表現する代わりに、恭介は新たな才能を授かった。

恭介は、書類カバンの中をチェックした。

スタンガンに催涙スプレー――とりあえずは、これだけで十分だ。

後に必要になる道具は、レンタカーの車内に積んであった。

恭介は、スマートフォンのネットニュースを開いた。

ネットサーフィンしても、みさとと愛理の事件を報じているサイトは見当たらなかった。

ということは、三人の屍は五〇三号室に放置されたままなのか？

冬ならまだしも、梅雨の足音が聞こえてくるいまの季節は湿気も多くなり腐敗の速度も速くなるだろう。

それとも、どこかに始末しているのか？

雑な少年達の死体遺棄は、すぐに警察に発見されることだろう。

始末をしなくても、二、三日中には悪臭が漂い近隣住人に通報される可能性が高い。

どちらにしても、急がなければならない。

事件が発覚して素材が逮捕されるのは、なんとしてでも回避したかった。

甲高い音……空き缶が転がる音がした。

恭介は催涙スプレーを手に、非常口のドアを薄く開いた。

二人の少年が、五〇三号室から連れ立って出てきた。

短髪を金に染めた少年と耳にピアスを嵌めた少年は、あどけなさの残る顔をしていた。

金髪が白のセットアップ、耳ピアスがチノパンにドクロがスタンプされたダウンパーカーを着ていた。

身長こそ二人とも百七十センチ近くありそうだが、骨格の華奢(きゃしゃ)さを考え合わせると中学生の可能性もあった。

覆面をしていたので断定はできないが、状況から察してＤＶＤに映っていた犯人グループの誰かであるというふうに考えるのが妥当だ。

「マジにありえねーな、こんなに早くよ」

金髪が、不満たらたらの口調で吐き捨てた。

「先輩に言えばいいじゃないですか？」

耳ピアスが言った。

敬語を使っているので、耳ピアスは金髪の後輩に違いない。

金髪と耳ピアスは、別の先輩になにかを命じられたようだ。

「ざっけんな！　死にたくねーし」

「たしかに、猛獣みたいな人ですもんね」

金髪と耳ピアスの言動から察すると、先輩という人物は二人にとって相当に怖い存在なのだろうことが窺える。

二人が恐れる先輩が篠原なのかどうか……篠原が喪黒福造なのかをたしかめなければ、作業には移れなかった。

二人がエレベータを待っている間に、恭介は階段を駆け下りた。

マンションを出た恭介は、駐車していたレンタカーに乗り込んだ。

ほどなくすると、フロントウインドウ越し——金髪と耳ピアスがエントランスから出てきた。

二人は、渋谷駅の方角に向かって歩いていた。

恭介は車を降りて徒歩で尾行することにした——約五メートルの間隔を空けた。

「『ドンキ』まで行きますか?」

耳ピアスが金髪に訊ねた。

「『ドンキ』遠いから『ホリグチ』でよくね?」

金髪が、面倒臭そうに言った。

「いいですけど、売ってますかね?」

「売ってるだろ。クーラーボックスくらい」

クーラーボックス……死体を切り刻み保冷するつもりなのか?

「あ〜あ、かったりぃ〜」

気だるげに首をグルグルと回しつつ、金髪がディスカウントショップ「ホリグチ」に入った。

五メートルの距離を保ちながら恭介もあとに続いた。

「クーラーボックス、何階にあんの？」

金髪が男性店員を捕まえ、横柄な態度で訊ねた。

「クーラーボックスはアウトドア売り場になりますので……」

「だから何階か言えよ！」

男性店員を、金髪が怒声で遮った。

「な、七階になります……」

強張った表情の男性店員に舌打ちを残し、金髪がエレベータに向かった。

「カズさん、態度悪過ぎっすよ」

耳ピアスが、金髪……カズに呆れたように言った。

「いいんだよ。いい年してこんなとこで働いてるおっさんなんて、ゴミだから、ゴミ！」

カズが吐き捨て高笑いすると、耳ピアスが肩を竦めた。

「それにしてもよ、先輩も人使い荒くね？」

カズが言いながらエレベータに乗った。

先輩と言っているので、カズよりも年上なのだろう。

ほかにサラリーマンふうの男性客がいたので、恭介も彼とともに同じエレベータに乗った。

「いまさらっすか？」

耳ピアスが鼻を鳴らしつつ、七階のボタンを押した。

「先輩っつっても一つしか違わねえ十七だし、なんで俺らがパシリばっかやらされんだよ！」

声を荒らげるカズに、サラリーマンふうの男性が顔を強張らせた。

「仕方ないっすよ。俺とカズさんは年下なんすから」

「トシは中坊で一番後輩だからわかるけど、どうして俺までパシリにされるんだよ！　お前だけでいいじゃん！」

カズが、耳ピアス——トシに不満をぶつけた。

「俺に言わないでくださいよ……決めたのは篠原先輩なんすから。それとも、死ぬ覚悟でいまの文句言ってみます？」

トシが悪戯(いたずら)っぽい表情で口にした名前に、恭介の聴覚が反応した。

少年グループのリーダーは、やはり篠原だった。

あとは、篠原達がみさとや愛理を殺した覆面グループだという確証がほしかった。

「篠原先輩は喧嘩も強いからいいけどよ、幼馴染みだからって真島先輩まで偉そうに命令してくるのがマジにムカつくんだよ！」

七階に到着したエレベータを下りながら、カズがいら立った。

ホッとしたような顔のサラリーマンふうの男を残し、恭介もエレベータを出た。

「でも、先輩っすからね」

「あんなの、篠原先輩がいるから強気なだけじゃねえか！　サシでやったら真島なんて秒殺だからよ」

歩きながらカズが、トシの肩にパンチを打ち込んだ。

「痛いっすよ……俺に当たるのやめてくださいよ」

トシがしかめっ面で抗議した。

ＤＶＤに映っていた覆面グループは四人、会話から察して少年達も四人、ディスカウントショップ「ホリグチ」のＰＲソングが聞こえるマンションを溜り場にしている、その溜り場は送り主欄にあった住所と同じ渋谷区、リーダー格の赤覆面と緑覆面が同い年、青覆面が二人の後輩で、カメラを回していた少年が一番年下の中学生……赤覆面が篠原、緑覆面が真島、青覆面がカズ、カメラを回していた少年がトシ……覆面グループが少年グループと同一人物であるのはほぼ確実だ。

だが、百パーセントではない。〇・一パーセントでも別人である可能性があるかぎり、作業には移れない。

すべてにおいて完璧を求めるのが、恭介のやりかただ。

「お！　発見！」

カズが、陳列してあるクーラーボックスを指差した。

「へぇ、いろんなサイズがあるんすね？」

トシが、大小色形様々のクーラーボックスに視線を巡らせた。

「五千円⁉　そんなに高ぇのかよ⁉」

カズが素頓狂な声を上げた。

「こっちのは、一万二千円もしますよ」

トシが、二回り大きなクーラーボックスを指差した。

「はぁ⁉　一万二千円⁉」

カズが大声を張り上げた。

「こっちのは、一万九千五百円っす」

「一万九千⁉　ざっけんじゃねえぞ！　二万円しか貰ってねえのによ！」

カズの怒声に、店員と周囲の客の視線が一斉に集まった。

「俺に言われても……。大きさとか性能とかで違うみたいっすね。ほら、これなんか三千四百円しかしないっすよ？　篠原先輩、何個とか言ってましたっけ？」

トシが三十センチ四方のクーラーボックスを指差しつつ訊ねた。

「数は言われてねえけど、二人分……」

「カズさん！」

トシがカズを遮り、唇に人差し指を立てた。

二人分の死体が入るだけのクーラーボックス――恭介は、カズの言葉を心で続けた。

「あ、ああ……危ねえ危ねえ。とりあえず、このへんのやつを四つくらい買っとくか。おいっ、これ四つ買うからさ！」

カズが五十センチ四方の五千円のクーラーボックスを叩きながら、若い女性店員を呼んだ。

「ありがとうございます。こちらのタイプでよろしいでしょうか？」

「ああ。それより、仕事何時まで？」

「え？」

カズの言葉に、女性店員が怪訝な顔をした。

「仕事終わったら、ラブホ行っておまんこしようよ。お姉さんも、十代のカチカチちんぽぶちこんでほしいだろ？」

カズがニヤけつつ股間を擦った。

隣では、トシが手を叩いて大笑いしていた。

二人は、三、四メートル離れたところで飯盒(はんごう)を選んでいるふりをしている恭介のことは、まったく気にしていなかった。

「た……ただいま、在庫があるか見てまいりますので……少々お待ちください」

嫌悪に顔を歪めた女性店員が、逃げるようにフロアの奥へと駆けた。

「最近欲求不満だからさ。あ～誰でもいいから、マジヤリてぇ～」

カズが、走り去る女性店員の尻を視線で追いながら言った。

「そんなに溜ってるなら、この前なんで妊婦とやらなかったんすか？」

トシが、不思議そうに訊ねた。

恭介は、飯盒に伸ばしかけた手を止め耳を澄ました。

「馬鹿っ。あんな血塗れのあれ見て勃つわけねえだろ？　それにしてもよ、篠原先輩はひでえよな。笑いながら妊婦の腹バンバン殴って腰振ってんだからよ。ありゃ、悪魔だわ」

カズが顔を顰めた。

「カズさんだって、女の子を腹の上にボディスラムしてたじゃないっすか？　あれで、赤ちゃんが飛び出してきたんすよ？」

「俺なんかかわいいもんだって。篠原先輩は、赤ちゃんをゴミみたいに放り捨ててよ、ガキをパイルドライバーでグキッ、だからな」

カズが声を潜めつつ、首を横に倒して見せた。

「俺からしたら、どっちもどっちっすよ。カズさんと篠原先輩、止めを刺したのは自分だって競ってたじゃないっすか？　真島先輩なんて、声がうわずってましたよ」

――俺のボディスラムが止めっすか⁉

――馬鹿っ、図に乗るんじゃねえ！　俺のストンピングの嵐が止めに決まってんだろ！

――お前ら……そんなこと言ってる場合か……これは、殺人だぞ……。

トシの声に、記憶の中の青覆面、赤覆面、緑覆面の声が次々と重なった。

「そうそう、真島の野郎、ショボかったな！　篠原先輩にも言われてたじゃん。マジにビビりだってな！　声が震えちゃってさ、ちんぽも焼き鳥の皮みてえに縮んでいただろ？」

カズが、陳列してあるクーラーボックスの蓋をバンバン叩きながら笑い転げた。

――お前、マジにビビりだな？　俺ら十六になったばっかだから、万が一捕まっても少年法が守ってくれるし。その前に捕まんないし。

恭介の脳裏に、赤覆面の声が蘇った。

確定――これで、心おきなく作業に移れる。

皮下を流れる血液が、物凄い勢いで全身を駆け巡った——興奮で、体中の皮膚が鳥肌立った。

こんなに血潮が滾り活力が漲る高揚感は、ずいぶんとひさしぶりのことだった。

「次は篠原先輩より先に、俺がぶち込むからよ」

カズが卑猥な笑みを浮かべ、腰を前後に動かした。

「俺にも回してくださいよ～」

トシが、顔前で手を合わせながらおどけて見せた。

「中坊は十年はえーよ。てめえはマスでもかいてろ！」

「ひどいな～もう～」

じゃれ合う二人に背を向け、恭介はエレベータに乗った。

作業の準備のために、車に戻らなければならない。

クーラーボックスを購入した二人は、十五分くらい遅れてマンションに戻ってくるだろう。


彼らが、セックスする日は永遠にこない。

恭介は一階のボタンを押し眼を閉じた。

頭の中で流れるショパンの流麗な旋律に耳を傾けながら、創作アイディアの閃き（ひらめ）を待った。

5

レンタカーのエルグランドのスライドドアに背を預けた恭介は、素材が戻るのを待った。

恭介が素材の先回りをしてここにきてから、十分が過ぎた。

クーラーボックスの代金を払い、梱包してもらい……あと五分もあれば、現れるに違いない。

「♪どこよりも高く～買い取り取り取り～？　電化製品お売りになるときホリグチ！」

風に乗って聞こえるディスカウントショップ「ホリグチ」のPRソングに合わせて、恭介はハミングした。

普段なら、ショパンやリストをこよなく愛する恭介が、こんなに安っぽくセンスのないメロディを口ずさむことなど絶対になかった。

それだけ、気分がいい証だった。

至福のひとときを、ふたたび味わえると考えただけで肌が粟立った。

あの興奮がオリンピックで金メダルを取ったレベルなら、セックスのオルガスムスは小学校の運動会で一位になったレベル……あの興奮がボクシングで世界チャンピオンを取ったレベルなら、宝くじで一等が当たった衝撃はインターハイで優勝したレベルに過ぎない。

あの興奮は、比肩するものがなかった。

謹厳実直、温厚、愛想がいい……仮面を被ってきたのは、平凡な男として平穏な毎日を送るためだった。

家庭を大事にし、近所づきあいに気を遣っていたのも、本当の自分を隠すためだった。

心の底から、それを望んでいたわけではなかった。

本当の自分に戻るために、本当ではない自分で過ごす時間が必要だった。

もう、二十年以上も別人として生きた。

不毛な時間を過ごしたのかもしれない。

だが、後悔はなかった。

ましてや、罪の意識などあろうはずがなかった。

レオナルド・ダ・ヴィンチが「モナ・リザ」を描いたからといって、ルートヴィヒ・ヴァン・ベートーヴェンが「運命」を作曲したからといって良心の呵責(かしゃく)を感じないのと同じだ。

恭介の披露した芸術が、凡庸な民衆に理解されなかっただけの話だ。

フィンセント・ファン・ゴッホが生前に「赤い葡萄畑」一枚しか売れなかったのも、彼の芸術性の素晴らしさに気づく者がいなかったからだ。

死後に売れた数々の名画も、生前に描いた駄作も同じだ。

民衆の意識が変わっただけで、一円さえ出す者のいなかった作品が数億で落札されるようになったのだ。

「あ〜、腕がもげそうだ。ったく、真島にやらせろっつーんだよな！」

「声が大きいですよ。マンションが近いんですから、聞こえますよ」

声のほうに、恭介は視線を巡らせた。

両手にクーラーボックスを提げた、金髪と耳ピアスが十メートルほど向こうから歩いてきた。

「聞こえたって構わねえよっ、真島なんて秒殺……」

「ちょっと、いいかな？」

恭介は、素材達の前に歩み出た。

スライドドアは、開けたままにしていた。

「は？　おっさん、誰だよ？」

金髪が、恭介を剣呑な眼つきで睨みつけてきた。

「私は篠原君の親戚だ」

「おっさんが、篠原先輩の？」

金髪が、驚いた顔で言った。

「篠原君に、君達を連れてくるように頼まれた」

「篠原先輩は、マンションじゃないんすか？」

耳ピアスが、訊ねてきた。

「さっき、私服刑事が乗り込んできてね。私は新聞記者をやっているんだが、知り合いの警察官から家宅捜索の連絡を受けていたのさ。ようするに友人の警察官が、情報を横流ししてくれたというわけだ。それで、篠原君に逃げるように指示したんだ」

「刑事⁉　マジか⁉」

金髪が叫び、スマートフォンを取り出した。

「どこにかけるんだ？」

「先輩のところに決まってるじゃねえかっ」

「だめだっ。警察に盗聴されているかもしれない。ＧＰＳで追跡される可能性もあるから、二人ともスマートフォンを切ってくれないか」

「ＧＰＳ⁉　ヤべえじゃん！　おいっ、お前も早く切れ！」

金髪が慌てて命じると、耳ピアスも慌ててスマートフォンを取り出した。

悪童だ鬼畜だと言っても、しょせんは十代の少年だ。

彼らを騙すくらい、赤子の手を捻るようなものだ。

「警察にみつかるとまずいから、とりあえず車に乗ってくれ」

恭介が促すと、金髪と耳ピアスが疑いもせずエルグランドのミドルシートに乗り込んだ。

「篠原先輩は、どこにいるんだよ？」

恭介がドライバーズシートに乗り込むと、背後から金髪が訊ねてきた。

「私の代々木のマンションに匿っている」

行き先が代々木であることは嘘ではなかった。

ただし、そのマンションに篠原はいない。

名簿屋で仕入れたホームレスの名義で契約したマンション——この日のために、アトリエとして借りていたのだ。

「そう言えば、真島先輩も一緒っすか？」

耳ピアスが、思い出したように言った。

「ああ、一緒だよ」

恭介は即答した。

二人は、渋谷のマンションで金髪と耳ピアスの帰りをイライラしながら待っているに違いない。

「おじさん、俺らがなにやったか知ってんだろ？　なんで、警察にチクんねーの？」

ガムをクチャクチャと嚙みながら、サイドシートの背もたれに抱きついた金髪が訊ねてきた。

「親戚を警察に突き出すことはできないさ」

警察に突き出すなど、不毛なことをするわけがない。

「へぇ、おじさん、話がわかるじゃん！」

金髪が、肩をバシバシと叩いてきた。

恭介は、いら立ちが顔に出ないように意識を逸らした。

男女問わずに、不躾に身体に触れられることを恭介は嫌った。

やたらとボディタッチをしてくる女性に殺意を覚えたのは、これまでの人生で一度や二度ではなかった。

だが、いまの恭介の心は海よりも広く寛容になれた。

たとえどんなに非礼な振る舞いをされても、怒ることはない。

彼らは真の恭介を蘇らせる大切な素材なのだ。

感情に流されて作品を台無しにするほど、愚かではなかった。

「でも、ヤバくないっすか？　俺ら、警察に追われてるってことですよ？」

不安そうな声で、耳ピアスが言った。

「お前、なにビビッてんだよ？　警察なんて怖くねえし」

金髪が鼻で笑った。

「怖いとか怖くないの問題じゃないっすよ。俺ら、殺人で捕まったら死刑っすよ」

なおも不安な声で、耳ピアスが食い下がった。

「ばーか！　俺は十六でお前は十五だろ？　少年法を知らねえのか？　死刑どころか、刑務所にも入らねえよ」

金髪が嘯いた。

「どっちにしても、捕まりたくないっすよ」

「うるせえ奴だな。おじさん、俺ら捕まらねえだろ？」

金髪が、身を乗り出し恭介の肩に手を置いた。

「ああ。大丈夫だよ。私が、君達を絶対に捕まらないところへ連れて行くから」

恭介は、穏やかな口調で断言した。

有言実行——約束通り、連れて行くつもりだ。

二十四万人の警察官が追っても捕まることはない世界へ……。

☆

「篠原先輩、地下にいんの？」

階段を下りながら、金髪が訊ねてきた。

「私が倉庫に使っていたんだよ」

恭介は、上着の内ポケットに手を忍ばせスマートフォンを取り出した。

電話をかけるわけではない。

恭介が手にしているのは、スマートフォンのケース型のスタンガンだった。

サイズは小さいが、スイッチを押せば九十五万ボルトの強力な電圧が放電される。

「マジに⁉　俺ら、倉庫で暮らすわけ⁉」

金髪が素頓狂な声を上げた。

「改装したから、安心してくれ」

本当だった。部屋を契約してから、二百万をかけてアトリエ仕様にしていた。

恭介は解錠し、ドアを開けた。

「さあ、入って」

恭介は、二人を促した。

「えっ……」

スクエアな空間の中央に設置された特大のステンレスの手術台、壁を埋め尽くす様々な拘束具と拷問用具にチェーンソー、三脚に設置されたビデオカメラ……異様な光景に、金髪も耳ピアスも絶句していた。

「先輩は、どこだよ？　っつーか、この部屋なんだよ？」

不安げな表情で金髪が恭介を振り返った。

「篠原君はメインディッシュだ」

恭介は言いながら後ろ手でドアのカギを締めると、ゆっくりと金髪に歩み寄った。

た。


「は⁉　なにわけのわかんねえこと……」

右手を突き出した——スマートフォンケースの先端を金髪の首に当ててスイッチを押した。

バチバチッという乾いた音をBGMに金髪の身体が硬直し、仰向けに倒れた。

恭介は金髪が着ている白のセットアップ、スカルがプリントされたTシャツ、赤のボクサーパンツを手際よく脱がせた。

服を着ているとガタイがよく見えたが、裸になってみると貧弱な身体をしていた。

太り過ぎも見栄えが悪いが、痩せ過ぎも問題だった。

かといって、マッチョだと主張が強過ぎて作品の邪魔になる。

理想は、ほどよく脂肪の乗った中肉中背の身体だ。

恭介は壁から拘束具を手に取り、金髪の傍らに屈んだ——両手を後ろ手に革手錠で拘束し、両足首も革ベルトで束ねた。

鉄製の手錠を使わないのは、素材が傷物になってしまうからだ。

金髪は白目を剝き、口角には唾液の泡が付着していた。

「あ、あんたなにを……」

「ぼさっと立っていないで、手伝ってくれ」

恭介は、蒼褪(あおざ)める耳ピアスに命じた。

「だ、誰なんだ……あんた？　篠原先輩はどこに……」

「聞こえなかったのかい？　私は、手伝ってくれと言ったんだよ」

恭介は、金髪の両足を持ちつつ耳ピアスを無機質な瞳で見据えた。

耳ピアスは震える手で、金髪の肩を摑んだ。

「いくよ。一、二、三……」

かけ声とともに二人は、金髪を手術台に載せた。

「ありがとう。そこに座って」

恭介は、拘束椅子に視線をやった。

「え……」

「これを使われたくなかったら、おとなしく従ったほうがいい」

躊躇(ためら)う耳ピアスに、恭介はスマートフォンケースのスタンガンを掲げた。

耳ピアスが、観念したように拘束椅子に座った。

背凭(せもた)れに設置された頭、首、胴の拘束ベルト、肘掛けの手首拘束ベルト、前脚の足首拘束ベルトで、恭介は耳ピアスの全身をロックした。

「……いったい、な、なにをする気ですか？」

恐る恐る、耳ピアスが訊ねてきた。

「静かにしていれば、とりあえず君には危害を加えない。創作中に話しかけられるのは、集中力が乱されてしまうから、私は好きじゃない。約束できるかな？」

耳ピアスが、弾かれたように何度も頷いた。

あと数分もすれば、金髪の意識は戻るだろう。

創作中に暴れられると作業に支障をきたすので、恭介は手術台に取り付けた拘束ベルトで金髪の頭、首、胸、腹、膝、脛をロックした。

身体の自由を奪ったところで、手首と足首の革手錠を外した。

恭介はフロアの隅に行くと衣服の上からゴム製の繋ぎ服を着、水泳用のゴムキャップを被った。

それから医師が手術の際に嵌める合成ゴム手袋を嵌めると、最後にゴーグルを装着した。

手術台に戻ってきた恭介は、金髪を見下ろし思案した。

金髪の裸体を網膜に焼きつけ、恭介は眼を閉じた。

南アフリカのナマクワランドのワイルドフラワー、オランダのキューケンホフ公園のチューリップ畑、フランスのプロヴァンス地方のラベンダー畑、スペインのアンダルシア地方のひまわり畑……世界各地の有名な花畑をイメージした。

金髪の色白の肌と様々な花を脳内のスクリーンでイメージングした。

恭介は、腕組みをして熟考した。

眼を開けた。

不安そうな顔で恭介をみつめている耳ピアスの前を通り過ぎ、恭介は壁際に積んでおいた横一メートル二十センチ、縦七十センチのコンテナボックスを手術台の脇のテーブルに運んだ。

コンテナボックスの蓋を開けると、色とりどりの花達が視界を埋め尽くした。

白、赤、ピンク、黄の薔薇、ひまわり、カーネーション、カスミソウ、ガーベラ、ダリア……すべて造花だ。

普通の造花と違うのは、茎の先端に十センチほどの釘が取りつけられているところだ。

いつの日か創作意欲が湧いたときのために、恭介が作り置きしていたものだ。

本当は生花を使いたかったが、日持ちしないので造花で妥協するしかなかった。

恭介はスマートフォンのミュージックフォルダにストックしているクラシックの中から、リストの「ため息」を再生した。

流麗なメロディが、地下室に優雅に響き渡った。

恭介はうっとりとした表情で、コンテナボックスからカスミソウの束と四色の薔薇を取り出した。

「うぅ……」

金髪が呻き、顔を顰(しか)めた。

「お目覚めかな？」

恭介が声をかけると、金髪がうっすらと眼を開けた。

「こ……なん……ここは……」

意識が朦朧としているのだろう、金髪の呂律は縺れ、言葉になっていなかった。

「君達の出演しているDVDを観させて貰ったよ」

恭介は、どちらにともなく言った。

「えっ……まさか……」

耳ピアスが絶句した。

「私は、君達がレイプして殺害した女性の夫だよ」

恭介が物静かな口調で言うと、耳ピアスが血の気を失った。

金髪も、微かに眼を見開いた。

「あ、二歳の娘と胎児も殺してくれたよね？」

思い出したように、恭介は言った。

「あ……あんた……その復讐で俺達を……」

滑稽なほどに、耳ピアスの声はうわずり震えていた。

「た、たの……ゆ……ゆる……し……」

己の置かれた状況を察したのか、金髪が回らない呂律で必死に訴えてきた。

「し……篠原先輩に命令されて……逆らうと殺されるから……怖くて……それで仕方なく

「嫌々には見えなかったけどね。ずいぶんと、楽しそうだったじゃないか？」

耳ピアスを遮り言いながら、恭介はカスミソウの釘を金髪のみぞおちの下に突き刺した。

「うぉあぁー！」

金髪の悲鳴が空気を切り裂き、釘を刺したみぞおちからは鮮血が溢れ出した。

「ちょ……な、なにを……」

「勘違いしないでくれるかな」

恭介は、蒼白な顔でうろたえる耳ピアスを遮った。

「私は、復讐なんてする気はない。第一、復讐する理由がないからね」

言いながら、今度は赤い薔薇の釘を右胸に突き刺した。

「ああーっ！」

金髪は眼球が飛び出さんばかりに眼を見開き、絶叫した。

みぞおちと同じように、右胸も噴き出す血に赤く濡れた。

「や、やめて……頼む……痛い……痛いよ……」

金髪が、充血した涙目で懇願した。

「ただ、許せなかっただけだよ」

恭介は、白、ピンク、黄の薔薇を下腹、右太腿、左太腿に立て続けに突き刺した。

「おぁーっ！　あぁーっ！　うふぁーっ！」

金髪の喚き散らす声と「ため息」の優雅な旋律のアンバランスさが、たまらなく刺激的だった。

恭介は新しいカスミソウと数本の薔薇をコンテナボックスから取り出した。

「君達の下品で雑な作品と私の作品の違いを教えてあげたくてね」

無表情に言うと、恭介はカスミソウの釘を金髪の左の眼球に刺した——破裂した眼球が目尻から溢れ出した。

「んぎゃ……ああー！　あっあっあっ……」

「殺すだけなら、動物でもできるだろう？」

狂ったように悶え苦しむ金髪の右の眼球に、赤い薔薇を握る右手を振り下ろした——茎の先端の釘が水晶体に突き刺さった。

「あぎゃ……ああっ！　おぁーっ！」

「せ……先輩……」

耳ピアスが、金髪の右の眼球が垂れ流れるのを見て吐瀉(としゃ)した。

「私の家族を素材に使ったのに、あの作品はないだろう？　あんなものは芸術と呼べない。芸術というのはお金を払って頂くものだから、人の心の琴線(きんせん)に触れるなにかがなければならないんだ。たとえば……」

恭介は言葉を切り、コンテナボックスから引き抜いたひまわりの釘を金髪の右の鼻孔に突き刺した。

「ほごぉ……」

斜めに挿されたひまわりの茎が、鼻血で赤く染まった。

「薔薇とカスミソウという相性のいい組み合わせに毛色の違うひまわりを入れることで、敢えて調和を壊す。何十年、いや、何百年と人の心に残り続けるには、脳に刻まれていない新鮮な刺激が必要なんだよ」

「ああ……先輩……ああ……」

口をパクパクとさせる耳ピアスの股間はぐっしょりと濡れ、足もとには水溜りができていた。

「しかし、ただ奇をてらうのとは違う。調和を壊しながらもそれを超える不調和でなければならないのさ。こんなふうにね」

言いながら恭介は、両の太腿に五本ずつのダリアと左右の鎖骨に五本ずつの薔薇を物凄いスピードで突き刺した。

突然、視界が赤色で覆われた。

タオルでゴーグルを拭った恭介は耳ピアスに向かって唇に人差し指を立て、ビデオカメラのスイッチを入れた。

金髪の左右の太腿と首筋から、大量の血飛沫が噴出していた。

恭介は嬉々とした表情で、ビデオカメラのディスプレイを覗き込んだ。

シナリオ通りの光景に、恭介の口角は吊り上がった。

仕上げに動脈を切るのも、血の噴き上げるタイミングも量も花とのバランスも、すべてが脳内でシミュレーションした映像と同じだった。

血の噴水が弱まるのと比例するように、痙攣していた金髪の身体の動きも弱まった。

金髪が事切れるのを見計らい、恭介はビデオカメラのスイッチを切った。

「タイトルは『花園と赤の噴水』という感じかな。いいかい？　これが芸術だ。君達のような単なる低俗な殺人とは次元が違う」

恭介は言いながらゴーグルと合成ゴム手袋を外し、耳ピアスが座る拘束椅子に歩み寄った。

「ああ……あああ……」

耳ピアスの両膝が、貧乏揺すりをしているようにガタガタと震えていた。

「私は、この芸術品の動画を彼の家族に送ろうと思っている。君達が私に送りつけてきた動画との違いは、愛する人の心の琴線に触れるかどうかだよ。申し訳ないが、妻と娘がレイプされ殺される動画を観ても、私の心に訴えかけるものはなに一つなかった。感動や衝撃とまでは言わない。心を支配するのが怒りでもよかった。だが、怒りの感情さえ湧いてこなかった。いや、怒りの感情は湧いていたかな。でも、それは、家族を凌辱されたからではなくて、こんなにレベルの低い動画で私を怒らせられると思われたという侮辱にたいしてだよ」

恭介は手術台に戻り、スマートフォンで「花園と赤の噴水」の写真を撮り始めた。

完璧とはいかないが、二十数年ぶりにしてはいい出来栄えだ。

勘が戻り切っていないのは、メインディッシュの創作に取りかかるまでの二人で戻るだろう。

「ご、ごめんなさい……ほ、本当に……ごめんなさい……なにも言いません……から……許してください……こ、殺さないでください……」

耳ピアスが泣きじゃくりながら命乞いした。

金髪の親もとには実物を送ってあげたかったが、宅配便では送れない。

かといって車で運んだら振動や時間の経過で芸術作品がいたんでしまう。

最高の状態で家族にお披露目するには、残念だが撮影した動画や写真を送りつける方法が最善だった。

「どうして謝るんだ？　家族を殺されたことは怒ってないと言ったよね？　私が彼を殺したのは、君に真の芸術というものを教えるためだよ」

恭介は、写真を撮りながら淡々とした口調で言った。

「あ……わ、わかりました……わかりましたから、殺さないでください……」

耳ピアスの奥歯は、恐怖に鳴っていた。

「それより、彼の親がどこに住んでるか知ってる？」

恭介は撮影を中断し、耳ピアスに訊ねた。

「は、はい……」

「動画と写真を送ってあげたいから、住所を教えてくれるかな？」

「番地とかはわかりませんけど、中野の南口です。駅から五分くらい歩いたところにクリーニングの店があるんですけど……そこが親の家です」

「店の名前は？」

「そ、それはわからないんですけど……店の看板に羊の絵が描いてあります」

「ありがとう。助かったよ」

「じゃ、じゃあ……俺を助けてくれますか？」

「もう一つ、君に訊きたいことがあるからつき合ってくれ」

恭介は訊ねつつ、耳ピアスの前にパイプ椅子を開き座った。

「なんでも、訊いてください」

耳ピアスが、身を乗り出した。

一秒でも早く、解放されたいと願っているのだろう。

「好きな季節は？」

「え……？」

耳ピアスが、眉を顰めた。

「春夏秋冬で、好きな季節を訊いてるんだよ」

「ふ、冬です」

恭介は、スマートフォンのメモに打ち込んだ。

「好きな音楽は？」

「『ギャングスタ』って……知ってますか？」

耳ピアスが、恐る恐る訊ねてきた。

恭介は無言で頷き、キーをタップした。

「ギャングスタ」は十代の若者に人気の韓国の男性五人のダンスヴォーカルユニットで、去年は日本武道館でライブを行った。

「一番好きな曲は？」

恭介は、質問を重ねた。

「『ブラックホール』って曲ですけど……あの、この質問はどうして……」

「この世で一番大事な人は誰？」

耳ピアスを遮り、質問を続けた。

「一番大事な人……」

　束の間、耳ピアスが思案に暮れた。

「……きーちゃんです」

「きーちゃんとは？」

「あ、彼女です……」

「きーちゃんも中学生？」

「いえ……高校生です」

「本名は？」

「え……？」

　耳ピアスの眉が、ふたたび顰められた。

「きーちゃんの本名を訊いているのさ」

「ど、どうして……ですか？」

　耳ピアスが不審の表情で質問を返してきた。

「物語を書こうと思ってるんだ。君達みたいな十代の若者が登場するストーリーさ。こういう機会はあまりないから、いろいろ取材したくてね」

「おじさんは、小説を書く人ですか？」

「小説家ではないけど、物語を作るのは好きだよ。質問に戻るけど、きーちゃんの本名は？」

「きさら……です」

「苗字は？」

「橋本ですが……あっ……」

恭介は、耳ピアスのパーカーのポケットからスマートフォンを取り出し電源を入れた。

「勝手に、やめてくださいよっ」

耳ピアスが、強い口調で抗議した。

「立場を弁（わきま）えないのなら、おとなしくさせるしかないな」

恭介は、スマートフォンケース型のスタンガンを耳ピアスの鼻先で放電した。

「わ、わかりました！　すみません！」

耳ピアスが、泣き出しそうな顔で謝った。

「パスワードは？」

恭介の問いかけに、耳ピアスは素直に数字とアルファベットの組み合わせを口にした。

ロックを解除した恭介は、ダイヤル履歴をチェックした。

予想通り、きーちゃん、の通話履歴がずらりと並んでいた。

恭介は電話帳のページを開き、検索窓に「しのはら」と打ち込んだ。

ディスプレイに、篠原先輩、の文字が浮かび上がった。

続けて、まじま、と打ち込むと、真島先輩の文字が浮かんだ。

次に、りょうしん、と打ち込んだが検索はヒットしなかった。

とうさん、かあさん、ちち、はは、でもヒットしなかった。

おやじ、おふくろ、でようやく電話番号を呼び出せた。

「あの……きーちゃんは今回のことと関係ないので……」

「危害を加えたりしないから安心していいよ」

怖々と口を開く耳ピアスを制し、恭介は言った。

「このことは絶対に言いませんから……もう、帰して貰えないですか？」

「かき氷は好き？」

恭介は訊ねた。

耳ピアスには唐突で意味不明な質問に感じるだろうが、恭介の中ではすべてが必要で関連性のある質問だった。

「え？」

「かき氷は好きかと訊いてるんだよ」

「お願いします……家に……」

「かき氷は好きか⁉　嫌いか⁉」

恭介は、叫ぶような大声で質問を繰り返した。

「す、好きです……」

蒼白な顔で、耳ピアスが言った。

「ありがとう」

恭介は眼を閉じた。

グリーンランドの氷河、凶暴な白熊、愛らしい表情のタテゴトアザラシ、イチゴシロップのかき氷……瞼の裏に、極北の大地と真夏の風物詩をイメージした。

「花園と赤の噴水」も秀作だったが、意外性に欠けていた。

リストがクラシックピアノの世界に超絶技巧という衝撃を持ち込んだように、ピカソが圧倒的なデッサン力がありながら写実を拒否して前衛の旗手としてキュビスムを追究したように、概念の主張が必要だった。

恭介にしかできない芸術の主張とはなにか？

最愛の者が見ても哀しみ、恐怖、怒りを超越するだけのメッセージと圧倒的な感動が必要だった。

鼓動が高鳴った。

心地よい緊張感――前作を軽く超える作品にしなければならない。

勘が戻らないなどの言い訳は通用しない。

復帰二作目には、恭介のセンスが問われる。

眼を開けた恭介は立ち上がり、手術台に駆け寄った。

ゴーグルと軍手を嵌め、壁にかかっているチェーンソーを手にした。

いつでも使えるように、ガソリンとオイルはこまめに点検していた。

恭介が買ったのは、ハンドルが尻部にあるリアハンドルタイプというやつだった。

恭介はチェーンソーを床に置き、リアハンドルを靴先で踏んで固定するとスターターの紐(ひも)を摑んだ。

「なにを……」

耳ピアスが震える声を呑み込んだ。

「これ、映画なんかじゃ簡単に扱ってるけど意外と大変なんだよ」

言いながら、恭介はスターターを摑んだ右手を力強く後ろに引いた。

一回、二回、三回……エンジンはかからなかった。

「映画では、尺の都合で三回くらいでかかっているけどね」

四回、五回、六回……七回目で、鼓膜を震わせるエンジン音が鳴り響いた。

「あ、なにをするか訊きたかったんだろう？　撤収作業だよ」

恭介はチェーンソーを手に、手術台に戻った。

「芸術っていうのは二種類あってね。一つは後世にまで残る芸術、もう一つは瞬間を鮮烈に彩る芸術」

恭介は語りつつ、トップハンドルとフロントハンドルを両手でしっかりと摑み、回転する刃を金髪の膝に当てた。

血肉が飛び散り、ゴツゴツとした衝撃が前腕に伝わった。

ほどなくすると、衝撃がなくなった——膝から下が切断された。

「私は、後者のタイプだな。後世に残すには、素材が限定されてしまう。腐らないことが限定だから、無機物しか扱えなくなるだろう？」

次に、花がいい、咲き乱れる……太腿のつけ根に刃を当てた。

さっきよりも大量の血肉が飛散し、ゴーグルにへばりついた。

脂肪があるぶん、振動が激しくなった。

ほどなくすると、衝撃がなくなった——太腿から下が切断された。

「女性は永遠の美を手に入れたがるけれど、若い時代の刹那だから美しいんだよ」

うなだれた耳ピアスの口から、吐瀉物が迸っていた。

ずいぶんひさしぶりに扱うので最初は違和感があったが、使っているうちに勘が戻ってきた。

恭介は、左腕、右腕を肩からあっさりと切断した。

「花だって、短い命だから美しいのさ。ドライフラワーにしたところで、生花の美しさには遠く及ばない」

金髪の首に刃を当てると、振動でカスミソウを挿した左の眼球と赤薔薇を挿した右の眼球がスライムのように零れ落ち、鼻孔に挿したひまわりが抜け落ちた。

「動物も剝製にすれば後世に残せるかもしれないけど、私は好きじゃないな。最高の美は、ゴミになる前のかぎられた瞬間だと私は思う」

前腕の衝撃が消えた――首と胴体が切り離された。

全身を拘束しているので、切断された部位が手術台から落ちることはなかった。

「君に、協力してほしいんだ」

チェーンソーを止めた恭介は、耳ピアスに歩み寄りながら言った。

「うぇ……なにを……おぇ……ですか……？」

吐瀉に背中を波打たせ、耳ピアスが訊ねた。

「『花園と赤の噴水』を超える傑作を作りたいんだ」

恭介は耳ピアスの前に屈み、涙に濡れて怯える瞳をみつめた。

「僕はなにをすれば……」

「素材になってくれればいい」

恭介は、耳ピアスを遮り言った。

「えっ……」

耳ピアスの顔が瞬時に強張った。

「『真冬とイチゴシロップのかき氷』の素材にね」

恭介は血肉と脂肪に塗れたゴーグルを外し、表情を失う耳ピアスに微笑みかけた。

6

二つのクーラーボックスを両手に持ったコンビニエンスストアのアルバイト青年……中森が、こめかみと首筋に血管を浮かせながらスーパーから出てきた。

恭介は、フロントウインドウ越しに中森の周囲に視線を配った。

癇に障る者の姿は見当たらなかった。

クーラーボックスは、みさとと愛理の切断された屍(しかばね)を入れるために篠原に命じられ金髪と耳ピアスが購入したものだ。

妹を篠原達にレイプされた恨み……彼らの隠れ家にしている渋谷のマンションも、中森が教えてくれたのだ。

「真冬とイチゴシロップのかき氷」は、材料に大量の氷が必要なので中森に電話をして雑用係として呼んだ。

クーラーボックスも、金髪と耳ピアスが用意した四つでは足りなかった。

極力、店の人間に顔を見せるのは避けたかった。

現代の科学捜査は馬鹿にできない。

キャップやサングラスで変装していたとしても、監視カメラに映る体型や輪郭、店舗フロアに残った轍跡から絞り込まれる可能性もある。

「買ってきました……」

スライドドアが開き、息を切らした中森が乗り込んできた。

万が一の尾行を警戒して、エルグランドをスーパーから三十メートルほど離れた路肩に停めていたので、およそ三十キロの氷袋の入ったクーラーボックスを提げた中森が疲れるのも無理はない。

「氷だけを大量に購入して、怪しまれてないか？」

エンジンキーを回し、恭介は訊ねた。

「はい。めちゃめちゃ混んでるのにパートの数が足りてなくてパニくってたので、客の買った物に気を配る余裕なんてありません。それにしても、こんなに氷を買ってなにに使うんですか？　氷風呂に放り込んで拷問するとか？」

ミドルシートに座った中森が、八つのクーラーボックスに視線をやりながら訊ねてきた。

中森には、篠原達に制裁を加えるから手伝ってほしいとしか伝えてなかった。

レイプされて自殺した妹の復讐に燃える中森が、二つ返事で飛んできたのは言うまでもなかった。

だが、そんな彼も代々木のアトリエで行われている芸術を眼にすれば驚くに違いない。

「拷問とは真逆の快楽を与えるのさ」

恭介は、口もとで薄く笑った。

「快楽？　どういう意味ですか？」

中森が眉を顰めた。

彼の若さでは、最高の苦痛こそ至極の境地ということは理解できないだろう。

いや、理解できない者は死ぬまで理解できない。

「あとでわかる。それより、ダウンロードした曲をかけてくれないか？」

「『ギャングスタ』が好きだなんて、意外です。曲は『ブラックホール』でしたよね？」

中森がスマートフォンを操作しながら確認した。

恭介は頷いた。

ほどなくすると、韓国のダンスヴォーカルユニットらしいアップテンポのメロディが流れてきた。

中高生の間で人気になるのが頷ける、上っ面だけの安っぽく浅い曲だ。

「あの、俺も拷問に参加させてくれますよね？」

「もっと素晴らしい体験をさせてあげるから、愉しみにしててくれ」

「お願いします……一生地獄の生活を送るように、奴らを半殺しにしてください」

ルームミラー越し――中森が、憎悪に燃え立つ瞳で訴えた。

「とにかく、君の期待以上の結果になることだけは約束するよ」

恭介は抑揚のない声で言うと口角を吊り上げ、爪先でアクセルを踏み込んだ。

☆

代々木のマンションの地下室のドアを開けた瞬間、冷気が溢れ出してきた。

「寒っ……クーラーが強過ぎるんじゃ……」

拘束椅子で寒さに凍える耳ピアス、血塗れの手術台に載る切断された肉片、壁を埋め尽くす拷問具に拘束具……クーラーボックスを積んだ台車を押しながら室内に足を踏み入れた中森が息を呑んだ。

「言っただろう？　君の期待以上の結果になるってね」

後ろ手でドアとカギを締めながら、恭介は中森に言った。

「こ、これは……」

凍てついた顔を室内に巡らせつつ、中森が干乾びた声を漏らした。

「とりあえず、風邪を引かれたら面倒だからこれを着てくれないかな」

恭介は用意していたダウンコートを中森に放り、自らももう一着のダウンコートを着た。

「こっちにきて。彼のことは知ってるかい？」

恭介は中森を耳ピアスのもとに呼び寄せ訊ねた。

中森は蒼白な顔を横に振った。

「なるほど。君の妹さんが中学の卒業式の日に篠原君のグループにレイプされたとき、中一だった彼は参加してないか。だったら、中二だった私の芸術作品の屑はレイプに参加していたのかな？」

淡々と言いながら、恭介は中森の背を押し手術台に向かった。

「おうぁ……」

首と手足が胴体から切断された状態で手術台に拘束されている金髪を見るなり、中森が身体をくの字に折り床に吐瀉物を撒き散らした。

「ほら、よく見て。彼は、妹さんをレイプしたグループにいたと思うんだけど」

嘔吐を続ける中森の背中を擦りつつ、恭介は言葉をかけた。

「おぇ……」

ぽっかりと空いた空洞の眼窩を見た中森が、ふたたび大量の汚物を床に撒き散らした。

吐瀉物塗れの床には、カスミソウの刺さった左の眼球と赤薔薇の刺さった右の眼球が落ちていた。

「作品は動画に撮ってあるから、あとで観せてあげるよ。お楽しみのビデオ鑑賞会の前に、次の創作の邪魔になるから片付けを頼む。隅に業務用の冷凍庫があるから、残骸をゴミ袋に入れてから保冷してくれ」

恭介は中森に命じると、耳ピアスのもとに戻った。

「さて、清掃の時間を利用して愛の告白をして貰うよ」

恭介は言いながら、耳ピアスの前にスマートフォン用の三脚を設置した。

「な、なにをするんですか……」

ゲロが付着した口の周囲、恐怖に落ち着きなく動く黒目、血の気を失った顔、眼の下に貼りつく隈……短時間に、素材が劣化していた。

恭介の胸を、不快な感情が支配した。

「君の最愛のきーちゃんへの愛の告白を動画に撮影するのさ。でも、とてもじゃないがそんな醜い姿では撮影できないな」

恭介はゴム手袋をはめ、携帯用のアルコールティッシュを取り出し、耳ピアスの口の周囲に付着した汚物を丁寧に拭い取り、乱れた髪の毛を整えてやった。

「やつれた顔はどうしようもないけど、それでも少しはましになったよ。最愛の女性に告白するんだから、身だしなみを整えないとね。さあ、動画を回すから、いいコメント頼むよ」

恭介はゴム手袋を外し、三脚にセットしたスマートフォンを覗き込みながら言った。

「ちょ……ちょっと待ってください。これをやったら、許してくれますか？」

恐る恐る、耳ピアスが訊ねてきた。

「最初から、許しているさ」

恭介は即答した。

嘘ではなく、本当のことだった。

「あ……ありがとうございます……。きーちゃんへの想いを、言えばいいんですよね？」

耳ピアスが、安堵（あんど）の表情で確認した。

「そうだよ。君の想いを、彼女に伝えてやってくれ。じゃあ、いくよ。三、二……」

恭介は中森のスマートフォンにダウンロードしていた「ブラックホール」を再生し、右手でキュー出しをした。

彼の一番好きな曲が流れる中、一番好きな女性へ愛を告白する。

敢（あ）えて、ベタなシチュエーションにした。

濃厚なメインディッシュの前はさっぱりした前菜が合うように、前衛的な芸術の前ではシンプルな演出のほうが胸を打つものだ。

「いきなりだけど、俺はきーちゃんが大好きだよ。勉強もできなくて悪いことばかりやってる俺だけど、きーちゃんを好きな気持ちは誰にも負けない」

あまりの陳腐さに、頭痛がした。

こんな安っぽいセリフで人を感動させることができると本気で考えている耳ピアスのセンスが信じられなかった。

だが、動画を止めるつもりはなかった。

耳ピアスと交際するくらいの少女だから、価値観も五十歩百歩なのだろう。

「将来、できたらきーちゃんと結婚できたらいいなと思ってる……」

あろうことか、耳ピアスは自らの言葉に感動し涙ぐんでいた。

「カット！」

恭介は、スマートフォンのスイッチを切った。

「いまの感じで、よかったですか？」

洟(はな)を啜(すす)りながら、耳ピアスが訊ねてきた。

「ああ、最高だったよ」

恭介は適当に言葉を返した。

オードブルはあくまでもメインディッシュを引き立てるための前座だ。

「あ、ありがとうございます。じゃあ、もう、帰してくれますよね？」

「もう一つだけ、やってほしいことがあるから待っててくれ」

「もう一つって……なんですか？」

安堵しかけていた耳ピアスの顔が、瞬時に強張った。

「片付いたか？」

恭介は耳ピアスの質問には答えず、中森に訊ねた。

「……はい」

口を掌で押さえつつ、中森が頷いた。

まだ、嘔吐感に襲われているのだろう。

手術台から肉塊は消え去り、鮮血はきれいに拭き取られていた。

「そこにある箱を持ってきてくれないか？」

恭介は、壁に立てかけてある大きな段ボール箱に視線を投げた。

「あの……これから俺はなにをやるんですか？」

気になって仕方がないとばかりに、耳ピアスが訊ねてきた。

「箱を開けたら、説明書を読んで組み立てるんだ。難しいものじゃないから」

ふたたび耳ピアスの質問を聞き流した恭介は、段ボール箱をフロアの中央に運んできた中森に命じた。

「これ、なんですか？」

段ボール箱を開けながら、中森が訝しげな顔を恭介に向けた。

「作ればわかる」

恭介は言いながらフロアの隅に移動し、ダウンコートを脱ぐと創作着に着替えた——ゴム製の繋ぎ服を着用しゴムキャップを被った。

「あ、あの……すみません、どうして、着替えているんですか？」

恭介が金髪を創作するときの光景が蘇ったのだろう、耳ピアスの声は震えていた。

「だって、汚れるだろう？」

オペ用の合成ゴム手袋を嵌めつつ、恭介は涼しい顔で言った。

「な……なにを……するんです……か？」

耳ピアスの顔面は、アメリカドラマのヴァンパイアさながらに蒼白になっていた。

「だから、言っただろう？　君は私の芸術作品になるんだよ」

最後に嵌めたゴーグル越し――耳ピアスの表情筋が強張った。

「や、約束が……違います……。動画を撮ったら……許してくれるって……言ったじゃないですか？」

「なんのことかな？　私は、最初から君のことを許していると言っただろう？　でも、創作行為をやめると言った覚えはない」

恭介は抑揚のない口調で言いながら、三脚からスマートフォンを外しスイッチを押した。

スマートフォンケースの先端の電極から、青白い火花が散った。

「か……帰してくれるって……言ったじゃないですか？」

泣き出しそうな顔で、耳ピアスが言った。

「作り話がうまいのか？　理解能力が欠如しているのか？　どちらにしても、君が語っているのは真実じゃない。『あ、ありがとうございます。じゃあ、もう、帰してくれますよね？』『もう一つだけ、やってほしいことがあるから待っててくれ』。これが、君と交わした正確な会話だ。君は帰してくれますよね？　と訊ねただけで、私は、やってほしいことがあるから待っててくれと言っただけで、帰すとは言ってないだろう？」

「そ、そんな……」

耳ピアスが、二の句を失った。

「さあ、不毛な会話はこのへんで終わりにしよう」

「ちょっと……あぅあ……」

恭介は耳ピアスの首筋に電極を当てて放電した——耳ピアスが身体を痙攣させ、眼を開いたまま固まった。

「できたか？」

恭介は耳ピアスの拘束を解きながら、振り返り訊ねた。

視線の先——フロアの中央に、縦二メートル六十センチ、横一メートル八十センチ、高さ八十センチの大型の箱が設置されていた。

大型の箱は、空気入れ不要のフレイムプールだった。

「こんな物、なにに使うか訊きたいんだろう？」

恭介の言葉に、中森が遠慮がちに頷いた。

「復帰二作目のタイトルは、『真冬とイチゴシロップのかき氷』。材料に大量の氷を使うから、簡易プールが必要なのさ。まあ、あとは創作が進むうちにわかるよ。拘束ベルトは外したから、椅子から下ろして素材の服を脱がすんだ」

恭介は、耳ピアスに投げた視線を中森に移した。

「ゆふ……ゆふひて……ゆふひて……」

電流の痺れが残っている耳ピアスの言葉は滑舌が悪く、聞き取りづらかった。

中森が耳ピアスを床に寝かすとダウンパーカーを脱がせ、チノパンのベルトに手をかけた。

耳ピアスは麻痺した手足を弱々しくバタつかせ抵抗したが、あっさりとチノパンとブリーフを剝ぎ取られ全裸になった。

「そこに寝かせたら、プールに氷を入れるんだ」

恭介の指示通りに耳ピアスを手術台に運んだ中森は、クーラーボックスをプールの近くに運び始めた。

「ほ……ほねふぁいでふ……た……たふけふぇくらふぁい……」

お願いです。助けてください——恭介は、耳ピアスの麻痺した言語を翻訳した。

「私には、なぜ君が怯えるのか意味がわからないな」

恭介は言いつつ、耳ピアスの後ろ手にした両手首と両足首を、透明のビニールテープで拘束した。

手錠のほうが楽だったが、見栄えが悪くなるので使いたくはなかった。

労力を惜しむ創作物は芸術ではなく駄作だ。

恐怖のためか、耳ピアスのペニスは干乾びた幼虫さながらに陰毛に埋もれていた。

「レオナルド・ディ・セル・ピエーロ・ダ・ヴィンチに、肖像画のモデルになってほしいと言われたら感激するだろう？　芸術的感性では彼らに劣らない私が、君を復帰作の素材に指名したんだよ？　こんなに名誉なことはないと思うがな」

恭介は、温度を感じさせない瞳で耳ピアスを見下ろした。

「い、いやです……た、助けてください……」

口調がしっかりしたところをみると、電流による麻痺が解けてきたのだろう。

荒い息遣い――中森が、汗だくになりながらクーラーボックスから取り出した氷袋を破きプールに入れていた。

「ピッチをあげてくれ」

恭介は中森に命じながら、氷を解けにくくするために食塩をプールに撒いた。

恭介が工具箱から取り出した電動ドリルを眼にした耳ピアスが、息を呑んだ。

「や……やめて……ひっ……ひっ……やめて……ください……」

しゃくり上げつつ懇願する耳ピアスに、恭介は首を傾げた。

「どうして泣くのか、わからないな。君達は私に鑑賞させるために妻と子供を殺した。それがあまりにも駄作で鑑賞に堪えないから、私がきーちゃんにお手本を見せようとしてるんだよ？　きーちゃんもきっと気に入る作品に仕上げてあげるから、期待していてくれ」

「終わりました……」

荒い息を吐く中森が、うわずる声で言った。

三十キロぶんの氷は、プールの半分ほどの高さに敷き詰められていた。

「じゃあ、素材をプールのそばに運んでくれ」

できるだけ、体力を温存しておきたかった。

腕の筋肉が疲弊すると、作品のクォリティーが下がってしまう。

「やめろっ、やめろー！」

中森が抱え上げると、完全に麻痺が解けた耳ピアスが船に釣り上げられたカジキマグロのように激しく暴れた。

バランスを崩した中森がよろめき、耳ピアスがうつ伏せの体勢で床に落下した。

「うっ……」

呻き声を上げる耳ピアスの右の鼻孔から、一筋の血が垂れ流れた。

「なんてことを……」

恭介の頭から、血の気が足もとに下降した――すぐに、物凄い勢いで血液が頭に昇った。

「なんてことをするんだ！」

怒声とともに、恭介は中森の頬をバックハンドで殴りつけた。

尻餅をついた中森が、びっくりしたような顔で恭介を見上げた。

「大事な素材に傷がついたらどうするんだ!」

恭介はハンカチを手に腰を屈め、耳ピアスの鼻血を拭きながら全身を隈なくチェックした。

肉眼でみたかぎり内出血や擦過傷は見当たらず、恭介はほっと胸を撫でおろした。

「でも……いまから……殺しちゃうんですよね?」

殴られた頬を擦りつつ、中森が怖々と訊ねてきた。

恐怖の中に不満の感情が含まれていることを、恭介は見逃さなかった。

「料理人が、これからどうせ捌くからとマグロを床に叩きつけたりするか?」

恭介は耳ピアスの口の周囲に付着した鼻血を丁寧に拭き取りながら、中森に問いかけた。

「君の考えは、包丁で切るから傷つけてもいいと言っているのと同じだ。たしかに、彼は死ぬだろう。だが、死ぬのは結果論であって、私の目的は誰もが驚き息を呑むような斬新で美麗な芸術品を仕上げることさ」

中森が、あんぐりと口を開けて恭介をみつめていた。

「わかったかな?」

「あ……あなたは、おかしいですよ……こんなこと……普通じゃない……第一、麻取じゃなかったんですか……？」

中森が、震える声音で言った。

「ああ、嘘だ。私は麻取なんかじゃない。篠原君のグループの所在を割り出すためのでためだ。そんなことより、君は私に彼らを半殺しにしてほしいと頼んだよね？　眼が腫れて、鼻血が出て、歯が折れて、痣ができて……レイプされた妹さんの仇を討ちたいからと、感情に任せて彼らを痛めつけ、美の欠片もない醜悪な状態にすることで満足する君のほうが私に言わせればよほどおかしいよ。そう思わないかい？　まあ、凡庸な感性しか持たない君に、私の芸術性を理解してくれとまでは望まない。でもね、邪魔することは許さない。私の創作活動の妨げになると判断したら、そのときは殺すのを目的に君を傷つけることになる。アシスタントとして黙々と手伝うのであれば、もちろんそんな不毛で野蛮なことはしない。中森君。わかってくれたよね？」

中森が、凍てついた顔を何度も縦に振った。

「よし。この話は終わり。さあ、いつまでもそうやってないで、素材をプールに入れてくれ」

「いやだ！　お願いします！　助けて……」

恭介は、スタンガンの電極を耳ピアスのこめかみに当てて放電した。

一度大きく身体を波打たせた耳ピアスが、白目を剝いて失神した。

とりあえず、プールに入れるのはあとにして耳ピアスを床に寝かせたままにした。

「先に、特大のかき氷を作ってくれ」

恭介は中森に言うと、電動ドリルを取りに手術台に向かった。

☆

「もっと左右対称に。皿に空けたプリンみたいなきれいな台形のイメージで。高さは一メートルもあればいい。底辺の直径は一メートル五十くらいで、オブジェを置く面の直径は三十センチくらいで……氷の山の上に、ロダンの『考える人』みたいにオブジェを座らせるから」

三脚に固定したスマートフォンを覗く恭介は、「真冬とイチゴシロップのかき氷」の脳内でイメージした画と照らし合わせながら指示した。

「もっとぎちぎちに氷を詰めて。オブジェは六十キロくらいあるんだから、崩れないように土台をしっかり……違う違う。隙間があり過ぎだよ。創作中に時間が経てば氷が解け始めるし、血液も流れるんだから。氷を積み上げるたびにこまめに塩をかけるのを忘れないで。それじゃ、ただ氷を重ねているだけだよ。ガラスの器に山盛りになった巨大なかき氷をイメージして」

イメージの鮮度が落ちないように恭介は、迅速な指示出しをした。

床に寝かせているオブジェの意識が戻らないうちに、巨大かき氷を完成させたかった。

これ以上スタンガンで高圧電流を流すと、作品が完成するまでに事切れる可能性があった。

苦しみに顔を歪め、恐怖に涙し、激痛に悲鳴を上げてこそ、最愛の人の心の琴線に触れる作品になるのだ。

眼を背けたくなるような凄惨なだけの陳腐な作品とは次元が違う。

オブジェの嗚咽(おえつ)、絶叫、叫喚、鮮血、血肉……それらのすべてが対極的な位置にあるはずの美へと昇華してゆく。

「……こんな感じで、どうですか?」

喘ぎ混じりの声で、中森が伺いを立ててきた。

高さ一メートルのかき氷は、どの角度から見ても綺麗な円錐にできていた。

「うん、なかなかいい感じだ。仕上げは私がやるから、しばらく休んでなさい。まだ、力仕事が残っているからね」

恭介はプールに歩み寄り、円錐の天辺の氷を三十センチほど払い除け平らに均(なら)した。

オブジェを載せられるように、直径三十センチほどの座面を作った。

少しでも凹凸があれば、安定が悪くなりオブジェが傾いてしまう。

「移動させるから手伝ってくれ」

恭介は中森を呼び寄せ、プールをフロアの隅——壁際に運んだ。

「これ……なんですか？」

中森が、壁を異様な眼で見た。

無理もない。

壁には高さ二メートルの位置から下に向かって、三十センチ間隔で六本の拘束ベルトが埋め込まれていた。

「いまにわかる。運んでくれ」

恭介は、相変わらず失神して横たわるオブジェに視線をやった。

中森がオブジェを抱え上げ、プールに運んできた。

「そのまま、ゆっくりと置くんだ」

かき氷の山の均した平面に、中森はオブジェを座らせた。

恭介は、首、胸、腹をベルトで固定した。

ベルトの穴はかなりの数が開いているので、力士並みに肥っていないかぎりはたいていの人間には対応できる。

「この拘束ベルトは、身長百九十センチ、百二十キロの怪力自慢のレスラーでテストをしても壊れなかったほど丈夫にできている」

「あなたは……何者ですか？」

中森の瞳には、恐怖と侮蔑の色が宿っていた。

「私は、君が思う通りの者だ」

恭介は即答した。

「それは、どういう意味ですか？」

「そのままの意味だよ。君が殺人鬼だと思えば殺人鬼だろうし、救世主だと思えば救世主さ。とにかく、私は私の理由で、君は君の理由でこの少年達と向き合っている。私達の関係は、それ以上でもそれ以下でもない。私は君に干渉しないから、君も私に干渉しないほうがいい。それが君の身の安全のためだから。わかったかい？」

恭介は冷え冷えとした口調で言うと、中森を見据えた。

「わ、わかりました」

中森が、弾かれたように頷いた。

「よし。じゃあ、そろそろ始めるよ」

恭介は三脚を設置し、スマートフォンを覗きながら中森に手招きした。

「私が合図をしたら、このスタートキーをタップしてくれ。どんな場面を見ても絶対に声を出さず、私の指示があるまで絶対に動画を止めないように」

中森が頷くと恭介は、電動ドリルを手にオブジェのもとに戻った。

今回の作品は、時間が勝負だ。

イチゴシロップの色も一種類ではない。

血管によってバリエーションを変えるつもりだった。

だが、手早くやらなければ、先に切った血管から放出された血液の勢いが弱まってしまう。

噴出した二種類のイチゴシロップが氷をそれぞれの赤に染める様を、恭介は脳内にイメージした。

物足りなかった。

本物のかき氷ならシンプルでも構わないが、芸術となれば話は違ってくる。

イチゴシロップに合うのは練乳だ。

だからといって、本物の練乳を使うわけではない。

恭介の拘り(こだわ)として素材で賄える(まかな)ものは極力、出来合いを使用しないことにしていた。

幸いなことに、練乳を表現できそうなものはある。

眼を閉じた。

五秒、十秒……雑念を追い払った。

二十秒、三十秒……心を無にした。

四十秒、五十秒……空白のキャンバスに、作品のラフ画を描いた。

およそ一分……恭介は眼を開けると同時にオブジェの頬を思い切り張り飛ばした。

衝撃で、オブジェが眼を開いた。

虚ろに漂っていた視線が自らを拘束しているベルトで止まり、ふたたび漂い始めると、電動ドリルを持つ恭介で止まった。

「な……なんで？　た……助けて……お願い……助けて……」

状況を認識したオブジェが、凍てつく顔で懇願した。

「この作品はきーちゃんに贈るから」

恭介は平板な声音で言いながら、電動ドリルのトゥリガーを引いた。

「やめて……やめて……」

オブジェの声が、物凄い勢いで回転する甲高いモーター音に掻き消された。

骨以外は木工用の貫通ビットで十分だった。

すぐに交換できるように、鉄工用の貫通ビットをゴムの繋ぎのヒップポケットに入れていた。

恭介は作品に被らないように上体を逸らしつつ、電動ドリルを持つ右手をオブジェの首筋に伸ばした――あっという間にビットが皮膚を切り裂き脂肪と筋肉に侵入した。

まずは、内頸静脈……地味に、黒っぽい血が流れ出した。

「あうわぁーっ！　あぁっ……あぁっ……あぁー！」

オブジェは派手に痛がっているが、静脈は動脈とは違い血液が勢いよく噴出しないので、数ヵ所に穴を開けても命は落とさない。

だが、皮膚と筋肉をドリルで切り裂かれるので、激痛を堪えきれずに叫ぶのは仕方がない。

静脈血は、老廃物を含み酸素を失っているので暗い色をしているが、空気に触れて時間が経つほどに動脈からの出血同様に鮮やかな赤色となる。

恭介は、鎖骨部の鎖骨下静脈、みぞおち部の下大静脈、腹部の肝静脈と腎静脈、太腿部の大腿静脈に立て続けに穴を開けた。

「うわぎゃ！　あがぁー！　おぐぁーっ！」

首と胸と腹が拘束ベルトで固定されているオブジェは、唯一自由な頭を左右に振りながら狂ったように濁音を撒き散らした。

派手な叫び声とは対照的に、ガラスに付着する雨だれのようにワインレッドの血がオブジェの生白い肌を伝い、氷を色づけた。

まだ暗い色のままなので、イチゴシロップというよりはブルーベリージュースのようだった。

三脚の横では、背中を丸めた中森が口に手を当て嘔吐に抗っていた。

そろそろ、鮮やかな画がほしいタイミングだ。

恭介はビットの先端を、オブジェの左頰骨の下に当てた。

動脈は深い部位にあるので、達するまでは静脈の血が滲み出す程度だ。

ビットが三分の一ほど頬肉に侵入したときに、勢いよく明るい色をした血が噴き出した。

間を置かず、左右の太腿の内側にビットを立て続けに侵入させた。

下半身から噴き出した大量の血液が氷を鮮やかな赤色に染めた。

「あはぁ……うふぁ……」

出血多量で急激に血圧が下がったせいか、早くもオブジェの叫び声が薄くなった。

ここで、最高のパフォーマンス——恭介は、最も血が噴き出る量の多い首筋——総頸動脈に回転するビットを当てた。

まるで豆腐に吸い込まれるように、あっさりと抵抗なくビットが首筋に侵入した。

ほどなくして、ブシューッという音とともに視界が赤に支配された。

オブジェはひとしきり激しく痙攣していたが、次第に動きが弱々しくなり、首の骨を骨折したようにうなだれた。

どうやら、失血死したようだ。

仕上げは練乳だ。

トゥリガーから指を離した恭介は手の甲でゴーグルに付着した鮮血を拭くと、ヒップポケットから取り出した鉄工用の貫通ビットに交換した。

恭介はオブジェのうなだれた顔を左手で上げ、ビットの先端を額に当てるとふたたびトウリガーを引いた。

自分の背中でオブジェがカメラの死角にならないように気をつけた。

創作者は黒子で、主役はあくまでも創作品だ。

いままでより一際高いモーター音——振動に恭介の視界が揺れた。

十秒も経たないうちに、視界の揺れが止まった——頭蓋骨に貫通した。

いよいよ、クライマックスだ。

恭介は、勢いよくビットを引き抜くとバックステップしてフレームアウトした。

額に空いた穴から淡いピンクがかった乳白色の脳みそが一気に溢れ出し、顔面、胸、腹、陰部、太腿をぬるぬると滑り落ちながらイチゴシロップのかかったかき氷に練乳さながらにトッピングされた。
五、四、三、二……恭介は、心でカウントした。
「カーット！」

恭介の合図と同時に、中森の口から汚物が迸った。

7

父がたくあんを嚙む音が、ダイニングキッチンに響き渡った。

母が箸でほぐしたサンマの身を口に運びながら、父の様子を窺っていた。

太腿の上でメッセージの着信を告げるスマートフォンが気になったが、直史は手にすることをしなかった。

父のたくあんを嚙む音が、執拗に続いた。

食卓を囲んで十分以上経つが、父は一言も発していなかった。

母は相変わらず、神経質な目線を父に向けていた。

きっと彼女は、口の中に放り込まれたサンマの味を感じることはできないだろう。

直史もまた、一刻も早く強制的な家族団欒から解放されることを願った。

クリーニング店を経営している父は、サラリーマンと違いほぼ毎日自宅にいた。

それが理由にもならないが、家族三人で顔を合わせて食事をすることが直史の家では義務付けられていた。

必然的に直史は、夕食の時間は家にいなければならない。

友人と遊びに行く約束をしている日は、大学から一度帰宅して夕食を済ませてから出かけるようにしていた。

　謹厳実直と頑固一徹の間に生まれたような父は家族にたいして昔から厳格で、彼の言葉(ルール)は絶対だった。

　二人の子供達にたいしての躾は厳しかった……というより、正確に言えば直史にたいしてだけ厳しかった。

　頭ごなしにルールを押しつける父や父の顔色を窺うことしかできない母に不満を覚える瞬間も多々あったが、直史は奔放な弟のぶんまで感情を押さえつけるようになった。

　幼い頃から、直史は長男であることの責任を求められた。


――お前は長男だろう！　弟の教育一つできないでどうする⁉

――あなたはお兄ちゃんでしょう？　手本になるように頑張りなさい。

――お前がしっかりしないから、一志(かずし)が問題ばかり起こすんだろう！

――一志が勝手をするとお父さんに迷惑がかかるっていうことを、直史からも言って聞かせないとね。

――兄としての手本を見せなさい。お前が立派な背中を見せていれば、一志ももうちょっとましな人間になるはずだ。

――お父さんは休む間もないほど忙しいんだから、あなたが手助けしてあげないとね。

小学校でクラスメイトと喧嘩して怪我をさせた、宿題を三日続けて忘れて担任教諭から連絡が入った、授業中に居眠りして職員室に呼び出された……一志の犯した罪があたかも直史の罪とでもいうように、父と母に責められた。

中学に入ると、反抗期も重なり一志の奔放さに拍車がかかった。

一志が髪の毛を染めて、学校に母が呼び出された——父に直史は叱られた。

一志が喫煙して、学校に母が呼び出された——父に直史は叱られた。

一志が万引きをして、警察に母が呼び出された——父に直史は殴られた。

——どうして……僕が怒られるの？　悪いのは、一志じゃないかっ。

ある日、直史はありったけの勇気を振り絞り父と母に鬱積した不満をぶつけた。

——そんなの当然だろう⁉　お前は一志の兄なんだから！

——あなたが上司で一志が部下だと考えたら、わかりやすいわよ。上司が部下の過(あやま)ちを咎められることは、どこの組織でも普通にあることだからね。

ないのさ！

――だったら、父さんだって一志の上司じゃないか⁉　父さんは、どうして責任を取ら

いま思えば、当時高校二年だった自分にも控え目な反抗期が訪れていたのだろう。

父にたいしてあんなに逆らったのは、最初で最後だった。


――取ってるさ！　客は減る一方だし、服に染みが付いたの破れたのとクレームをつけられ……これ以上、どう責任を取れと言うんだ！


あのときの父の鬼の形相は、いまでも忘れることができない。

弟が過ちを繰り返すたびに兄だからという大義名分で責めてくる父は、自分のことを嫌っているのだと思っていた――次男の過ちを理由に、嫌いな長男をイジメているのだと思っていた。

違った。

父は自分を好きではなかったのかもしれないが、少なくとも嫌いではなかった。

父が忌み嫌っていたのは、自分ではなく一志のほうだったのだ。

嫌っているなら一志を怒るはずだと、最初は考えた。

だが、父の一志を避けるような言動を見聞きするたびに直史は悟った。

憎らしいから嫌いであれば文句も言うし殴ることもあるだろうが、生理的に嫌いであれば殴るどころか手も触れたくない……いいや、視界にも入れたくないに違いないと。

たとえば、父にとっての一志がヘビかゴキブリのような存在だと考えればわかりやすい。

そう、父は、一志の存在を頭から完全に消去しようとしていたのだ。

それを証明するように、中学を卒業して一志が家を出たきり戻らなくなっても父は、友人の家に連絡を入れることも警察に捜索願いを出すこともしなかった。

たくあんを嚙む音が、直史の神経を逆撫でした。

いったいどれだけのたくあんを食べれば、こんなに長く不快な音を立てられるのだろうか？

せめてなにかを喋ってくれれば、直史のイライラが募ることもない。

父の顔色を窺う神経質な母の視線も、直史のストレスに拍車をかけた。

「あのさ……一志は、どうしてるんだろうね？」

無言のプレッシャーに耐え切れずに、直史は口を開いた。

言った端から、後悔が津波のように押し寄せた。

よりによって、弟のことを話題にするなど……。

「それより、進路のほうはどう考えているんだ？」

父が、不機嫌極まりない声で別の質問を返してきた。

完全に、地雷を踏んでしまったようだ。

「前にも言ったと思うけど、制作会社に……」

「そんな不安定な仕事は、だめだと言っただろう⁉　ただでさえテレビ業界は不況でキー局さえ予算を削られているというときに、下請けに入社してどうする？」

進路を訊かれたから、答えたんじゃないか――もちろん、口には出さなかった。

「できればテレビ局に入りたいけど、僕の大学では……」

「だから、中学のときからもっと勉強を頑張っておけばよかったんだ。いいか？　人生っていうのは、怠けただけの未来しか用意してくれないんだ。後悔先に立たずだ」

ようやくたくあんを嚙む音から解放されたと思えば、今度は説教が始まった。

「だが、怠けただけの未来であっても、努力によってましにはなる。だから……」

父の声を、インターホンのベルが遮った。

「あ、トイレに行くついでに僕が出るよ」

席を立とうとする母を制し、直史はダイニングキッチンを出た。

直史は、説教地獄から救ってくれた訪問客に感謝した。

沓脱ぎ場のサンダルを履き、直史はドアスコープを覗いた。

誰もいなかった。

直史は首を傾げつつ、内カギを解錠しドアを開けた。

やはり、誰もいなかった。

「ピンポンダッシュか……」

直史の視界に、足もとに置かれている書類封筒が入った。

「なんだこれ?」

直史は腰を屈め、書類封筒を手に取った。

封筒の中には、DVD‐Rが入っていた。

「誰だったの?」

ダイニングキッチンに戻った直史に、母が訊ねてきた。

「誰もいなくて……でも、これが玄関に置いてあったよ」

直史は、DVD‐Rを宙に掲げた。

「なんだ? それは?」

「DVDだと思うけど」

「誰がそんなものを置いていったんだ?」

「さあ……とにかく、観てみようよ」

直史は、リビングに移動するとDVD‐Rをプレイヤーにセットした。

「なんだか気味が悪いから、やめたほうがいいわ」

母が不安げに言った。

「呪いのビデオでもあるまいし。つけてみろ」

リモコンを手に躊躇していた直史に、父が命じた。

直史は、テレビのスイッチを入れＤＶＤプレイヤーの再生ボタンを押すとダイニングキッチンに戻り椅子に座った。

画面が青色に染まり、「花園と赤の噴水」という白い文字がゆっくりと浮かびクラシックピアノのメロディが流れ始めた。

「『名曲アルバム』みたいだな」

父が箸を止め、画面に見入った。

「宗教かなにかのビデオじゃないかしら」

相変わらず、母は薄気味悪そうにしていた。

タイトルが消え、別の文字が浮かんだ。

「親愛なる両親へ　親不孝をごめんなさい……なんだ？　これは？」

テロップを読んだ父が怪訝な表情になった。

「だから、言ったじゃない。もう、消しま……」

画面が切り替わり、母が言葉を呑み込んだ。

「なっ……」

父が絶句し、母の悲鳴が室内の空気を切り裂いた。

手術台に横たわる男の左目にはカスミソウ、右目には赤い薔薇、鼻にはひまわり、みぞおちにはカスミソウ、左右の太腿と下腹には白と黄色とピンクの薔薇とダリアが突き刺さっていた。

波打つ背中——直史は口に手を当てた。

食べたばかりのご飯とみそ汁が、指の隙間から溢れ出した。

「か、一志……」

父が掠れ声を絞り出し席を蹴ると、リビングに駆け込んだ。

「そんな……嘘……いや……いやーっ！」

母が頭皮を掻き毟り、髪の毛を振り乱しながら絶叫した。

直史は吐瀉物塗れの手で口を押さえたまま、よろよろとリビングに足を向けた。

全身に花を刺された男は、近くで見るとたしかに一志だった。

「一志……なんで……なんで……一志……」

テレビの前に腰を抜かしたようにへたり込む父が、蒼白な顔でうわ言のように繰り返した。

父の股間に染みが広がり、室内にアンモニア臭が立ち込めた。

画面の中の一志は全身を激しく痙攣させ、首と太腿の付け根から物凄い勢いで鮮血が噴き上げていた。
それに合わせるように、クラシックピアノのメロディがクライマックスを迎えた。
不意に、「花園と赤の噴水」というテロップが、直史の脳裏に蘇った。
「あなた……どうして！　どうして！　一志……ああ……一志！　一志！　ああーっ！
一志っ！」
母が腰から崩れ落ちながら狂乱した。
画面の中の一志の痙攣が、徐々に弱くなってゆく……。
断続的な嘔吐感に抗えず、直史は吐瀉物を足もとに撒き散らした。
「だ、誰が……誰が……誰が……」
父が失禁しながら、裏返った声で同じ言葉を繰り返した。
あんなにパニックになった父の姿を見るのは、初めてだった。
いつも、威厳に満ち、自分の言葉は神の言葉とでもいうような尊大な態度の父が小便を
漏らし、血の気を失った顔で動転している。
直史は、嘔吐で涙に滲む視界に映る父が滑稽に思えた。
母の叫喚に、誰かの声が混じった。
「お前……」
父が、びっくりしたような顔を直史に向けた。

直史は、腹を抱えて身を捩った。

泣き叫ぶ母の声に混じる別の声……直史は、それが自分の笑い声であることに気づいた。

8

「でさ、そのキショいオヤジが方向音痴で、道案内してくれないかって言うからさ。暇だし同じ方向だし、いいかなって、『ドンキ』まで連れて行ってやったんだ」

ナミが、「マクドナルド」のポテトを口もとに運びながら言った。

自慢のプラチナブロンドのショートヘア、ダークグレイのカラコン……ナミは色白で鼻も高いので、よくハーフに間違えられる。

「マジで⁉ やめなよ。そんな変態オヤジに、襲われたらどうすんの？ 最近、怖い事件が多いじゃん」

きさらはマックシェイクをストローで吸い上げながら言った。

ミルクティーカラーのロングヘアにダークブラウンのカラコン……高校一年のときはきさらもショートヘアにしていたが、ロングヘア好きな利也と付き合い始めてからは伸ばし始めた。

利也は二つ下の中学三年で、付き合い始めて一年が経つ。

「大丈夫、大丈夫。ヨボヨボのジジイだから、もし襲ってきてもウチのほうが強いからさ」

「そういう問題？」

きさらは呆れたように言った。

「それにさ、その気になってもフニャってて無理っしょ」

ナミが含み笑いをしながら、指先に摘まんだ細いポテトを掲げて振った。

「ほんと、その顔で下ネタ好きってギャップあり過ぎでしょ」

きさらは肩を竦めた。

「それよか、彼氏とは最近どう？」

ナミが、興味津々の顔で訊ねてきた。

「ああ、うまくいってるよ」

利也とはフィーリングが合うのか、一年の間に喧嘩らしい喧嘩をしたことがなかった。

利也は札付きの不良だが、素顔は心根の優しい少年だった。

それに、頼りがいがあり年下とは思えなかった。

「エッチは週どのくらいやってんの？」

ナミがテーブルに身を乗り出した。

周囲の客が、好奇に輝く瞳を向けてきた。

「馬鹿、声が大きいよ」

きさらは、ナミを睨みつけた。

「トシって中坊だから性欲ギンギンじゃん？　週五？　それとも週六とか？　もしかして、まさかの週八？」

ナミの瞳の輝きが増すのと対照的に、きさらの瞳は曇った。

「もう、いい加減にしないと、マジに怒るよ」

きさらは言いながら、スマートフォンに視線を落とした。

ナミの生々しい質問に、気分を害したわけではない。

きさらはナミに気づかれぬようにため息を吐き、緑のアイコンをタップした。

昨日の夕方、利也に送ったＬＩＮＥは、まだ既読になっていなかった。

いつもは二時間もあれば返信があるので、心配だった。

病気にでもなったのだろうか？

それにしても、ＬＩＮＥを見るくらいはできるはずだ。

既読にもなっていないということは……。

きさらは、胸騒ぎに襲われた。

もしかして、ブロックされたのか？

だとしたら、なぜ？

まさか、女……。

梅雨時の雨雲のように際限なく広がる妄想が、きさらを不安にさせた。

「ジョークじゃん、ジョーク。きさら、なにマジになってんの？　もしかして、なんかあった？」

ナミが、それまでとは打って変わって心配げな表情になった。

「なんかって、なによ？」

きさらは、感情が顔に出ないように平静を装った。

「喧嘩したとか、浮気したとか？」

「するわけないじゃん！　適当なこと言わないでよ！」

思わず、きさらは怒声を上げた。

言った端から、後悔した。

「そんなに怒らなくてもいいじゃん。本当に、どうしたのよ？　今日のきさら、なんかおかしいよ？」

「ちょっと強く言い過ぎた……」

きさらの声を、ＬＩＮＥの着信音が遮った。

送信人……利也の名前を眼にしたきさらは、弾かれたように席を立った。

「どうした？」

「あ……ごめん。ちょっと、トイレ」

言い終わらないうちに、きさらは逃げるようにトイレに駆けた。

ナミと微妙な雰囲気になっていたので、目の前で利也からのＬＩＮＥを開く気になれなかった。

きさらは個室に飛び込み、カギを締めると便座に座った。

利也からのＬＩＮＥは、動画だった。

「自画撮り？　かわいいとこあるじゃん」

きさらは頬を緩ませ、動画の再生印をタップした

動画が再生された――手足を革ベルトで拘束された利也にきさらは息を呑んだ。

うっすらと流れているＢＧＭは、利也の好きな「ギャングスタ」の「ブラックホール」だった。

『いきなりだけど、俺はきーちゃんが大好きだよ。勉強もできなくて悪いことばかりやってる俺だけど、きーちゃんを好きな気持ちは誰にも負けない』

「なにこれ……」

きさらは、凍てついた声で呟いた。

『将来、できたらきーちゃんと結婚できたらいいなと思ってる……』

利也が涙ぐみながら言った直後に、ディスプレイが暗転した。

「どういうこと……」

きさらの視線が凝結した。

ディスプレイには、涙に塗れた利也の顔が映し出された。
氷の台に座らされた利也は、首と胸と腹をベルトで固定されていた。
『やめて……やめて……』
利也の懇願する声が、甲高いモーター音に掻き消された。
ディスプレイに、ゴムキャップを被りゴーグルとマスクをつけた男が現れた。
全身、ゴム製の繋ぎを着た男の手には電動ドリルが握られていた。
「なっ……」
きさらは絶句した。
唸りを上げる電動ドリルが利也の首筋に吸い込まれると、黒っぽい血が流れ出した。
『あぅわぁーっ！　ああっ……ああっ……ああー！』
悲鳴を上げる利也に、きさらは眼を見開いたまま固まった。
男は電動ドリルで、利也の鎖骨、みぞおち、腹、太腿に立て続けに穴を開けた。
『うわぎゃ！　あがぁー！　おぐぁーっ！』
利也が激しく頭を振り、狂ったように泣き叫んだ。
「嘘……嘘よ……なんで……悪戯(いたずら)でしょ……悪戯だよね……」
きさらは、凍てついた視線でディスプレイを凝視しながらうわ言のように呟いた。
男が、電動ドリルを利也の左の頬に突き刺した。

さっきまでと違い、鮮やかな血が勢いよく噴き出した。

素早い動きで男は、電動ドリルを太腿の付け根に当てた。

破裂した水道管から噴き出す水飛沫のように鮮血が派手に噴出した。

『あはぁ……うふぁ……』

利也が、力なく呻いた。

「トシ……いい加減にして……悪戯はやめて……」

祈るように、きさらは呟いた。

そう、これは悪戯……利也の悪乗り(わるの)に決まっている。

きさらは、瀕死(ひんし)の理性を奮い立たせて己に言い聞かせた。

足をバタつかせていた利也の動きが弱々しくなった。

「もういいから！　いい加減にして！」

きさらは便座から立ち上がり、絶叫した。

「どうしました？　大丈夫ですか？」

個室のドアがノックされ、心配そうな女性の声が聞こえた。

「趣味悪いし！　こんなの面白くないし！　ねえ……お願い！　もう、やめてよ！」

きさらは床を踏み鳴らしながら、泣き喚いた。

涙に滲むディスプレイ――男が、利也の額にドリルの先端を当てた。

「いや……なにするの……いや……やめてよ……」

「大丈夫ですか⁉　開けてください！」

ドアが乱打され、女性の声もボリュームアップした。

一際高いモーター音とともに、ドリルの先端が利也の額に穴を開けた。

「ト……トシになにするの⁉　トシ！　トシ！　いやーっ！」

男が、後ろに飛び退った。

利也の額から、薄桃色をした白子のようなものが溢れ出した。

胃袋が伸縮し、生酸っぱい液体が食道を逆流した。

きさらの背中が波打った――身体をくの字に折った。

スニーカーの先端が、汚物に塗れた。

個室の壁が歪んだ。

後頭部と背中に激痛が走った――視界が黒く塗り潰された。

激しい衝撃音がした。

「大丈夫ですか⁉　どうしました⁉」

「お嬢ちゃんっ、大丈夫か⁉」

男性と女性の声が、鼓膜からフェードアウトした。

9

『うわぎゃ！　あがぁー！　おぐぁーっ！』

「止めろ」

中野警察署刑事部捜査一課の取調室——ノートパソコンで動画を再生していた警部の名倉は、田山に命じた。

午前中、名倉と田山は、中野駅南口でクリーニング店を営む一人目の被害者、中山一志の実家で父親と兄に交友関係を聴取した。

母親は精神的に錯乱し、会話できる状態ではなかった。

「何度観ても、エグいですね……鬼畜ですよ、こいつは」

静止画像になったディスプレイ——電動ドリルで穴だらけにされている二人目の被害者、菊池利也の殺害シーンに、田山がうわずる声で吐き捨てた。

名倉も二十年以上刑事をしているが、これだけ生々しく凄惨な殺害現場が撮影された動画を観るのは初めてだった。

「真冬とイチゴシロップのかき氷」とタイトルのつけられた動画では、かき氷に見立てた氷の山に拘束した被害者を座らせ、生きたまま電動ドリルで全身の動脈と静脈に穴を開け、流れ出る血をイチゴシロップに見立てるという内容だった。

ご丁寧なことに、殺害の前に恋人と思しき橋本きさらに愛の告白をさせたシーンを撮影していた。

名倉と田山はパソコンに取り込んで観ているが、犯人は橋本きさらにスマートフォンのLINEアプリを使用して動画を送りつけていた。

犯人は菊池利也のスマートフォンから動画を送信していた。

これだけでも前代未聞の殺人事件だが、犯人はこの動画とは別の殺害シーンを収めたDVD-Rを被害者……中山一志の実家に送りつけていた。

動画の内容は、同じ場所と思われる室内に設置された手術台に拘束された中山一志の、眼球、鼻孔、胴体に薔薇やひまわりなどを突き刺し失血死させているものだった。

こちらにも、「花園と赤の噴水」というタイトルがつけられていた。

この二本に共通していることは、被害者がそれぞれ中学生と高校生という未成年であったことと、挑発するかのように肉親や恋人に動画を送りつけているということだった。

——一志君は、トシ……利也の先輩です……。

そして、橋本きさらの証言で中山一志と菊池利也が不良グループの先輩後輩の間柄だっ

「いくつくらいの奴ですかね？」

田山が、静止画像に映る電動ドリルを手にする犯人の背中を凝視しながら訊ねてきた。

犯人はゴムキャップ、マスク、恐らくゴーグルをつけているだろうことは後ろ姿からでもわかった。

衣服は、ゴム製か革製の繋ぎ服を着ているようだった。

「二十代後半から五十代ってところだろう」

名倉は、静止画像の犯人の背中を睨みつけつつ言った。

「相当に、イカれた男ですね。極刑ですよ、極刑！」

田山が、吐き捨てた。

「どうして、そう言い切れる？」

名倉は、静止画像の犯人を睨み続けたまま訊ねた。

「あたりまえじゃないですか？　男の二人の殺害法を見れば、死刑は確実ですよ！」

「女かもしれないだろう？」

「え⁉　この体格からしたら……」

「大柄で骨太の女かもしれないだろう？」

名倉は、田山を遮った。

「そりゃそうですけど……」

「それに、殺人事件とは決まっちゃいない」

ふたたび、名倉は田山を遮り言った。

「はい⁉　どういう意味ですか？　警部だって、いま、殺害現場の動画を観たでしょう⁉」

「ああ、観たよ。動画をな。いまは編集技術も驚くほど進歩してるし、特殊メイクを使った悪質な悪戯かもしれない」

「そんな……なにが目的で、そんな手の込んだことをやる必要があるんですか⁉」

田山が、憮然とした顔で言った。

自分にからかわれている、と思ったのだろう。

「だから、悪質な悪戯だと言っただろう？　とにかく、俺が言いたいのは死体が出ていないかぎり、動画だけでは中山一志と菊池利也が殺害されたという決定的証拠にはならないってことだ」

名倉は吐き捨て、席を立ち煙草に火をつけるとホワイトボードに歩み寄った。

ホワイトボードには、被害者とされる少年二人の顔写真がマグネットで留められていた。

犯人は女で殺害に見せかけた悪戯かもしれない――もちろん、その確率は九十九・九パーセントないことはわかっていた。

だが、〇・〇一パーセントの確率でも可能性があるかぎり、犯人像を頭から決めつけてはならないという刑事の捜査姿勢を田山に教えておかなければならなかった。

「わかりました。肝に銘じておきます」

田山が、渋々ながらも受け入れた。

「これが殺人事件なら、犯人の目的はなんですかね？　怨恨？　愉快犯？　それとも、サイコパスの犯行ですかね？」

田山が名倉の隣に立ち、言葉を選びつつ訊ねてきた。

「その中で言えば、サイコパスが一番近いかもな。だが……」

名倉は言葉を切り、眼を閉じた。

記憶が二十三年前……名倉が警察官になって二年目の頃に巻き戻った。


――被害者は石本慧君九歳、畑中理恵ちゃん九歳、二人は同じ小学校に通う同級生ですよね⁉　慧君と理恵ちゃんの切断された生首をキスをさせるように向かい合わせ石膏で土台を固めた写真を、犯人がそれぞれの両親のもとに送りつけたというのは本当ですか⁉

記者会見の会場で、世田谷署の署長に質問する記者の声が名倉の耳に蘇った。

——ただいま捜査中ですので、詳しいことは申し上げられません。

署長が、苦渋の表情で言った。

——慧君と理恵ちゃんの首から下の遺体が発見された世田谷区深沢の廃ビルの近くの公園で、慧君と一緒にいた中学生と思しき少年の姿がたびたび目撃されているという話がありますが、その少年が容疑者と考えてもいいですか？

——申し訳ありませんが、捜査に支障が出る恐れがありますので申し上げるわけにはいきません。

——せめて、犯人の見当はついているかどうかだけでも答えてくださいっ。いくら捜査中とはいえ、申し上げるわけにはいきませんばかりじゃ、最愛の子供を無残に殺された親御さんの気持ちはどうなるんですか？

記者が、署長を責め立てた。

——親御さんの無念を晴らすためにも、慎重に捜査を進めなければならないと言っているのです！

——話を戻しますが、犯人の見当はついているのですか？　それくらいなら、答えても捜査に支障とやらは出ないでしょう？

——時間となりましたので、ここで会見を終了させて貰います！

進行役を任されていた新米刑事だった名倉は、皮肉を浴びせかけてくる記者達に告げた。

——肝心なことは、全然発表してないじゃないか！

——こんなの、会見と言えないぞ！

——なにか、言えない事情でもあるんですか⁉

記者達が、矢継ぎ早に署長に質問を浴びせかけてきた。

——警察を信用してくださいっ。必ず、犯人を捕まえますから！

名倉は署長の前に立ちはだかり、記者に向かって大声で約束した。

署長への点数稼ぎでも、庇ったわけでもない。

純粋に、憤りを覚えていた。

悪魔の所業を行った犯人に。

そして固く心に誓った。

悪魔の所業を行った犯人を地獄に送り戻すことを。


「だが……なんですか？」

言葉の続きを促す田山の声に、名倉は現実に引き戻された。

「ただのサイコパスじゃないような気がする」

名倉は、少年二人の写真をみつめつつ言った。

「と、言いますと？」

「『花園と赤の噴水』、『真冬とイチゴシロップのかき氷』」

名倉は、唐突に口にした。

「それぞれの動画につけられたタイトルですね？」

「『ファーストキス』」

田山の問いかけには答えず、名倉は呟くように言った。

「え？　ファースト……それ、なんですか？」

「犯人は、芸術家気取りのくそ野郎かもしれないってことだ」

名倉は、押し殺した声を絞り出した。

いまだに、犯人は捕まっていなかった。

だが、二〇一〇年四月二十七日に改正刑事訴訟法により時効廃止が成立し、成立前なら約二年後に時効になっていたはずの「石本慧君、畑中理恵ちゃん首切り殺害事件」は、今後も捜査が続行されることになった。

名倉は、今回の事件と二十三年前の事件が無関係とは思えなかった……いや、無関係であってほしくなかった。

「芸術家気取りのくそ野郎……なんのことですか?」

「それより……」

名倉は田山の質問を受け流し、水性マジックでホワイトボードにボスと書いた。

「篠原の身柄を確保するぞ」

——よく知らないんですけど、トシはよく篠原先輩って人の名前を言ってました。十七歳で、凄く怖い先輩だって……。

橋本きさらの証言が、鼓膜に蘇った。

「あ、被害者の彼女が言っていた怖い先輩のことですよね? もしかして……警部はその篠原って少年をクロだと思っているんですか?」

「恐らく、シロだろう」

「じゃあ、どうしてですか？」

「ここに、写真を貼らないようにするためだ」

名倉は、ホワイトボードを指差した。

「え⁉　犯人は次に篠原って少年を狙うんですか⁉」

田山が、素頓狂な声を上げた。

「次かどうかはわからんが、嫌な予感がする」

名倉は言うと、会議室をあとにした。

「あ、待ってください！」

慌てて、田山が名倉のあとを追いかけてきた。


待っててくれ……必ず、無念を晴らしてやるから。

名倉は、幼くして無残に命を奪われた慧と理恵に心で誓った。

10

「丸山健斗の家は、ここみたいですね」

老朽化したアパートの前で足を止めた田山が、スマートフォンのアプリ地図と電柱の住居表示プレイトに交互に視線をやりながら言った。

北区の赤羽(あかばね)駅から徒歩三百メートルほどの住宅街に、菊池利也の親友……丸山健斗の住むアパート「滝川荘」はあった。

——メンバーかどうかはわかりませんが、トシといつもつるんでたから、篠原先輩のこともなにか知ってるかもしれません。

殺害された菊池の恋人、橋本きさらから聞き出した交友関係の中で真っ先に挙がったのが丸山健斗の名前だった。

午前七時半という時間帯なので、足早に駅へと向かうサラリーマンの姿が目立った。

名倉は、投函口からチラシの束が溢れるゴミ箱同然になったポストに眼をやった。

一〇一号中村、一〇二号空白、一〇三号空白、一〇四号……名倉は、黄ばんだネームプレイトで視線を止めた。

「警棒を取り出せるようにしておけ」

名倉は田山に言うと、一〇四号のドアに向かった。

「え……？」

田山の表情に、困惑の色が浮かんだ。

「最近のガキは、ゲーム感覚で人を殺すからな」

「でも、丸山ってまだ中三ですよ」

「昭和の中三とはわけが違う。それに、菊池利也が属していたグループは、札付きの不良の吹き溜りだったみたいだしな」

――トシは最近、グループを抜けたいってよく言ってました。

橋本きさらの証言が、名倉の脳裏に蘇った。

――理由は、なにか言ってた？

――篠原先輩が気に入らない奴をリンチしているのを見ると、いつ自分がターゲットにされるか怖いって……。

——その篠原先輩っていうのは、そんなに怖い男なのかな？

——以前に、一志君の妹にコクった男子をボコボコにして、彼の大学生のお姉ちゃんと中二の妹をみんなで輪姦(まわ)したって……。


きさらの話が本当なら、篠原はかなり常軌を逸した男だ。

「あの、いろいろ考えてみたんですけど、中山一志と菊池利也を殺したのは篠原じゃないですかね？」

警棒を手にした田山が、名倉のあとに続きながら訊ねてきた。

「どうしてそう思う？」

一〇四号室の前で足を止めた名倉は、振り返らずに質問を返した。

「橋本きさらの証言では、篠原の凶悪性は相当なものじゃないですか。仲間の妹がつき合ってほしいと告白されたからって、そいつをリンチして姉さんや妹をレイプするなんてありえないですよ。百歩譲ってその妹が騙されてひどい目にあったとかレイプされたとかならまだしも、交際を申し込まれただけでしょ？　イタリアマフィアだって、そんな残虐非道じゃありませんよ」

田山が、背後で持論を展開した。

「きっと、中山一志と菊池利也が篠原を怒らせることをやっちゃったんだと思います。動画に映ってた男が十代の体型には見えないのはたしかですけど、偽装の可能性がありますからね。警部も言ってたじゃないですか？　いまは編集技術も驚くほど進歩してるし、特殊メイクを使ってるかもしれないって」

田山の推論は続いた。

「これが悪質な悪戯じゃなく本当の殺人事件なら、篠原の線は高いだろうな」

名倉は、相変わらず田山に背を向けたまま言った。

「でしょう？　だけど、警部は篠原は恐らくシロだって言ってたじゃないですか？　被害者になりそうな気がする……そうも言ってましたよね？」

「ああ、言ったよ」

名倉は返事をしながら、思考の車輪をめまぐるしく回転させていた。

篠原が極悪非道な少年なのは間違いないだろう。

だが、「真冬とイチゴシロップのかき氷」と「花園と赤の噴水」が彼の作品とは思えなかった。

「どうしてですか？」

篠原はたしかに常軌を逸していたが、イカれかたの質が違うような気がした。

「刑事の勘だ」

初めて名倉は振り返り口角を吊り上げると、すぐに顔を戻し呼び鈴を押した。

☆

「あの、刑事さんがウチの息子にどういったご用でしょうか?」

眼の下の色濃い隈に疲弊が窺える四十代と思しき女性が、早朝から息子を訪ねてきた二人の刑事に警戒の色を隠さなかった。

化粧気もなく顔が疲れ果てているので四十代と思ったが、もしかしたらまだ三十代かもしれない。

「中山一志君と菊池利也君という少年の名前を聞いたことありますか?」

名倉は訊ねながら、母親の肩越し……六畳の和室と隣の部屋を仕切る襖に注意を払った。

猫の額ほどの沓脱ぎ場には、踵を履き潰した薄汚れたスニーカーが揃えられていた。

ほかの靴で登校している可能性はあったが、さっき物音がしたので恐らく丸山健斗は奥の部屋にいるに違いない。

母子家庭で一人っ子なので、ほかの誰かが立てた物音とは考えづらかった。

和室の中央には昭和のテレビドラマに出てきそうな古びた卓袱台が、壁際には小型で奥行きのある年代物のテレビがあった。

部屋の片隅に設置してあるキッチンシンクには、洗い物が溜っていた。

調べによれば、健斗の母親は昼にスーパーのパートと夜は清掃の仕事を掛け持ちしているらしい。

女手一つで子供を育てるために、寝る間も惜しんで働いているのだろう。

心の扉を叩く同情から、名倉は視線を逸らした。

捜査に私情は禁物だ。

それに、健斗が犯人というわけではない。

「いいえ、聞いたことありませんが……その子達と息子がどんな関係なんですか？」

「中山一志君はわかりませんが、菊池利也君と健斗君は友人関係だったそうです」

「そうなんですか……」

母親が、惚(とぼ)けているとは思えなかった。

思春期の少年……しかもグレているのであれば、友人の名前を親に教えているほうが珍しいのかもしれない。

「あの、その菊池君という男の子がなにか問題でも起こしたんでしょうか？」

母親が、怖々と訊ねてきた。

「菊池利也君は、殺害されました」

名倉の言葉に母親が絶句し、大きな音を立てながら襖が開いた。

華奢な身体にグレイのスウェットを着た金髪の少年が、もともと色白の顔を蒼白にして立ち尽くしていた。

伸び放題の金髪は根もとに黒いものが目立ち、いわゆるプリンの状態になっていた。

「トシが死んだって、マジかよ⁉」

健斗が玄関に駆け寄りつつ、うわずった声で訊ねてきた。

「健斗、あんたは部屋に……」

「お母さん、我々は健斗君に話があって伺ったんです。少し、健斗君をお借りしてもいいですか？」

「え……健斗をどこに？」

健斗の母が、不安そうな顔を名倉に向けた。

「表に停めている車の中で、お話を伺います」

「それなら、お上がりください」

「いえ、できればお母さんのいないところのほうが都合がいいんです」

「それは……？」

「お母さんがいると、健斗君が喋りづらいことがあるかもしれませんので。これは殺人事件なので、健斗君には包み隠さず知っていることを話して貰いたいんです」

「健斗が、事件に関係しているんですか⁉」

母親の血相が変わった。

「いいえ。ただ、殺害された被害者の少年と親しい間柄だったということなので、いろいろと訊きたいことがありまして」

「それじゃあやっぱり、事件に関係しているってことじゃないですか⁉　あんた、いったい、なにをしたの⁉」

母親が健斗の腕を摑み、強張った顔で問い詰めた。

「うっせえな……なにもしてねえよ」

健斗が面倒臭そうに言いながら、母親の腕を振り払った。

「こらこら、親に向かってその口の利きかたはなんだ？　君のために、寝る間もなく働いてくれているんだぞ？」

「知らねーし」

不貞腐れた顔で吐き捨て、健斗がスニーカーに足を突っ込み外に出た。

「健斗！」

「大丈夫です。三十分もかからないでお戻ししますから」

名倉は母親を宥め、健斗のあとを追った。

☆

「いきなりで悪いけど、菊池利也君を殺した犯人に心当たりはあるかな？」

アパートの前——路肩に停車したクラウンのリアシートに健斗と並んで座った名倉は、優しい口調で切り出した。

「あるわけないじゃん……それより、トシが殺されたって本当かよ⁉」

名倉は無言でスマートフォンを取り出すと、健斗の顔の前にディスプレイを向けた。

ディスプレイには、橋本きさらの自宅に届けられた菊池利也の殺害動画のキャプチャー画像が映し出されていた。

「なっ……」

氷の山の上で全身を電動ドリルで穴だらけにされて事切れた親友の画像に、健斗が絶句した。

両足は極寒地に全裸で放り出されたとでもいうようにガタガタと震え、顔面は映画のヴァンパイアさながらに蒼褪めていた。

「警部、それを見せるのは……」

「真実を知った上で、捜査に協力してほしいんだ」

慌てる田山を遮り、名倉は言った。

百聞は一見に如かず——健斗に、嘘を吐かせる精神的余裕を与えたくなかった。

「もう一人、中山一志君という高校一年の少年も菊池君とともに殺されたんだが、知っているかな？」

「あ、会ったことはないけど……トシから、よく名前は聞いてた……」

干乾びた声で、健斗が言った。

「中山君のことは、どんなふうに聞いてたのかな？」

「スコーピオンの先輩だって……」

「スコーピオンって？」

名倉は威圧的にならないように、優しく健斗を促した。

いまは、菊池利也の交友関係を聞き出すことが先決だ。

「チームの名前だよ……」

健斗が、震える声で言った。

声だけでなく、両足も相変わらず震えていた。

イキがっているが、健斗はまだ十五歳の少年だ。

親友が猟奇的に殺害された遺体の写真は、衝撃が強過ぎたようだ。

「篠原君って先輩が、リーダーのグループのことか？」

名倉が篠原の名前を口にしたとたん、健斗の顔が強張った。

「篠原君を知ってるのか？」

「し、知らねえよ……」

健斗が視線を逸らした。

嘘――すぐにわかった。

「おいっ、嘘を吐くんじゃない！」

それまで黙っていた田山が、運転席から振り返り健斗に怒声を浴びせた。

健斗が眼を閉じ、肩をビクつかせた。

「田山」

健斗を萎縮させてしまったら、余計に本音を隠してしまう。

「脅かして、悪かったな。話を戻すけど、本当に篠原君を知らないのか？」

「だから……知らねえって」

健斗が嘘を吐くのは、篠原を犯人だと思っているからに違いない。

本当のことを口にすれば、自分も命を奪われるとでも思っているのだろう。

「健斗君、本当のことを教えてくれないか？　君の友人を殺害した犯人を捕まえるために、協力してほしいんだ」

名倉は、訴えかける瞳で健斗をみつめた。

「本当に、俺はなにも……」

「次は、篠原君の命が危ないかもしれないんだ」

名倉は、健斗を遮った。

「え……篠原先輩が⁉」

健斗が、素頓狂な声を上げた。

「知らないんじゃなかったのか⁉」

「田山っ」

揚げ足を取る田山を、名倉は睨みつけた。

「そうだよ。君はなにか勘違いしているようだが、私達は篠原君が犯人とは思っていない」

田山は篠原をクロだと疑っているが、健斗を安心させるためにそれは口にしなかった。

「じゃあ、誰なんだよ……？」

「それを突き止めるために、こうやって君に会いにきているんだ。菊池君と中山君を惨殺して家族や恋人にその動画を送りつけている手口から、犯人はスコーピオンに恨みを抱いている者かもしれない。そうなれば、リーダーの篠原君は必ず狙われるはずだ」

「マジかよ……」

健斗が、凍てついた顔で呟いた。

「君だって、菊池君の命を奪った犯人を捕まえたいだろう？　篠原君について……いいや、スコーピオンについて知っていることがあったら教えてくれないか？　どんな些細なことでもいいから」

名倉は、根気強く諭し続けた。

「俺はメンバーじゃねえし、トシから聞いた話しか知らねえし……」

「それでもいいから、君が聞いたことをすべて話してくれ」

「……絶対に、俺が喋ったってこと言わねえか？」

健斗の瞳は、怯えていた。

その恐怖の源が、篠原であることは間違いない。

「ああ、約束する。君の名前は一切出さないよ」

「トシは……スコーピオンを抜けたがっていた」

健斗が、重い口を開いた。

橋本きさらも、同じようなことを言っていた。

「菊池君は、どうして抜けたがっていたんだ？」

彼女から聞いたのとは違う理由があるかもしれないと思い、名倉は訊ねてみた。

「カツアゲ、万引き、喧嘩、レイプの毎日が嫌になったって言ってた。一番年下だから、パシリばかりやらされるのも嫌だったみたいだ」

「菊池君は、どうしてやめなかったのかな？」

「殺されるって……」

健斗が、掠れた声を絞り出した。

「篠原君にか？」

健斗が頷いた。

「いままでも、抜けようとした奴は篠原先輩に半殺しの目にあったって……悪魔だって言ってた」

「悪魔？」

「ああ。この前も母親と子供……」

言いかけて、健斗が慌てて口を噤んだ。

「母親と子供が、どうした？」

「いや……なんでもねえよ」

視線を逸らす健斗の額には、玉の汗が浮いていた。

「隠し事をすると、お前も逮捕するぞ！」

田山が運転席から身を乗り出し、健斗を恫喝した。

「そんな……」

健斗の顔が泣き出しそうに歪んだ。

「やめないかっ。脅かして悪いな」

名倉は田山を一喝し、健斗に詫びた。

「だが、彼の言うことも間違ってはいない。もし、なにか犯罪を隠しているとしたら、君も犯罪者になるんだ。知っていることがあったら、包み隠さずにすべて話してくれ。君だって、少年院になんか入りたくないだろう?」

口調は柔らかだが、名倉も田山同様に健斗を恫喝した。

「本当に、俺は……」

「仕方ないな」

名倉が取り出した手錠を見て、健斗が血の気を失った。

少年を相手にこんな脅しかたはしたくなかったが、これ以上時間をかけるわけにはいかない。

もたもたしている間に、第三、第四の被害者が出るかもしれないのだ。

「ちょっと、待ってくれよ……」

「最後に、もう一度訊く」

言いながら、名倉は健斗の右の手首に手錠を当てた。

「さっき言いかけたことを、隠さずに話してくれ」

「わかった……わかったから、逮捕しないでくれよっ。トシが言ってたんだ……篠原先輩の命令で、妊娠している女の人と女の子をレイプして殺したって……」

名倉と田山は、思わず顔を見合わせた。

「篠原君に命じられて、妊娠している女性と女の子をレイプして殺した……いま、君はそう言ったのか?」

名倉は、繰り返し訊ねた。

健斗が、蒼褪めた顔で頷いた。

「話がよく見えないんだが、その妊娠している女性と女の子は篠原君の知り合いなのか？」

「いや……知らない人だと思う。トシが言うには、篠原先輩ともう一人同い年の先輩、カズ先輩、トシの四人で車を流して適当に拉致ってきたらしい」

「最初から、殺すつもりでか？」

「篠原先輩が妊婦とヤッてみたいから拉致ったって、トシからは聞いた」

健斗の話に、田山の顔が険しくなった。

無理もない。

名倉も、怒りに腸が煮えくり返っていた。

「女の子まで、どうしてさらったんだ？」

激憤の感情を表に出さないように、名倉は冷静な声音で質問を重ねた。

「親子とセックスしてみたいって篠原先輩が言ってたって……」

「親子って、女の子はいくつだ？」

「小さなガキだったみたい」

「お前っ、いい加減にしろ！」

田山がドライバーズシートから太い腕を伸ばし、健斗のジャージの襟首を摑んだ。

「お、俺はなにもやってねえよ！　ト、トシから聞いたことを……話してるだけじゃねえか！」

健斗が、半べそ顔で抗議した。

我に返った田山が、バツが悪そうに健斗の襟首から手を離した。

無関係の健斗に手が出るほどに、篠原達の行いは鬼畜の所業だった。

「その子も……レイプしたのか？」

恐る恐る、名倉は訊ねた。

「多分、そうじゃないかな……みんなで女の人と女の子をレイプして殺したって、電話でトシが言ってたから……」

田山の顔色を窺う健斗の言葉に、名倉は息を呑んだ。

「篠原先輩は、ゲラゲラ笑いながら女の人の腹を殴りつけたり、踏みつけたりして、赤ちゃんを引っ張り出したり……。トシもヤバイと思ったらしいけど、篠原先輩が怖くて止めることができなかったみたいでさ……」

束の間、名倉は声を出すことができなかった。

いま聞いた話は、本当なのか？

嘘であってほしかった……健斗のでたらめであってほしかった。

妊婦と幼女が犯された挙句に殺害され、胎児が踏み潰され子宮から引き摺り出される。

こんなことが、あっていいはずはなかった。

もし本当であれば、たとえ犯人が未成年であっても極刑送りだ。

菊池利也が健斗に話したことが真実なら、名倉は犯人像を改めなければならないのかもしれない。

犯人は、篠原ではない可能性が高いと考えていた。

それどころか、次のターゲットになる恐れがあるとまで危惧していた。

だが、篠原がそこまでの鬼畜なら、菊池利也と中山一志を殺した犯人であっても不思議ではない。

あの、猟奇的な殺人動画を送りつけるのも納得できる。

篠原の凶行に嫌気が差しグループを抜けようとした二人を制裁した……十分に考えられる話だ。

現に菊池利也は、恋人と親友にはスコーピオンを抜けたいと愚痴を零していたのだから。

「トシは、何度もビデオカメラを放り出して逃げようとしていたらしいけど、怖くて足が動かなかったって言ってたよ」

健斗の言葉に、名倉の聴覚が反応した。

「ビデオカメラ？」

名倉は、怪訝な顔を健斗に向けた。

「篠原先輩が、旦那に送りつけるからビデオを撮ろうって。それで、一番後輩のトシが撮影するよう言われたらしい」

落ち着きを取り戻しつつある健斗と入れ替わるように、名倉の鼓動は早鐘を打ち始めた。

「母親と娘をレイプして殺すところをビデオに撮って旦那に送ったっていうのか⁉」

血相を変えた田山が、ふたたび健斗の胸倉を摑んだ。

「だから、俺じゃねえって言ってるだろ！」

健斗が、田山の手を振り払った。

「旦那さんの住所は、どうやって調べたんだ？」

五臓六腑を焼き尽くすような激憤の炎から眼を逸らし、名倉は健斗に訊ねた。

「そんなこと知らねえよ。もう、いいだろ？　俺は関係ねえんだから」

落ち着きと同時に、健斗の態度にふてぶてしさが戻ってきた。

名倉は、健斗の肩に右手を置いた——五指に力を込め鷲摑みにした。

「痛っ……離せよ」

健斗が顔を顰めた。

名倉は、さらに握力を強めた。

「痛ーっ！」

身を捩り暴れる健斗を、名倉は逃さなかった。

学生時代に柔道で鍛えた名倉の握力は七十キロを超えていた。

「関係ないだと⁉　自分に関係なければ、それでいいのか⁉　自分がやってなければ、その母親や娘がひどい殺されかたをしても、どうでもいいのか⁉　君は、母親と娘がどんな目にあって殺されたかを聞いておきながら、知らん顔をして暮らしていたのか！」

名倉は、健斗の肩に五指を食い込ませ怒声を浴びせた。

「お……俺は犯罪者じゃ……ねえ……だろ……」

涙声になりながらも、健斗は必死に抗った。

「人が殺されていると知っていながら警察に電話をしなかった君も、犯人を手伝った罪……殺人幇助罪で少年刑務所に入ることになる」

「えっ……」

健斗の表情が、静止画像のように動きを失った。

「スコーピオンの溜り場を教えるんだ」

「俺は……」

「人を殺したことを教えるくらいに仲のいい親友から、溜り場を聞いてないとは言わせない」

名倉は、健斗を遮り言い訳の余地を奪った。

「許してくれよ……俺が、篠原先輩に殺されるじゃねえか……」

健斗の眼は、ライオンを前にしたシマウマのように怯えていた。

「協力すれば、助けてやる。君のことは、責任を持って警察が守ってやるから安心しろ」

名倉は、力強い口調で約束した。

健斗が名倉から逸らした視線を、足もとに落とした。

「悪魔を恐れだんまりを続けて少年刑務所にぶち込まれるか？　警察に協力して悪魔を刑務所にぶち込むか？　どっちを選ぶ？」

名倉は、健斗に二者択一を迫った。

少々荒っぽいやりかただが、仕方がない。

健斗が聞いた話が本当なら、菊池利也と中山一志の二人以外に、さらなる凄惨な殺人事件が起きていたことになる。

もちろん、母娘のレイプ話は遺体が発見されたわけではないので菊池利也のでたらめの可能性があった。

だが、恐らく真実に違いないということが名倉にはわかっていた。

中学生が思いつく作り話にしては、具体的で生々し過ぎた。

「悪魔って……やっぱり、篠原先輩のことかよ？」

顔を上げた健斗が、怖々と訊ねてきた。

取り戻した心の余裕は名倉の脅しにふたたび奪われ、下瞼がヒクヒクと小刻みに痙攣していた。

「さあ、正直、それはわからん。だが、悪魔が誰であっても、殺人事件に関する情報を隠せば犯罪の片棒を担いだことになる……つまり、共犯だ」

名倉は、追い討ちをかけた。

「トシが仲間と溜っていた場所を教えるけど……約束、守ってくれるよな？」

意を決したような眼で見据えてくる健斗に、名倉は頷いた。

「ああ、約束は守るし、必ず犯人を捕まえるから安心しろ」

名倉は健斗に言いながら、自らにも言い聞かせた。

二十三年前の自分に……。

☆

「♪どこよりも高く～買い取り取り取り～？　電化製品お売りになるときホリグチ！」

渋谷新南口――クラウンの車内に、聞き慣れたディスカウントショップのＰＲソングが流れ込んできた。

「ガキが言ってたマンションは、このあたりだと思います」

フロントウインドウ越し――マンションと雑居ビルに視線を巡らせつつ、田山が言った。

えから。

——スコーピオンの溜り場は、渋谷のディスカウントショップ「ホリグチ」の近くのマンションで、一階にレンタルDVDの店が入っているって言ってた。部屋番号は聞いてね

名倉は脳内に蘇る健斗の声を頼りに、一階にレンタルDVDショップのテナントが入ったマンションを探した。

「貴重な情報提供者に、そんなふうな言いかたをするな」

名倉は、田山を窘めた。

「でも、あのガキは生意気で……あっ、あれじゃないですか⁉」

田山が言葉を切り、フロントウインドウ越しに指差した。

名倉は、田山の指先を視線で追った。

約二十メートルほど先……一階にDVDショップのテナントが入った白い外壁の真新しいマンションが建っていた。

「エントランスが見える位置に停めろ」

名倉が命じると、クラウンがスローダウンしてマンションの対面の路肩に停車した。

「部屋番号、わからないんですよね？　とりあえず、メイルボックスで名前を確認してき

ますよ」

　田山が言って、ドアを開けようとした。

「篠原なんて、ネームカードを出していると思うか？」

　名倉は、田山の背中に言った。

「それもそうですね。じゃあ、管理人に探ってきますよ」

「なにもしなくていい」

　車から降りようとする田山の背中に、名倉はふたたび言った。

「え？」

　田山が、振り返った。

「いま、俺らの存在がバレて犯人が穴蔵に引っ込んだらヤバイからな」

「犯人の顔はわかってるんですから、出くわしたら引っ張ればいいじゃないですか？」

　スマートフォンを名倉の顔の前に掲げながら、田山が不思議そうに言った。

　健斗から転送して貰った写真……ディスプレイには、どこかの部屋で写されたものと思われる四人の少年の画像写真が表示されていた。

　映画の中のイタリアマフィアを気取ったような、一人掛けのソファに上半身裸でふんぞり返り葉巻をくわえる銀髪坊主の少年が篠原だ。

　篠原の背後に立つ三人の少年――左端の金髪の少年は中山一志、右端の少年は菊池利也、中央の少年の名前は健斗も知らないらしいが、篠原と同い年だという。

「犯人が、篠原ならな」

名倉は、画像写真の篠原を見据えつつ言った。

「どういう意味ですか⁉ 警部も、やっぱり篠原がクロの可能性が高いって言ってたじゃないですか？」

「篠原が、妊娠した母親と幼女をレイプして殺したって聞いたときはな。だが、撮影した動画を旦那に送りつけたって聞いてから、また、わからなくなった」

名倉は、画像写真の篠原を見据え続けた。

「なにがわからないんです⁉ 妊婦の母親と幼い少女をレイプして殺しただけでも鬼畜なのに、それを動画撮影して旦那に送りつけるような奴ですよ⁉ 菊池利也の恋人や中山一志の親に猟奇殺人の動画を送りつけたのと、まったく同じやりかたじゃないですか⁉ 犯人は、絶対に篠原ですよ！」

田山が身振り手振りで訴えた。

たしかに、田山の推論には説得力があった。

スコーピオンのメンバーの少年二人と妊婦の母と娘……四人の殺害事件に共通しているのは、眼を背けるような残虐な手口と、その動画をそれぞれ関係性の深い人間に送っているということ。

だが、なにかが違う。

一見、似ているように思えても、ただの落書きとピカソの絵が決定的に違うように、二組の殺人事件は似て非なるものだ。

ほかにも、解せないことはあった。

妻と娘があんな惨い殺されかたをしたと知れば、すぐに警察に通報するのが普通だ。

しかも、殺害動画まで送りつけられているのだ。

それなのに、夫が警察に届け出た気配はない。

届けられていれば、名倉の耳にも入っているはずだ。

もしかしたなら、夫が動画を観ていない可能性も考えられた。

しかし、名倉はそうは思わなかった。

夫は、妻と娘がレイプされ殺害された動画を観ている。

根拠はないが、名倉は確信していた。

刑事の勘……そう説明するしかなかった。

名倉の勘が当たっていれば、夫はなぜ警察に届けない？

目には目を……自らの手で、犯人グループに制裁を与えるつもりなのか？

それも、しっくりこない。

仇を討とうと考えるのは、警察の与える罰に不服を感じたときだ。

警察に通報しないというのは、常人では考えられないことだ。

だが、もし、常人でなかったなら……。

――被害者は石本慧君九歳、畑中理恵ちゃん九歳、二人は同じ小学校に通う同級生ですよね⁉　慧君と理恵ちゃんの切断された生首をキスさせるように向かい合わせ石膏で土台を固めた写真を、犯人がそれぞれの両親のもとに送りつけたというのは本当ですか⁉

二十三年前の「石本慧君、畑中理恵ちゃんの首切り殺害事件」の記者会見場での世田谷署の署長にたいする記者の声が、昨日のことのように名倉の脳裏に蘇った。

――慧君と理恵ちゃんの首から下の遺体が発見された世田谷区深沢の廃ビルの近くの公園で、慧君と一緒にいた中学生と思しき少年の姿がたびたび目撃されているという話がありますが、その少年が容疑者と考えてもいいですか？

ふたたび、記者の声が名倉の記憶の扉を開けた。

あのとき容疑者として浮かんだ中学生と思しき少年は、いま三十代半ばから後半の年齢になっているはずだ。

名倉は、別の記憶の扉を開けた。

橋本きさらに届いた菊池利也の殺害動画に映っていた犯人の背中を思い浮かべた。

もし、あの犯人が二十三年前の少年だったとすれば……篠原達にレイプ殺害された妊婦の夫が、幼女の父が二十三年前の少年だったとすれば。

背筋に悪寒が走り、全身の皮膚が粟立った。

そんな偶然が、あるだろうか？

刑務所内で知り合った犯罪者同士が、出所してから街で偶然に出会うことは珍しくないらしい。

再会した元受刑者が手を組み、新たな犯罪に走る確率は意外に高いという話を、以前に看守から聞いたことがあった。

——負のオーラ同士、引き寄せ合うってことですかね。

看守の吐き捨てるような声が、名倉の脳内に蘇った。

「お前の言う通り、篠原が犯人だと考えるのが妥当な線だ。だが……」

名倉はスマートフォンを田山から奪い、篠原の画像写真を顔前に突きつけた。

「なんですか？」

田山が、訝しげに眉根を寄せた。

「もし、悪魔が一人じゃなかったら？」

「え……？」

田山の眉間に刻まれた縦皺が深くなった。

「もし、もう一人の悪魔がいたら……」

名倉は、言葉の続きを呑み込んだ。

11

一階にDVDショップのテナントが入った白い外壁の真新しいマンション、「ステーション渋谷」――篠原達の隠れ家の三十メートルほど手前の路肩で、恭介はレンタカーのエルグランドを停めた。

トシとカズを拉致したときと同じに、ホームレスが売った運転免許証で借りた足のつかないレンタカーだ。

本当はもっと近くに付けるつもりだったが、癇に障る車を発見したのだ。

フロントウインドウ越し――約十メートル先に停車する白のクラウンが気になった。

「どうしたんですか?」

助手席で、カレーパンを齧りながら中森が伺うように訊ねてきた。

「花園と赤の噴水」、「真冬とイチゴシロップのかき氷」を制作していた一昨日は死人のような顔をしていたが、ずいぶんと精気が戻っていた。

トシが脳漿を垂れ流しているときに嘔吐していた男が、いまは空腹を満たすためにカレーパンに貪りついている。

人間は、習慣の生き物であり残酷な生き物でもある。

人が車に撥ねられ内臓がアスファルトに撒き散らされる現場を目の当たりにしても、時間が経てばバラエティ番組を観て馬鹿笑いをしたり恋愛映画に胸をときめかせたりするようになる。

ボスニアで餓死し骨と皮になった幼児の映像を観ても、時間が経てば肉を食らいラーメンを啜るようになる。

末期癌で苦しんだのちに亡くなった親の最期を看取っても、時間が経てばアダルトビデオを観て自慰行為に耽(ふけ)ったり、恋人とセックスするようになる。

だからといって、その人間が冷酷なわけでも非常識なわけでもない。

胸を痛め、場合によっては心に深い傷ができるだろう。

だが、その胸の痛みも心の傷も、時の流れとともに薄らいでゆき、最後には忘却してしまう。

それが、生きる、ということだ。

人間は生きるために、慣れるという能力を授かった。

人間は生きるために、残酷な一面を誰もが持ち合わせていた。

そもそも、他の動物を殺し、肉や内臓を食らい生命を維持していること自体が、人間の本質を現している。

中森は、経験がなかっただけの話だ。

人間が切り刻まれ、血を流す場面を見ることの。

一度経験してしまえば免疫ができ、二度目は衝撃も動揺も弱まるものだ。

「果物や樹液、とくに発酵した飲食物の匂いを好み寄ってくる」

恭介は、クラウンの車内にいる二人の男性の後頭部を凝視しながら呟いた。

「え？」

中森が、口もとに運ぼうとしたカレーパンを持つ手を止めた。

「ショウジョウバエみたいだよ、彼らは」

ふたたび、恭介は呟いた。

「ショウジョウバエ？　誰のことですか？」

「刑事だよ」

「あの車に乗ってるの、刑事なんですか⁉」

中森がクラウンを指差し、素頓狂な声を上げた。

恭介は、無言で頷いた。

確証はないが、恭介には確信があった。

事件の匂いがすれば、どこからともなく姿を現す。

恭介にとって刑事という生き物は、ショウジョウバエのように鬱陶しく、忌み嫌っている存在だった。

なによりも許し難く軽蔑するのは、恭介の芸術作品も単なる犯罪者の殺人も一括りにする大雑把さだ。

――二人の幼い命を弄ぶように奪った鬼畜を、絶対に許すわけにはいきません！

あのときも、そうだった。

慧と理恵の幼い恋愛を永遠のものにした作品を生み出した不世出の天才を、過去の猟奇殺人犯と一緒に扱ったのだ。

単なる猟奇殺人犯が首を切るのとは次元が違う。

理恵のハーフのように整った顔立ちや慧の無垢な表情を損なわないようにするためには、細心の注意と手先の器用さ……なにより、センスが不可欠だった。

自分で言うのもなんだが、とても中学生の創作物とは思えなかった。

――慧君と理恵ちゃんの首から下の遺体が発見された世田谷区深沢の廃ビルの近くの公園で、慧君と一緒にいた中学生と思しき少年の姿がたびたび目撃されているという話がありますが、その少年が容疑者と考えてもいいですか？

――申し訳ありませんが、捜査に支障が出る恐れがありますので申し上げるわけにはいきません。


せっかく記者が不世出の天才中学生の存在を匂わせてくれたというのに、あっさりと話を打ち切った署長の対応には心底失望した。

なにより腹立たしいのは、捜査に支障が出るという理由で「ファーストキス」に関しての情報を一切流さなかったにもかかわらず、結局、恭介を逮捕できなかったことだ。

もちろん、逮捕されなかったから腹を立てたわけではない。

無能な刑事に芸術を封印され、安っぽく残酷な殺人鬼のイメージだけを広められたことにたいしての怒りだった。

「刑事に嗅ぎつけられたなら、ヤバいじゃないですか⁉」

中森が、狼狽(ろうばい)した顔を恭介に向けた。

「私の作品を彼らの家族や恋人にプレゼントしたんだから、嗅ぎつけられて当然だよ」

恭介は、クラウンから視線を離さずに冷え冷えとした声で言った。

「当然って……逮捕されるつもりであんなことをやったんですか⁉」

中森が、血相を変えて問い詰めてきた。

「別に、そんなこと、どっちでもいいさ」

対照的に、恭介は涼しい顔で言った。

「捕まる捕まらないを考えながら、いい作品はできないっていうことだよ」

嘘ではない。

恭介の頭の中には、二十三年前の作品を超えることしかなかった。

「僕、もうやめま……」

「棄権するなら、君を警察に通報することになる。未成年二人を殺したんだ。死刑は免れないだろうね」

恭介は中森を遮り、無機質な瞳で見据えた。

「僕はあなたに言われて……」

「強制されて仕方なくやったとかの主張は通用しない。君は立派な共犯だ。私を止めるどころか、一緒に作品を手伝っているわけだからな。動画に証拠も残っているから、言い逃れはできない」

「そんな……」

ふたたび恭介に遮られた中森が顔色を失った。

「どうする？　私を手伝うか？　それとも牢獄に囚われて死刑を待つか？」

恭介は、究極の二者択一を迫った。

進むも地獄、退くも地獄――どちらも地獄に変わりはないが、中森には進む道しか残されていない。

「あなただって……捕まって死刑になるんですよ？　それでもいいんですか？」

最後の抵抗——中森が、精一杯の脅しをかけてきた。

「だから？」

恭介は、興味なさそうな声音で訊ね返した。

「だからって……死ぬんですよ⁉　怖くないんですか⁉」

中森が眼を見開き、強張った顔で訴えた。

しばしの間、恭介は首を傾げ気味にして中森をみつめた。

彼の言葉が、聞き慣れない言語のように意味がわからなかった。

「私が怖いのは、芸術を生み出せなくなった自分と向き合うときだけさ。警察に捕まらないようにしているのも、死ぬことを恐れているんじゃなくて自由を奪われるからだ」

「あなたは、やっぱり……」

思い直したように、中森が口を噤んだ。

「狂ってるって、言いたいのかな？」

恭介が薄笑いしながら言うと、中森が視線を逸らした。

「でも、どうするつもりですか？　刑事が張りついていたら、篠原と真島が出てきてもさらえないじゃないですか？」

中森が、フロントウインドウ越しにクラウンを見据えながら訊ねてきた。

「刑事がいなくても、篠原君はいままでの二人みたいに簡単に拉致できる相手じゃない」

「さらわないなら、どうするんですか？」

恭介は中森の質問に答える代わりに、ＬＩＮＥのアプリを起動させたスマートフォンを掲げてみせた。

「スマホが、どうかしたんですか？」

「読んで」

恭介に促された中森が、ＬＩＮＥの会話を読み始めた。


まだか？／おい、おせーよ／早くしろ／何時間かかってんだ！／なにシカトしてんだ⁉／いい加減にしろ！／ぶっ殺すぞ！／死にてーのか！／既読にしろ！／マジぶっ殺す！／絶対ぶっ殺す！／既読にしろって言ってんだろ！／バックレてんのか！／てめえっ、俺から逃げられると思ってんのか⁉／いまなら許してやる／あと三分だけ待ってやる／てめーつなんで既読になんねーんだ！／殺す！　殺す！　殺す！　殺す！　殺す！　殺す！　殺す！　殺す！

「これは、トシって奴のスマホ……。鬼ＬＩＮＥが入ってますね……」

硬い表情の中森に、恭介は頷いた。

「このやり取りを遡って特徴を摑めば、トシに成りすますことができる。マスコミは自粛して未成年の名前は出さないだろうから、篠原君は二人が死んでいることを知らないはずだ」

「最後のＬＩＮＥが三十分前ですから、たしかに、まだ気づいてないですね。ところで、成りすますって、どうするんですか？」

恭介は、中森の問いかけに答えずＬＩＮＥのキーをタップした。

「これを篠原君に送る」

恭介は、スマートフォンのディスプレイを中森に向けた。


すみません。カズ先輩の彼女の部屋に拉致られてます。逃げようって言われて断ったら、ボコボコに殴られて。いま、隙みてＬＩＮＥしてます。電話は聞こえるかもなんでできないです。カズ先輩と彼女しかいません。お願いします。助けてください！　住所は、中野区中野＊‐五‐十二ガーデントップ中野四〇五号です。


「騙しておびき寄せるんですね。この住所は、なんですか？」

中森がＬＩＮＥの文面から恭介に視線を移した。

「私がアトリエとして借りているうちの一つだよ」

恭介は、都内にほかにも五ヵ所のマンションやビルを借りていた。

「待ち伏せるんですね？　けど、トシが拉致されてると思ってるから、武器とか持ってくるんじゃないですか？」

中森が、不安げな顔で訊ねてきた。

「カズ君と彼女だけだと思っているから、武器なんて持たないさ」

「仲間を……引き連れてきたらどうしますか？」

中森の声は、うわずり震えていた。

相当に、篠原を恐れているようだ。

「篠原君とカズ君の実力差は明らかだ。真島君と二人で乗り込むのは、ほぼ間違いない。それに、アトリエにはある仕掛けがしてあってね」

「ある仕掛け？」

中森が繰り返した。

「アトリエに足を踏み入れた瞬間に、彼らは一網打尽だ。沓脱ぎ場を改造したんだ。床に鉄板を敷いて、遠隔操作で三百万ボルトの電流が流れるようになっている。二、三人なら、まとめて身体の自由を奪える。万が一真島君以外の仲間を引き連れていても、玄関を踏まないとアトリエには入れないから、私達に危害を加えることはできない。因みに、鉄板は室内にまで伸びていて五メートルの長さにしてあるから、走り幅跳びの選手でもないかぎり飛び越えることは不可能だ」

淡々と説明する恭介に、中森が眉を顰めた。

「どうして、部屋をそんなふうにしているんですか？」

「芸術作品を創作するための素材集めさ」

恭介が言うと、中森が小さく首を横に振った。

いつでも創作に入れるように、各アトリエを同じように改築していた。

どのタイミングで、最高の素材と巡り合えるかわからないからだ。

アトリエはすべて賃貸なので、無断で改築することは禁止されている。

だが、アトリエはそれぞれホームレスから買い取った戸籍で契約しているので、創作が終わり部屋を使い捨てても恭介を追うことはできない。

そもそも、中島恭介という人間も仮の姿だ。

二十三年間、本当の自分から離れていた。

別の人間に成りすまし、別の人生を歩んできた。

しかし、一分たりとも、本当の自分を忘れたことはなかった。

海東旬（かいとうしゅん）という選ばれし存在を……。

美しくない名前で美しくない人生を歩むと決めたのは、彼の名誉を傷つけたくなかったからだ。

美しくない妻子と家庭を築くと決めたのも、人々の記憶に残る彼の芸術を汚したくなかったからだ。

彼を守るために、二十三年の歳月を犠牲にしてきた。

だが、ここまでだ。

大人になり、人生の経験を積んだ感性の天才が生み出す芸術を披露する時機がきた。

トシとカズ……創作勘を取り戻すためのアイドリングは終わった。

自分に耐え難い駄作を送りつけてきた芸術性のかけらもない篠原……最高の素材で、世の中に知らしめたかった。

真の芸術が、どういうものかということを。

「ファーストキス」の創作者が、健在だということを……健在どころか、さらなる進化を遂げているということを。

「でも、篠原達がこの隠れ家から出てきたら、刑事につけられませんか？」

「つけられても、構わないさ」

「え⁉　どうして構わないんですか⁉」

中森の声は、驚きに裏返っていた。

「私達は先に中野のマンションに行っているから、刑事に顔を見られることもない。篠原君を尾行しても誰に会いに行くかまではわからないわけだし、マンションの契約者を調べても他人の名義だから私達に辿り着けはしない」

「だけど、日本の警察は優秀だから……」

「心配はいらないよ。私は、警察より遥かに優秀だから」

恭介は、中森に真顔で言った。

☆

恭介は、中野通り沿いに建つ白い外壁のマンション――「ガーデントップ中野」の地下駐車場にエルグランドを乗り入れた。

「やっぱり、刑事が尾行してきたらヤバいんじゃないんですか？」

恭介がエルグランドを区画線内に駐めると、すかさず中森が不安げな顔を向けた。

「さっきも言っただろう？　車も部屋も他人名義で借りているから、刑事に素性が割れることはない。篠原君を尾けてきたところで建物の中まではついてこられないだろう。令状もなくそんなことをしたら、住居不法侵入罪になる。彼らはマンションの前で待つしかないが、永遠に篠原君は出てこない」

恭介は、片側の口角を微かに吊り上げた。

「だけど、マンションに入ったまま出てこないと、いつかは部屋を訪ねてきますよ？」

「居留守を使えばいいだけの話だ。篠原君が入った部屋だと特定もされていないのに、応答がないだけで管理人に合鍵を借りてドアを開けるわけにはいかないからな」

「それはそうですけど、刑事が張り込んでいるとわかっているのに……」

「篠原君を殺すのは気が進まないって、言いたいのか？」

恭介は、中森の胸の内を代弁した。

中森が、小さく頷いた。

「篠原君は、君の妹さんをレイプして自殺に追い込んだ仇だろう？　このチャンスを逃せば、もう、復讐できないかもしれないんだよ？」

「それとこれとは、話が別です！　刑事が張り込んでいる目と鼻の先で人を殺すなんて、ありえないですって！」

中森が、抗議口調で言った。

「なぜ君が嫌がるのかわからないな。刑事が目と鼻の先にいる状況で犯す殺人と、そうでないときに犯す殺人は罪の重さが違うのか？」

茶化しているわけではない。

恭介には、中森の気持ちがわからなかった。

「そういう意味じゃありませんよ」

中森が、ため息を吐いた。

「私にとっては、刑事が目と鼻の先で張り込んでいる状況で、しかも、彼らのターゲットの命を奪うなんて、これ以上ない最高のシチュエーションだけどね」

本当だった。

いまから始まる創作活動を考えただけで、血潮が騒いだ。

こんな興奮は、セックスでも味わえない。

「あの……どうして偽名を使っているんですか？　前にも、人を殺したことがあるんですか？」

中森が、怖々と訊ねてきた。

「それを聞いてどうする？」

「いえ……少し気になったから……」

「昔もいまも、私は人を殺したことはない」

恭介は、涼しい顔で言った。

「え……でも、二人を……」

「あれは殺人じゃなく、創作だよ」

恭介の言葉に、中森が異星人でも見るような眼を向けてきた。

詭弁（きべん）ではなく、本心からそう思っていた。

殺人とは、人を殺すことを言うのだ。

恭介は、命は奪うが後世に残る芸術作品として素材を昇華させた……そう、殺したのではなく活かしたのだ。

まだなにか言いたげな中森から視線を逸らし、恭介は篠原にＬＩＮＥを送信した。

「これは……」

「ガーデントップ中野」の四〇五号室のドアを開けた瞬間、異様な光景に中森が絶句した。

異様な光景——沓脱ぎ場から部屋の奥まで伸びた五メートルの鉄板。

「スイッチを入れていないときはただの鉄板だから、心配しなくてもいい」

恭介は言いながら、靴のまま足を踏み入れた。

「もたもたしていると、篠原君がきてしまうぞ」

玄関先で躊躇する中森を、恭介は促した。

アトリエは、八畳の洋間のワンルームだった。

「ここも、前の部屋と同じですね……」

アトリエに入ってきた中森が、首を巡らせながら強張った顔で言った。

中森の言葉通り、カズとトシを拉致した代々木のアトリエと同じ、室内の中央にはステンレス製の拘束ベッドが置かれ、壁には拘束具と拷問具が吊るされていた。

壁とドアは防音仕様に改築しているので、大声で泣き喚いても外に漏れることはない。
「着替えて。篠原君がきたらすぐに創作に入るから」
恭介はゴム製の繋ぎ服、ゴムキャップ、ゴーグルを中森の足もとに放った。
自らも手早く着替えると、恭介はソファに座った。
眼を閉じた。
ついに、挑むときがきた。
この日がくるのが怖く、また、愉しみでもあった。
二十三年間、片時も忘れたことはなかった。
あの至福の瞬間を……あの恍惚とした感情を……。
勝てるだろうか？　あのときの自分に……。
いま思い返しても、「ファーストキス」は傑作だった。
素材の瑞々（みずみず）しさを損なわず、純粋な想いをあますところなく表現できた。
人生経験を重ねたぶん、あのときの自分より表現力では勝っている。
作品のわびさびも奥深さも勝っている自信はある。
手先の勘も戻ってきた。
問題は、素材とテーマだ。
一流のシェフ同士が料理の腕を競う場合も、勝敗を分けるのは素材選びとどんな料理を作るかだ。

純粋無垢な少年少女と、極悪非道な不良少年のボス……素材では、引けを取ってはいない。

テーマ選びさえ間違えなければ、「ファーストキス」を超えることが可能だ。

「篠原は、あと、どのくらいできますかね？」

ゴム製の繋ぎ服に着替え終わった中森が、落ち着かない様子で訊ねてきた。

「LINEが既読になってから十五分くらいだ。渋谷のマンションからすぐに駆けつけるなら、あと三十分ってところだろう」

恭介は、篠原に送信したトシのスマートフォンのディスプレイに眼をやった。


カズに拉致られてるってマジか⁉／あいつ裏切ったのか⁉／カズの野郎っ、ぶっ殺してやる！／部屋にカズの女以外に誰かいるか？／女を犯してカズをぶっ殺す！／ぜってーにカズをぶっ殺す！／ぜってーに女を犯してやる！／助けに行くから待ってろ！


既読になってから僅か十五分の間に、篠原から立て続けに何通ものLINEが送られてきていた。

文面からも、篠原の凶暴さと粗暴さが伝わってきた。

「怖くないんですか？」

中森が訊ねながら、恭介の隣に立った。

「なにが？」

「なにがって……篠原は、本当にヤバい奴です！　後輩が裏切ったと信じて怒り狂って乗り込んでくるんですよ⁉」

「篠原君以上に狂暴なトラでも、三百万ボルトの電流に感電したら動けなくなる。万が一、篠原君が電流にダメージを受けない特殊体質だったときのために、これを渡しておくよ」

恭介は抑揚のない口調で言うと、刃渡り三十センチのサバイバルナイフを渡した。

「えっ……」

中森が硬い表情で、サバイバルナイフに視線を落とした。

「ナイフくらい、使えるだろう？　殺されたくなかったら、殺すしかない。ただし、それは私が篠原君にやられたらの話だ。私が元気なうちは、作品の素材に傷一つつけるのは許さない」

嘘ではない。

自分の命あるかぎり、なにより優先するのは作品の出来栄えだ。

だから恭介がもしものために携行している武器は刃物ではなく、特殊警棒型のスタンガンだ。

「玄関に電流を流すスイッチは、どこにあるんですか？」

相変わらず落ち着かない様子の中森が、不安げな顔を向けた。

恭介は無言で、煙草のパッケージより一回り小さなリモコンを宙に掲げた。

「電池とか大丈夫ですか？　もし、スイッチ押しても電流が流れなかったら……」

「立て」

恭介は中森を遮り、冷ややかな声音で命じた。

「え……？」

中森が、訝しげに恭介を見た。

「試すから、鉄板の上に立て」

「いや……ぼ、僕は万が一のアクシデントに備えて言っただけだから……」

中森が、引き攣り笑いしながらしどろもどろに言った。

「私が信じられないなら鉄板に立て。その勇気がないなら、口を挟むな。いま、君の臆病風につき合っている暇はない」

恭介が冷眼で見据えると、中森がうなだれた。

恭介はふたたび眼を閉じ、海東旬史上最高の芸術作品にするべくテーマ選びに思考を巡らせた。

☆

人間はみな、聖なる女神の子宮（ミクロコスモス）から生まれる。

最高傑作に相応（ふさわ）しく、人類の誕生や大宇宙（マクロコスモス）の神秘に関する壮大なテーマにするつもりだった。

篠原を生んだ女神――彼の母親を作品に登場させるのが自然な流れだが、無難過ぎる気がした。

守りに入れば秀作は生み出せるかもしれないが、歴史に残るような名作の域には達しない。

ならば、恋人か？

母親よりも新鮮味はあるが、斬新というほどの発想でもない。

普通なら、かなりの衝撃作だ。

だが、比較するべき作品が、九歳の両想いの少年少女の首を切ってキスをさせたというテーマなので、十分ではなかった。

十五歳の少年が生み出した衝撃を、三十八歳の大人が凌駕するには生半可な衝撃では太刀打ちできない。

「きましたよ……」

中森の強張った声と、ドアノブが回される金属音が交錯した。

恭介は、ゆっくりと眼を開けた。

ほとんど同時に、ドアが勢いよく開いた。

「こらっ、カズ！　ぶっ殺してやる！」

ヤンキー御用達の大きな犬のプリントの入った白のセットアップ……「ガルフィー」のセットアップを着た銀髪坊主で眉毛のない少年が、金属バットを片手に物凄い形相で玄関に乗り込んできた。

ＬＩＮＥの文面と同じ凶暴と粗暴の間に生まれたような少年……恐らく、篠原に違いない。

少し遅れて、黒髪をウニのように立てた特徴のない顔の男が現れた。

彼が真島なのだろう。

ドアが閉まった。

恭介の予想通り、二人だけのようだった。

「あ⁉　てめえら、誰だこら！　カズとトシはどこだ⁉　おら！」

恭介と中森を認めた篠原が、鬼人の如き形相で金属バットを振り上げた。

「早く……早く……」

泣き出しそうな囁き声で、中森が恭介を急かした。

「君達、二人で乗り込んできたのか？」

念には念を重ね、恭介は訊ねた。

彼らがダッシュしても、五メートルの鉄板を渡り切るより早くスイッチを押せる自信があった。

「カズなんて雑魚殺すのに、大勢で乗り込むわけねえだろ！　それより、てめえらは誰だって訊いてんだよ！」

篠原が金属バットを、思い切り鉄板に叩きつけた。

恭介は、その瞬間を逃さずスイッチを押した。

篠原と真島が、手足をまっすぐに伸ばしたままドミノ倒しのように仰向けに倒れた。

恭介がスイッチから手を離しても、二人は鉄板の上で硬直した手足を痙攣させていた。

中森は、驚いた顔で固まっていた。

「ほら、ぼーっとしてないで復活しないうちに拘束しないと」

恭介は革手錠を中森に渡し、ソファから腰を上げると篠原達に歩み寄った。

「頭の悪い男の子だね。君の馬鹿さ加減を目の当たりにして、あんなセンスのない下品な動画を送ってきた理由が納得できたよ」

恭介は屈み、篠原を横向けにすると硬く強張った両腕を後ろ手に回し、革手錠で自由を奪った。

すぐに拘束ベッドに寝かせるので革手錠をする必要はなかったが、慎重を期したのだ。

頭が悪いぶん、脳からの伝達指令が機能せずに常人よりも電流にたいしての耐性が強いという可能性も考えられた。

隣では、中森が恐る恐る真島の両腕を革手錠で拘束していた。

篠原が眼を見開き、なにかを言いたげに口をパクパクとさせていた。

「そっちが終わったら、運ぶのを手伝ってくれ」

恭介は、篠原の脇の下に手を入れながら中森に言った。

慌てて中森が、篠原の両足首を摑んだ。

両手を拘束しているくらいでは、安心できないのだろう。

「て……てめ……ぶっ……」

篠原が、充血した眼で恭介を睨みつけてきた。

「さすがはゴキブリやムカデ並みの下等生物だね。三百万ボルトの電流を浴びてまだ一分くらいしか経ってないのに、私を脅そうとしているんだから」

恭介は嘲りつつ、篠原を拘束ベッドに載せた。

手早く、頭、首、胸、腹を革ベルトで締めた。

両足をハの字に開かせ、ベッドに備え付けの革製の足枷(あしかせ)で足首を拘束した。

最後に革手錠を外し、両手を万歳する格好にして足枷と同じ備え付けの革製の手枷を代わりに嵌めた。

「脇役は拘束椅子に座らせてくれ」

恭介は篠原に触れた両手をアルコールティッシュで丹念に拭いつつ、真島に投げた視線を中森に移した。

「さて、言いたいことがあるなら、聞いてあげよう。あと三十分もすれば喋れなくなるからね」

恭介は、拘束ベッドの傍らに丸椅子を置いて座った。

「て……てめえは……だ……れだ？」

苦しげに篠原が、切れ切れの声で訊ねてきた。

「中島恭介だよ」

あっさりと、恭介は言った。

「し……知らねえよ……だ……誰だ……て……めえ？」

「失礼だな、忘れたのか？　私の妻をレイプし、二歳の娘の性器を指で弄び、そして胎児をお腹から引っ張り出し、皆殺しにした動画を君が喪黒福造の名前で送りつけた男だよ」

恭介の言葉に、篠原が眼を見開いた。

「て……てめえ……ふ……復讐……か？」

狂気の宿る三白眼で、篠原が恭介を睨みつけた。

「君の舎弟も、同じことを訊いてきたよ。申し訳ないが、自惚(うぬぼ)れないでくれ。君の出来の悪い動画で、私の復讐心を煽(あお)るのは無理だ。その前に誤解しないでほしいのは、妻と娘がレイプされて殺されたことを、私は恨んでも哀しんでもいない」

恭介は、淡々とした口調で言った。

「じゃ……じゃあ……なんで俺を……？」

「ショパンコンクールで優勝したピアニストが、町内会のピアノ大会で優勝した程度の素人に得意げに『夜想曲』を聴かされたとしたら、それ以上の屈辱はないだろう？　ミシュランの三ツ星レストランのシェフに、料理教室の先生をしている主婦が得意げに対決を挑んできたら、それ以上の屈辱はないだろう？　君があんな低次元の動画を送りつけることで私を地獄に叩き落とせると思ったことが、同じくらいの屈辱なのさ」

恭介は、無機質な瞳で篠原を見据えた。

「でも、感謝するべきかな。皮肉にも君の低能さとセンスのなさが、私の創作意欲に火をつけたんだから」

「て、てめえ……」

篠原の懸命に絞り出した声を、振動音が遮った。

恭介は、振動音の発信源――篠原のセットアップのヒップポケットからスマートフォンを取り出した。

ディスプレイに、非通知の文字が表示されていた。

尤(もっと)も、電話番号が表示されていたところで誰の番号かはわからない。

電源を切ろうとした恭介は、思い直して通話キーをタップした。

無意識に動いた指――直観がそうさせた。

『もしもし？　篠原君の電話か？』

受話口から流れてきたのは、見知らぬ中年男性の声だった。

恭介は、無言で言葉の続きを待った。

『俺は、中野警察署の刑事で名倉という者だ』

恭介の掌の中で、スマートフォンが軋んだ。

中野警察署の刑事……渋谷の篠原達の溜り場(マンション)を張っていた車の男に違いない。

『お前に急ぎで伝えたいことが……』

中年男性……名倉が、異変を察したように急に黙り込んだ。

『お前、篠原じゃないな？』

名倉の問いかけにも、恭介は無言を貫いた。

『誰だ？』

恭介は、沈黙を続けた。

『もしかして……』

名倉が息を呑む気配が伝わってきた。
十秒、二十秒、三十秒……沈黙が続いた。
恭介も無言で、聴覚に意識を集中した。
『……「ファーストキス」』
唐突な名倉の言葉に、恭介はスマートフォンを持つ手を握り替えた。
『お前……あのときの中学生か？』
思わず、声を出しそうになった。
喉もとに押し止めたのは、驚愕の絶叫でも恐怖の悲鳴でもない。
二十三年前の天才を知る者がいた……歓喜の雄叫(おたけ)びだった。

12

マフラーを改造したビッグスクーターが、派手な排気音を撒き散らしながら中野通りを猛スピードで走っていた。

運転しているのが真島で、タンデムシートにヘルメットも被らずに乗っているのが篠原だった。

「捕まるなよ」

ビッグスクーターを尾行するクラウンの助手席で、名倉は祈るように呟いた。

「あいつら、軽く二十キロオーバーはしてますね」

ステアリングを握る田山が、呆れたように言った。

スピード違反にノーヘルメットに改造マフラー……白バイやネズミ捕りに、どうぞ捕まえてくださいと言っているようなものだ。

普段なら、こんな輩(やから)に遭遇したらもちろん見逃さない。

だが、いまはだめだ。

中山一志と菊池利也を惨殺した犯人を捕まえるために、彼らを泳がせなければならない。

もしかすると二人は、名倉がずっと追い求めていた悪魔のもとへ誘(いざな)ってくれるかもしれないのだ。

——警察を信用してくださいっ。必ず、犯人を捕まえますから！

記者から浴びせられる罵倒と怒号——二十年以上経っても、あの日の屈辱を忘れることができなかった。

新米刑事だった名倉の約束は、いまだに果たされていない。

警察の権威が失墜した日……名倉が己の無力さ加減を思い知らされた日。

警視庁が総力を挙げても、犯人の影さえ踏むことができなかった。

凶悪犯罪の時効はなくなったとはいえ、「石本慧君、畑中理恵ちゃん首切り殺害事件」は実質的に迷宮入りしている。

殺人事件は、次々と発生する。

二十三年前の事件に捜査員や時間を注ぎ込む余裕は、警察にはない。

いまでは名倉もベテラン刑事になり、後輩の数が増えた。

これからの警察を担う後輩のほとんどは、事件の存在さえ知らない。

知っていたとしてもそれは事件史としての認識であり、あのとき味わった失意、屈辱、怒りを体感することはできない。

だからこそ、諦めるわけにはいかない。

同期や先輩刑事でさえも風化させようとしている悪魔の所業を、自分だけは負の遺産とするわけにはいかなかった。

「あ、止まりますよ」

田山の声で、名倉は現実に引き戻された。

ビッグスクーターは、中野通り沿いの白い外壁のマンションの前で停まった。

「仲間か女のところですかね？」

田山が訊ねてきた。

「だとしたら、あんなに猛スピードでバイクを走らせるのはおかしい。それだけ急がなければならない理由……犯人に呼び出された可能性がある」

「それはないでしょう。急いでいたんじゃなくて、単なるスピード狂かもしれないじゃないですか？」

田山の言うことにも、一理あった。

いや、一理どころか、普通なら彼の言う可能性のほうが高かった。

だが、名倉には確信があった。

悪魔が悪魔に、呼び出されたに違いない。

「だって、考えてみてくださいよ。犯人も馬鹿じゃないんですから、篠原を呼び出すような危険な真似をするわけないじゃないですか？」

「犯人だと名乗って呼び出したとは言ってない。篠原の知り合いの名前を使ったり、巧妙な手口でおびき寄せたかもしれないだろう？」

「それにしても、篠原と会うのはリスクが高過ぎます。普通なら……」

「普通ならな」

名倉は、田山を遮った。

「え？」

「お前は、子犬を見たらどう思う？」

「はい？」

唐突な名倉の問いかけに、田山が眉を顰めた。

「いいから、質問に答えろ」

「どうって……かわいいと思います」

「子犬を見て、食べたいと思う」

「え⁉ 警部、なにを言ってる……」

「奴は、そう思うかもしれない」

驚愕する田山を、名倉は遮った。

「え……？」

「犯人は、子犬を見てかわいいと思うより、うまそう、食いたい、と思うかもしれないって言ったんだ」

「まさか、そんな……」

「二人の遺体を思い出せっ。あんな殺しかたをして、しかも家族や恋人に送りつける奴の精神が普通なわけないだろう！」

ふたたび、名倉は強い語気で田山を遮った。

「すみません……」

田山がうなだれた。

「いいか？　殺した死体に花を挿しまくったり、血管を切り刻みかき氷のイチゴシロップに見立てたりする奴の常識と俺らの常識は、アラスカとハワイほどにも違う。異常犯と向き合うときは、自分ならこうする、という考えはすべて捨てろっ！」

名倉は、車内に響き渡る大声で言った。

甘く見てはならない。

あれだけの罪を犯していながら、二十三年間、警察の眼を掻い潜って逃げおおせている奴なのだ。

少しのミスが奴を、深い穴蔵に潜伏させることになる。

「肝に銘じます。あ、入りますよ！　俺、行きますか⁉」

ビッグスクーターから降りた篠原と真島が、マンションのエントランスに入った。

「よせ」

「え？　でも、警部が言うように犯人に呼び出されているとしたならヤバいですよ！」

田山が、エントランスを焦った表情で見ながら訴えた。

「いま下手に動いて、ターゲットに感づかれて逃げられたらどうする？」

「ですが、部屋に入ってもしものことがあったらどうするんですか⁉　警部の言うように、常軌を逸した猟奇殺人犯が待ち構えているかもしれないんですよっ。それに、ここにいたら部屋番号もわからないじゃないですか⁉」

田山は、執拗に食らいついてきた。

彼は、わかっていない。

あのマンションに潜んでいるかもしれない魚が、どれだけの大魚なのかが……どれだけ慎重な性質をしているのかが。

「釣りはな、ころころ場所を変える忍耐力のない奴は釣果を出せない。当たりがくるまで、根気強く待ち、餌に食いついても、針が喉奥深くに刺さるまでじっと我慢するんだ。お前のやろうとしていることは、針につける前に餌を逃がそうとしているようなものだ」

「お言葉を返すようですが、警部のたとえでいくと、魚を釣るには餌が食われるっていうことになりますよ⁉」

「だから、どうした？」

名倉は、冷え冷えとした瞳を田山に向けた。

「だからどうしたって……まさか、警部は篠原達が食われてもいいと思っているんですか⁉」

田山が、血相を変えて名倉のほうに身を乗り出した。

「だって、魚を釣り上げるためには餌は食べられるものだろう？」

名倉は、なに食わぬ顔で言った。

「あの……警部、それ、冗談で言ってるんですよね？」

田山が、作り笑いを浮かべ訊ねてきた。

名倉は、ゆっくりと首を横に振った。

本気だった。

非情とも卑怯とも思わなかった。

自業自得――篠原は、それだけのことをやった。

篠原が結果的に殺されても、同情も良心の呵責もない。

いや、たとえ篠原がなにもやっていなくても、名倉の気持ちは変わらない。

二十三年前の事件で、名倉は学んだ。

白い服のまま、沼に潜む主を捕獲することはできない。

沼の主を捕獲するには、自らの服も泥に塗れることになる。

悪魔を逮捕するには、自らも悪魔になる必要があった。

「じゃあ、本気で篠原と真島を犠牲にしようと思っているんですか⁉」

田山の問いかけに、名倉は躊躇(ためら)いなく頷いた。

「警部、あなたって人は……」

田山が、軽蔑のこもった眼で名倉をみつめた。

「どうした？　汚物を見るような眼だな？」

「俺の知っている警部は、正義感に満ちた人でしたっ。嘘だと言ってください！」

田山が、泣き出しそうな顔で言った。

「それは、お前の勝手な理想像だ。俺はお前が思っているような男じゃない。だから、その頼み事は聞けない」

名倉は、素っ気なく突き放した。

「警部を、見損ないました……」

田山が、絞り出す声で言った。

「お前がどう思おうと、これが俺のやりかただ」

「上司に報告することも、できるんですよ？」

田山が、挑むような眼で見据えてきた。

「好きにすればいい」

ハッタリではなかった。

本当に田山がそうするのなら、それでも構わなかった。

だが、わかっていた。

田山が報告などしないことを……。

「俺が報告できないと思ってますね？」

田山が、ムッとした顔になった。

「だから、好きにすればいいと言っているだろう？　だが、お前はそうしない」

「なぜ、そう言い切れるんですか？」

「お前は、俺を根っから尊敬しているからだ」

名倉が言うと、田山がぽっかりと口を開いた。

「いやいや、参りましたね。悔しいけど、当たっています。警部の捜査にたいする姿勢から、これまで、いろんなことを学ばせて頂きました。俺にとって警部は、刑事の鑑です。たしかに、さっきの発言はショックですし、軽蔑もしましたし、警部の口から出た言葉だとは信じたくありません。でも、きっとなにか考えがあってのこと……そういうふうに受け取ることにしました」

田山が、熱っぽい眼で名倉をみつめた。

「俺をどう美化しようとお前の勝手だ。好きにすればいい。ただ、俺についてくるということは、最悪、地獄に足を踏み入れることになるかもしれないという覚悟はしておけ」

「もちろん、そのつもりです。ところで、篠原達を呼び出したのが犯人だとして、部屋番号もわからずにどうやって捕えるんですか？」

「篠原と真島が出てこないなら、いずれ、餌を食った魚が出てくるはずだ」

「でも、俺らは犯人の顔を知らないんですよ？」

「見たことがなくても、川に深海魚が泳いでいたらわかるだろう？」

名倉は、マンションのエントランスに視線を向けながら言った。

「犯人は、深海魚みたいな顔をしているんですか？」

「お前って奴は、単純な思考回路だな。いるはずのない魚が泳いでいたら、一目でわかるって意味だ」

「なるほど。つまり、その犯人はあんこうみたいな特徴的な容姿をしているわけですね？」

田山の問いかけに、名倉は唇の端を吊り上げた。

特徴的な容姿……その逆だ。

名倉の思っている犯人なら、フナやメダカのように川に溶け込んでいるに違いない。

だが、どれだけ姿形を似せても、しょせんは海魚……川魚にはなれない。

「握り飯、菓子パン、ガム、コーヒー、眠気覚ましを買ってきてくれ。できるだけ、大量になな」

「どうしてですか？」

「車内で夜を明かすことになるかもしれないからな」

名倉は、エントランスに視線を向けたまま言った。

「え⁉　犯人が出てくるまで張り込むつもり……っていうか、マンションにいるのが犯人かどうかもわからないじゃないですか⁉」

「だから、俺の読みが外れていれば篠原が出てくるはずだ。女とよろしくやってれば、明日になるかもしれないがな」

口ではそう言ったものの、名倉にはその可能性が皆無に近いという確信があった。

「どっちにしても、長期戦になりそうですね」

田山が、ため息交じりに言った。

彼が張り込みを嫌がっているわけではない。

以前、強盗殺人犯が潜伏していると情報の入ったアパートを張り込んでいるときには、車内で二日を過ごしたが文句を言うどころか逆に生き生きしていたくらいだ。

つまり、今回の張り込みは無駄骨――田山は、篠原と真島が会っているのが犯人だと思っていないのだろう。

「じゃあ、買い出し行ってきます」

「あ、ついでにレンタカーも一台頼む」

ドアを開けた田山に、名倉は言った。

「どうして、レンタカーなんて借りるんですか?」

「お前のぶんだ」

「え?」

「お前には、裏手を張って貰う」

「……わかりました」

なにか言いたげな顔だったが、田山は大人しく車を降りた。

部下になんと思われようとも、構わなかった。

たとえ世界中の人間を敵に回してでも、二十三年前の屈辱を晴らすつもりだった。

名倉は、田山の姿が見えなくなってからスマートフォンを取り出した。

菊池利也のスマートフォンのアドレスから控えた篠原の携帯番号をタップした。

コール音が、一回、二回……。

「出ろっ、篠原……」

名倉は、思わず口に出していた。

三回、四回……コール音が途切れた。

「もしもし? 篠原君の電話か?」

名倉は問いかけ、耳を澄ました。

五秒、十秒……返答はなかった。

「俺は、中野警察署の刑事で名倉という者だ」

ふたたび、耳を澄ました。

やはり、返答はなかった。

突然に刑事からかかってきた電話に、篠原が戸惑うのも無理はない。

「お前に急ぎで伝えたいことが……」

不意に、違和感を覚えた。

なにかがおかしい。

恐らく篠原の性格なら、喋りたくないのであればすぐに切るはずだった。

電話の相手は、こちらの様子を窺っている気配があった。

「お前、篠原じゃないな？」

名倉は、聴覚に意識を集中させた。

驚くべきことに、鼻息さえ聞こえなかった。

たしかに、電話の向こう側では誰かが自分の声を聞いている。

だが、まったく人の気配を感じられなかった。

「誰だ？」

問いかけた名倉の腕に、鳥肌が立った。

なにかを察知したように、鼓動が早鐘を打ち始めた。

「もしかして……」

唾液が干上がり、喉がからからになった——心音が、激しく胸壁を乱打した。

奴なのか？

スマートフォンを持つ手が震え、掌が汗ばんだ。

「……『ファーストキス』」

無意識に、口を衝いて出た言葉に電話の向こう側で気配が動いたような気がした。

「お前……あのときの中学生か？」

口にした自分の言葉に、名倉は驚きを隠せなかった。

電話の向こう側にいるのは、あのときの少年……二十三年前の悪魔なのか？

相手は無言だが、返事が聞こえたような気がした。

名倉は、冷たい発信音が漏れるスマートフォンを耳に当てたまま眼を閉じた。

13

「誰からだよ？」

　恭介が通話ボタンをタップした瞬間に、ベッドに拘束されている篠原が訊ねてきた。

「君は頭も悪くてセンスも学歴もなくて粗野で下品で人間のクズであり社会のゴミみたいな少年だけど、度胸だけはあるようだね」

　恭介は無表情に言いながら、篠原に歩み寄った。

「ふざけんじゃねえぞっ、おっさん！　誰からかかってきたかって訊いてんだよ！　言わねえと、ぶっ殺すぞっ、こら！」

　篠原が、狂気に血走らせた眼で恭介を睨みつけてきた。

「まるで、狂犬だね。あ、念のために言っておくけど、これは誉め言葉じゃない。脳がウイルスに冒された犬みたいに恐怖も痛みも感じない、という意味さ。それから、もう一つ。君達みたいな低能な輩は、実現不可能な脅し文句をのべつまくなしに使う。そもそも、動くことさえできないのに、どうやって私を殺すのかな？」

　恭介は、無機質な瞳で篠原を見下ろした。

「おっさん！　絶対に、俺を自由にするんじゃねえぞ！　自由になったら、てめえをマッパにして、俺の後輩達にカマ掘らせてやるからよ。てめえは、いい年して、中坊に中出しされるんだよっ」

篠原が、大笑いした。

演技でないのは、目尻から流れている涙が証明していた。

篠原は、自分の想像以上に肚の据わった男のようだ。

そして、想像以上に馬鹿な男だ。

「君って奴は……」

恭介は、小さく首を横に振った。

「なにを見て育ったら、そんなに低次元な発想が浮かぶのかな？　中学生にレイプされたところで、私には少しのダメージも与えることはできないよ。ダメージを与えたければ、私の想像を絶する作品を生み出すしかない」

恭介は、抑揚のない口調で言いながら記憶を巻き戻した。


——……「ファーストキス」。お前……あのときの中学生か？

蘇る名倉という刑事の声が、恭介の鼓膜を愛撫した。

芸術の神は存在した。

篠原を素材とした作品の創作に入る直前に、最高のプレゼント——インスピレーションをくれた。

「なにわけのわからねえことを言ってるんだ、おっさん！　ハッタリかまして平気ぶってんじゃねえぞ。てめえの女房のマンコ、妊婦のわりには締まりがよかったぜ。腹ん中の子供に、俺の精子をぶっかけてやったからよ。笑えたのは、嫌がってる振りしてたけど、てめえの女房のマンコはビショビショだったぜ？　ちんぽを抜き差しするたびにグチュグチュ音を立ててよ。欲求不満だったんじゃねーの？　おっさん、セックスへたそうだし、ちんぽもちっちゃそうだしさ」

ふたたび大笑いする篠原を、中森が蒼褪めた顔で見ていた。

対照的に、椅子に拘束されている真島は死人のように生気のない顔で震えていた。

「それからびっくりしたのが、お前の二歳の娘に手マンしたときによ、きつきつで指がちぎれそうになったぜ。俺のはでかくて入らねえけど、おっさんのはひょろいから入るんじゃね？」

発作を起こしたように大笑いする篠原に、恭介は確信した。

少なくとも、彼はこの状況を恐れていない。

ただの馬鹿なのか、それとも尋常でないほどに肚が据わっているのか……どちらでもよかった。

天才芸術家の熱烈なファン――名倉の出現によって、篠原は歴史に残る作品になるのだから。

「二歳の幼女の膣内が狭いのはあたりまえだろう？　君は、チワワの雌の膣がセントバーナードの雌の膣よりも狭いからと驚いているようなものだ」

恭介は、篠原に侮蔑的な眼を向けた。

篠原は、イタチのように下等な生き物だ。

強欲で低能なイタチは、十匹でも二十匹でも自分が食べきれないだけのネズミを殺す。ときには、イタチの巣穴が身動きできないほどに腐敗したネズミで一杯になることもある。

五秒先の未来も考えずに欲望のままに行動する篠原は、イタチそのものだ。

「は？　おっさん、娘のマンコをチワワのマンコと一緒にして、頭おかしいんじゃねえのか⁉」

篠原が、呆れた顔で言った。

「おかしいのは、君のほうだよ。妻や娘を凌辱した話をすれば、私を侮辱できるとでも思っているのかい？　残念ながら、私はなんとも思わない。もっと言えば、君達に凌辱されたとも思っていない」

恭介は体温の感じられない瞳で篠原を見据えつつ、平板な口調で言った。

「強がるんじゃねえよ。てめえの女房や娘が俺らにレイプされて殺されたんだぞ？　あ、そうだ。腹ん中の子供もマンコから引き摺り出して叩き殺してやったよ。これでも、なんとも思わないいっつーのか？」

篠原が、ニヤニヤと笑いながら訊ねてきた。

「一つ訊きたいんだが、君は、ネズミやゴキブリが駆除されたからといって復讐心を燃え立たせたり哀しんだりするのか？」

「はぁ？　おっさん、なに言ってんだ？　誰がネズミやゴキブリの話をしてるんだよ？　俺は、てめえの女房と娘の話を……」

「妻も娘も、私にとってはネズミやゴキブリと変わりはない」

あっさりと、恭介は言った。

本当だった。

だからといって、彼女達を見下しているわけではない。

物心ついたときから、なぜ人の命が動物や昆虫より尊いとされているのかがわからなかった。

それは、恭介自身も含めてのことだった。

「おっさん、それ、本気で言ってんのか？」

珍しく篠原が、真顔で訊ねてきた。

「ああ、もちろんだ」

「ふ～ん」

篠原が、まじまじと恭介の顔をみつめた。

「なにか、言いたそうだな？」

「驚いたな。同じだ」

篠原が、独り言のように呟いた。

「なにがだ？」

「俺と同じだ」

「君と同じ？」

「俺も、家族のことを糞みてえに思ってるから。中坊んときに、親父の顔面が陥没するまで殴ってマッパにして首輪で繋いでさ、それから、仲間を呼んで順番に小便かけてやったんだ」

篠原が、おかしそうに笑った。

「こいつ、ありえない……」

まるで自分が囚われているかのように、中森の顔面は蒼白になり声が震えていた。

怒りに、恭介の胃はちりちりと焼けたように熱くなった。

「俺がガキの頃は酒に酔って殴る蹴るしてた親父が、マッパで首輪で繋がれ泣きべそかいて、許してくれ〜、助けてくれ〜ってよ。ザマぁなかったぜ。だから俺は、許す代わりに仲間に命じて親父の目の前で、お袋をレイプさせたんだ」

篠原の南国の怪鳥のようなけたたましい笑い声が、室内の空気を切り裂いた。

怒りに、恭介の皮下を流れる血液が沸騰したように熱くなった。

恭介の嚙み締めた奥歯がギリギリと鳴った——握り締めた拳がブルブルと震えた。

一緒にするな。

喉もとまで込み上げた言葉を、恭介は飲み殺した。

この男はあろうことか、俺と同じだ、と言った。

父親に暴行し、全裸にして首輪で繫ぎ、目の前で息子と同い年の少年に母親をレイプさせる……そんな品のない行為をする下等な人間が自分と同じとは、これ以上の屈辱はない。

恭介にとって篠原の一言は、妻や娘をレイプされ殺されることの何十倍、いや、何百倍も許せなかった。

「君は、怖くないのか？」

恭介は、篠原に訊ねた。

「なにが？」

平然とした顔で、篠原が訊ね返してきた。

「この状況は、わかっているよね？」

「あ？　ちんぽが、もやしみてえなしょぼいおっさんに捕まっていることか？」

篠原が、挑発的に言った。

「おいっ、そこのお前！」

不意に、篠原が中森に声をかけた。

「このおっさんをボコって俺を助けたら、特別に見逃してやる」

「え……」

中森が、二の句を失った。

無理もない。

まさか、この絶体絶命の状況で中森を脅し、駆け引きしてくるとは恭介も予想だにしていなかった。

「よく考えろや。俺がやられたら、仲間が黙っちゃいねえ。仲間は、五十人はいるからよ。てめえ、さらわれて殺されるぞ？　死にたくねえなら、俺の言うことを聞いたほうがいいぜ。お？」

悪魔の囁きに、明らかに中森は動揺していた。

芸術性の欠けらもないが、篠原は異常なほどに図太い神経をしていた。

「おっさんをボコるのか俺の配下に殺されるのか⁉　どっちにするんだ！　ああ⁉」

篠原の恫喝に、中森が強張った顔を自分に向けた。

「そうだ、それでいい。もやしちんぽをぶちのめせ！　サシだったら、若いお前のほうが強いからよ。それでも心配だったら、真島を自由にして二人でボコれや！」

　悪魔の囁きは続く。

　恭介に向けられた中森の黒目が、不規則に白目の中で揺れていた。

「言っておくが、おかしなことは考えないほうがいい」

　恭介は物静かな口調で言いながら、ヒップポケットから取り出したナイフの切っ先を中森に向けた。

「お、おかしなことなんて、考えていませんよ……僕が、う、裏切るわけないじゃないですか⁉　僕を、疑っているんですか⁉」

「とにかく、私の手を汚させないようにしてくれ。創作以外で、人を殺したくはないからね」

　恭介は、冷気の宿る瞳で中森を見据えた。

「わ、わかりました……誤解させるような態度を取ってしまい、すみませんでした」

　しどろもどろに詫びる中森に背を向け、恭介は篠原のもとに歩み寄った。

「君は、あと二十四時間以内に確実に死ぬ。悪あがきをしても無駄だよ」

　恭介は、諭すように言った。

　感情的になるのは、恭介のプライドが許さなかった。

「二十四時間？　なんなら、いますぐ殺せや」

言って、篠原は挑発するように眼を見開き舌を出した。

「そうはいかないよ。私は、君みたいな殺人鬼ではなく芸術家だから、段取りというものがある。のべつまくなしに人を殺すのとは、わけが違うんだよ」

「な～にが芸術家だっ、おっさん！　人殺しは人殺しだろうが⁉　気取ってんじゃねえぞ！」

篠原が怒声を浴びせたあとに、喉を鳴らしながら頰を膨らませた。

次の瞬間——窄めた唇から吐き出された痰が恭介の頰を濡らした。

「まったく、君は、つくづく下等な人間だね」

恭介は薄笑いを浮かべつつ、取り出したポケットティッシュで頰を拭った。

「おっさん、まだ余裕ぶるつもりか？　てめえ、ここまでやられて怒らねえなんて、もしかしてよ、もやしみてえなちんぽさえもついてねえんじゃないのか？　よくみたら、オカマみてえな顔をしてるしよ」

篠原が、痙攣したように笑った。

虚勢ではなく腹の底から笑う篠原を見て、恭介は確信した。

比喩ではなく、この男は狂っている。

「ちょっと、いいですか？」

うわずった声で、中森が恭介を呼んだ。

「なんだ?」

「こっちへ……」

中森は、恭介を部屋の隅に促した。

「あいつを、どうするつもりですか? あんなに挑発しているのに、どうしてすぐに殺さないんですか?」

中森が、声を潜めて訊ねてきた。

「今度の作品は、過去の二作品とは比べ物にならないほどのスケールのものにするつもりだ」

「どっちにしても殺すんですから、早くやっちゃいましょうよ。あいつを生かしたままにしていると、なにかしでかしそうで怖くて……」

中森が、表情筋を硬直させ言葉を飲み込んだ。

「もう一体の素材が手に入るまで、殺すわけにはいかない」

恭介は、にべもなく言った。

「もう一体って……いるじゃないですか?」

中森が、拘束椅子でうなだれる真島に視線をやった。

「あんな安物の素材は使わない。私の代表作にするためには、最高のテーマと最高の素材で挑むつもりだ」

　恭介は、イメージングするために眼を閉じた。

「最高の素材って、誰ですか？」

「相応しい女性がいるんだよ。ただし、彼が独身ならば成立しないテーマだ」

　眼を閉じたまま、恭介は言った。

「篠原はまだ、結婚できる年じゃないですよ？」

「彼のことじゃないさ」

　言いながら、恭介は瞼の裏にある男の顔を思い浮かべた。

「え？　じゃあ、誰のことですか⁉」


　私の熱烈なファンさ。

　恭介は、中森の問いかけに心で答えた。

14

――どうして……どうして……ウチの子なんですか？　慧が、なにか悪いことをしましたか？　ねえ、刑事さん……なんとか言ってくださいよ……それとも、私の行いが悪かったんですか？　それなら……私の首を切ってくださいっ。ねえっ、慧じゃなくて、私の首を切りなさいよ！

眼の下に墨を塗ったような隈、こけて飛び出た頬骨、どんよりと濁った白目の中を彷徨う瞳、伸び放題で乱れた髪の毛……名倉が目にした慧の母親は、別人のように変わり果てていた。

事件から半年経っても、母親の心の傷は癒えるどころか生々しく開いたままだった。

無理もなかった。

行方不明になっていた九歳の息子が、首のない姿で戻ってきたのだから。

それだけでも立ち直れないほどの衝撃なのに、犯人は息子の生首と幼馴染みの幼女の生首をキスさせた状態で撮影した写真を送りつけてきたのだった。

犯人は顔見知りの犯行か？　ゆきずりの性的倒錯者か？

依然、犯人の手がかりはなし。深まる闇。

遺体に性的暴行の跡はなし。犯人は石本家、畑中家に恨みのある者の犯行か？

高まる警察への不満。初動捜査の遅れが原因か？


犯人の影さえ踏めない捜査状況に、国民の怒りは警察に向けられるようになった。

——犯人はまだ捕まらないのか⁉　あんたら警察は、いったい、なにをやってるんだ！　理恵を……理恵を、あんなひどい姿にした悪魔を、どうして野放しにしてるんだ！


地獄の日々を送っているのは、もう一方の被害者、畑中理恵の両親も同じだった。

畑中理恵の一周忌法要に現れた名倉と当時の警部に、彼女の父親が血相を変えて抗議してきた。


——申し訳ございません。我々警視庁の面子にかけて……。

——もう、その言葉は聞き飽きたよ！　あんたら警察の面子はどうだっていいから、娘を……理恵を殺した悪魔を早く捕まえて死刑にしろ！

詫びる警部を遮った父親が、鬼の形相で詰め寄った。

――刑事さん、お久しぶりです。持ってきて頂けました？

父親の背後から現れた母親が、不自然なほどのにこやかな顔で警部に訊ねてきた。

――え？　なにをですか？

警部が、怪訝な顔で訊ね返した。

――嫌ですよ、もう、惚けないでくださいな。あの子から、預かってるんでしょう？

私の誕生日プレゼント。

――誕生日プレゼント……ですか？

――はい。ママが幸せになりますように……って、四葉のクローバーを摘みに行ってくれたんですよ。

母親は、蕩(とろ)けそうな笑顔で言った。

——でも、ごめんなさいね。自分で渡せばいいのに、刑事さんに頼むだなんて。誕生日プレゼントの意味がないわ。どうせ、慧君の家にでも遊びに行ったんでしょう。まったく、しようのない子。あなたからも、たまには厳しく言ってくださいね。この人、いつも甘やかしてばかりなんですよ。

不自然な笑顔を作り宙をみつめながら一人で喋り続ける母親に、名倉は異様さを感じた。

——わかった、わかったから。四葉のクローバーは俺が貰っておくから、部屋で待っててくれ。

——ついでに、理恵も迎えに行ってくださいな。今日は、あの子の好きなアップルパイを作ってありますから。

満面の笑みで言い残し、母親が部屋の奥へと消えた。

――見たか？　理恵があんなことになってから、ずっとあの調子だ。病院に入退院を繰り返して、あれでも調子がいいほうなんだ。あんた達に当たっても、あの子は……。

「あのときの中学生って、警部の言っていた少年少女の首切り殺害事件ですか？」

田山の声に、泣き崩れる理恵の父親の姿が消えた。

「どうした？　裏口を張れと言っただろう？」

「すみません。スマホの充電器を置きっぱなしにしてまして……」

苦笑いしながら、田山がダッシュボードから充電器を取り出した。

「あくまで、俺の直感だがな」

「なんか、言ってたんですか？」

「いや。無言だった」

「だったら、やっぱり、篠原じゃないですか？　急に刑事から電話がかかってきて、ビビったんだと思いますよ」

田山の言うことにも一理ある。

いや、一理どころか、篠原の電話にかけたのだから普通に考えればその可能性のほうが高い。

仮に篠原以外の人間だったとしても、それが二十三年前の悪魔だと決めつけるのはご都合主義過ぎる。

だが、名倉にはわかる。

名倉が彼の作品のタイトルを口にした瞬間、たしかに空気が動いた。

相手の気を感じた、というやつだ。

二十三年間追い続けてきた獲物の匂いに、間違いなかった。

「なんにしても、気を抜くな。俺らの仕事は、最悪の展開を想定して動き、最悪の結果を招かないようにすることだ」

「かっこいいですね！　そのセリフ、貰ってもいいですか？」

「馬鹿なこと言ってないで、持ち場に早く戻れ」

名倉は呆れた口調で言い捨て、顔を正面に戻した。

視界の端から田山の姿が消えるのを見計らったように、シートの上でスマートフォンが震えた。

ディスプレイに浮かぶ非通知の文字に、名倉の心臓が早鐘を打った。

恐る恐る、名倉は通話キーをタップした。

「もしもし？」

受話口越しの無言に、名倉の鼓動のピッチがさらに速まった。

「どちらさん？」

相変わらず、沈黙が続いた。

耳を澄ましたが、息遣いさえも聞こえなかった。

「言いたいことがあるから、かけてきたんじゃないのか？　それとも、いきなり正体を言い当てられて心配になったのか？」

名倉は、敢えて挑発的な言葉を口にした。

さらに、沈黙が続いた。

「お前、二十三年前の中学生じゃないな。あれだけ大胆で非情な事件を起こした少年なら、こんな姑息な真似はしない」

名倉は挑発的な言葉を浴びせ続けたが、鼓膜には無音が広がったままだった。

間違いない。

浴びせかけた言葉とは裏腹に、名倉の確信は深まった。

「お前、篠原なんだろ？　ふざけた真似ばかりしてないで、なんとか言ったらどうだ？」

やはり、返答はなかった。

名倉はスマートフォンを耳に当てたまま、シートに背中を預け眼を閉じた。

お前だろう？　言葉を発さなくても、俺にはわかっている。

なにが、目的だ？

なにを、たしかめたい？

名倉は、見えない相手に心で語りかけた。

無駄口はいいから、早く捕まえてよ。

悪魔の高笑いが、聞こえてきたような気がした。

15

マンションの非常口——恭介は、ドアの隙間から外を窺った。

通りには、黒のアウディが停まっていた。

運転席には、二十代と思しき男性がいた。

遠目にもわかる猪首とガタイのよさ——すぐに、刑事だとわかった。

いかれた熱狂的ファンが、自分と会いたいために見張らせているのだろう。

嬉しいことだが、いまは、彼の願いを叶えるわけにはいかない。

彼に会うのは、最高傑作をプレゼントするときだ。

恭介のイメージ通りの作品が完成したら、彼はどういう顔をするだろうか?

驚愕に声が出なくなるかもしれない。

衝撃に腰を抜かすかもしれない。

感激に号泣するかもしれない。

一刻も早く創作活動に入りたかったが、あの刑事がいるかぎりマンションを出ることができなかった。

恭介は正面玄関へと移動した。

エントランス越し――路肩に停車する白のクラウン。
篠原達の溜り場のマンションを張っていた車と同じだ。
このままでは、身動きが取れない。
待っているだけでは、埒が明かなかった。
あまり時間をかけると、部屋を突き止められ乗り込まれる可能性があった。
ふたたび、恭介は裏口へと戻った。
彼は、恭介の気配を敏感に察知するだろう。
二十年以上も思い続けてきたのだから、それも当然だ。
猪首男は、車内でパンを齧っていた。
恭介は、意を決して足を踏み出した。
ほとんど同時に、アウディの運転席のドアが開いた。
恭介は足を止め、様子を窺った。
猪首男は、表通りに向かって駆けた。
恭介は、裏口から飛び出した。
最高傑作を完成させるには、最高の素材を仕入れなければならない。
ただ、今回ばかりはそう簡単に事は運ばないだろう。
まずは、素材自体の有無の確認をする必要があった。

恭介は、足早に通りに出ると空車の赤いランプを点すタクシーに手を上げた。

☆

鏡に囲まれた空間に足を踏み入れた恭介は、携行用のアルコールティッシュを取り出し合成革のソファの座面と肘掛を入念に拭うと腰を下ろした。

窓のない部屋、淀んだ空気、薄暗い照明、下品で毒々しい赤のベッドシーツ……恭介はアルコールティッシュで除菌したリモコンを手に取り、アダルトビデオが流されるモニターのスイッチを切った。

不潔でセンスのかけらもない部屋だった。

清潔なシティホテルは足がつく可能性があったので、仕方なく渋谷のラブホテルを利用していた。

男が一人で入室しても疑われないような、デリヘル嬢が頻繁に出入りするホテルを選んだ。

こんな不衛生な場所で、性欲を満たそうとする者の気持ちが理解できない。

そもそも、セックスのどこが魅力的なのかが理解できなかった。

一般人としての生活を送るために、恭介は結婚した。

一般的な夫を演じるために、妻とセックスをし子供も作った。

だが、それは願望や性欲を満たすためではなく、カムフラージュが目的だった。

創作活動は、セックスよりも何倍……いや、何百倍もの快楽を与えてくれることを恭介は知っていた。

脳みそが蕩けて生クリームのようになる感覚、快楽神経が剝き出しになったような感覚……あれを体感したら、粘膜の接触で得る快楽などでは満足できない。


恭介は、眼を閉じた。

――言いたいことがあるから、かけてきたんじゃないのか？　それとも、いきなり正体を言い当てられて心配になったのか？


蘇る彼の声が、心地よく鼓膜を愛撫した。

言いたいことがあるわけでも、正体を言い当てられ不安になったわけでもない。

逆だ。

もう一度、声を聞きたくなったのだ。


――お前、二十三年前の中学生じゃないな。あれだけ大胆で非情な事件を起こした少年なら、こんな姑息な真似はしない。

挑発してきたつもりだろうが、恭介にとって彼の浴びせかけてきた言葉は、美しい女性の全裸を見るよりも遥かに快楽神経を刺激した。

——お前、篠原なんだろ？　ふざけた真似ばかりしてないで、なんとか言ったらどうだ？

二十三年前の少年を追い続ける彼の必死な声に、恭介は密かに射精していた。

待っててください。私の作品を愛してくれたあなたに、もうすぐ恩返しをしますから。

恭介は、心で最大の理解者に語りかけた。

眼を開け、スマートフォンのリダイヤルキーをタップした。

コール音は、一回も鳴らないうちに途絶えた。

『中森です』

「篠原君はどうしてる？」

『いま、どこにいるんですか？　大変なんですよ……早く戻ってきてくださいよ』

中森の疲弊した声に、篠原の怒声と罵声が重なった。

命を奪われるかもしれないという状況下で、罵詈雑言(ばりぞうごん)を浴びせ続けるとはたいした根性だ。

普通なら命乞いするか、錯乱して泣き喚くかのどちらかだ。

しかし、それでこそ、最高の芸術作品の素材として相応しい。

「放っておけばいい。それより、やって貰いたいことがある。外に出てくれ」

『あ、はい。ちょっと待ってくださいね』

背後で聞こえる篠原の罵詈雑言が、小さくなった。

『部屋を出ました』

「番号を教えるから、刑事に電話をするんだ」

『え⁉　刑事に電話するんですか⁉』

中森が素頓狂な声を上げた。

「声が大きい。ただし、電話をするのは私が君に指示してからだ」

『わかりましたけど、なんて言うんですか？』

「覚えることが多いから、メモの用意をしてくれ」

『ちょっと待ってください……はい、どうぞ』

「刑事は菊池利也の携帯を持っている。君は、菊池利也……トシの友人だ。そうだな、アキラにしよう。アキラの携帯電話に、吉田という友人から電話がかかってくる」

アキラと吉田は、中山一志、菊池利也……カズとトシと遊び仲間。

吉田は、中目黒の住宅街で見知らぬ男に拉致された。

男はキャップとマスクをつけていたから、年齢と容姿がわからない。

吉田は目隠しをされ、車でどこかに連れて行かれ地下室に監禁される。

男に電話がかかってきて、地下室から出て行った。

男がいない隙に、吉田はアキラに電話をかけている。

助けにきてほしいが、監禁されているのがどこだかわからない。

GPS機能をONにするから、場所がわかったら警察に通報してほしい。

男が戻ってくるかもしれないといって、慌てて吉田は電話を切った。

しばらく待ったが、吉田から電話はなかった。

アキラから吉田に電話をしようと思ったが、GPSの存在がバレてスマートフォンの電源を切られるとまずいのでかけられなかった。

GPSが伝える吉田が監禁されている位置情報は、目黒区祐天寺(ゆうてんじ)の住所になっていた。

アキラは胸騒ぎがし、吉田と共通の友人の菊池利也……トシに電話をした。

「という流れで、刑事が所持するトシの携帯にアキラが連絡を入れる。ここまでで、質問は？」

　恭介は台本の説明を中断し、中森に訊ねた。

『あの……なんで、こんな電話を刑事にするんですか？』

「その説明はあとでする。内容についての質問を頼む」

『俺が演じるアキラはトシとカズと遊び仲間なのに、彼らが殺害されたことを知らないのは不自然じゃないですかね』

「二人は未成年だから、テレビやネットのニュースでは実名報道はしない」

『あ、なるほど。でも、殺されたことは知らなくても連絡が取れなくなったのはわかると思いますけど？』

「そんなことはない。遊び仲間といっても、毎日つるんでいるとはかぎらないだろう？一、二週間くらい連絡を取らない場合だって、普通にあるさ。ほかは？」

『いえ、とりあえずいまのところはありません』

「続きを話すから、メモしてくれ。君……アキラは電話が繫がるなり、相手がトシだと思って一方的に話す。セリフは……大変だ、ヨッシーが誰かにさらわれた！　殺されるかもしれないから助けにきてくれって電話がかかってきた、こんな感じで切り出せ。刑事が喋ったら、驚いて見せろ。あんた、誰だ⁉　ってふうにな。刑事だと聞いたら、さっきメモした内容を不自然じゃないように語るんだ。正直、内容は矛盾さえしなければ重要じゃない。偽電話をする目的は、刑事がどこの署で、どこの課で、なんていう名前かを訊き出すことだ。トシの携帯を持っている刑事のことを、アキラが犯人グループなのではないかと疑い、身分を証明してくれと言えば相手が断る理由はない。思わぬところから犯人の情報が入ったと大喜びし、是が非でも君と会おうとするはずだ。それを利用して、あなたが本当に刑事だと証明できなければ怖くて会うことができないと言えばいい」

そう、すべては、刑事の配属されている署と名前を知るための芝居だ。

それさえ聞き出せれば、自宅住所や家族構成を突き止めるのは容易だ。

西新宿で興信所の事務所を構えている野呂にデータを渡せば、数時間もあれば恭介のほしい情報をくれるはずだ。

恭介のほしい情報——最高級の素材の有無。

もし、素材が存在しないのであれば、別の素材を仕入れなければならない。

『わかりました。あの……その刑事の素性を探って、どうするつもりですか？』

遠慮がちに、中森が訊ねてきた。

「作品のクォリティを上げるためだ」

『えっ……まさか刑事を⁉』

「ここまでだ。君は、刑事の所属先と名前を聞き出すことに集中しろ。私の作品が傑作になるか駄作になるかは、君の演技次第だってことを忘れるな。とりあえず電話を切るから、メモしたことを完璧に暗記しろ。暗記したら電話をくれ。テストをして合格ならば本番だ」

『はい、わかりま……』

中森の声を遮るように電話を切った恭介は、ふたたび眼を閉じた。

脳内に、サラ・ブライトマンが歌う「アヴェ・マリア」のハープを奏でたような神々しい声が鳴り響いた。

不意に、新作のタイトルが浮かんだ。

「鬼畜と聖母」

恭介は、恍惚とした表情で呟いた。

☆

掌が震えた。

恭介は、眼を開けた。

鏡の壁と真紅のベッドシーツが視界に広がった。

ソファに座ったまま、うたた寝をしてしまったようだ。

恭介は、視線を落とした。

握り締めていたスマートフォンのディスプレイに浮かぶ中森の名前。

『やりました！』

通話キーをタップするなり、受話口から中森の弾んだ声が流れてきた。

「聞き出せたのか？」

『はい。中野警察署刑事部捜査一課の警部で名倉正一です』

「名倉って警部は、どんな反応だった？」

中森の報告内容を別のスマートフォンに打ち込みながら、恭介は訊ねた。

『吉田をさらった男はいくつくらいで、どんな人相だったかをしつこく訊かれました。あと、なぜ吉田はさらわれたのか？　誰かに恨みを買っていた心当たりはあるのか？　俺に……いや、アキラに、吉田と揉めていた人物を知らないかって。それから、吉田が拉致されている祐天寺の建物に救出に向かうから住所を教えてくれって言われました』

「なんて答えた？」

『人相や歳はキャップとマスクをしていたのでよくわからない。自分の知るかぎりヨッシーは恨みを買うような男じゃないし、誰かと揉めていたこともない。監禁されている住所は、中野警察署に問い合わせて、名倉さんっていう警部がいることが確認できたらまた連絡しますと言って切りました』

「それでいい。携帯は非通知にしただろうな？」

『もちろんです。ＧＰＳもオフにしてあります。あの、これからどうすればいいんですか？　いつまでも、こんなところにいたら頭がおかしくなっちゃいますよ……』

　中森の声は、強張っていた。

おっさん！　どこ行った⁉　逃げたのか⁉　おら！　ケツにちんぽぶち込んでやるから、帰ってこいよ！

おいおい、もしかして、いまになってビビってんじゃねーの⁉　ソッコーで戻ってきて土下座して謝るなら、チン毛全剃りしたパイパンちんぽ写真を撮るだけで許してやってもいいぞ。当然、インスタにＵＰするけどな！


背後から篠原の卑しい罵声と高笑いが聞こえてきた。

称賛に値する図太い神経だ。

最初の一、二分はイキがることができても、囚われて数時間も経つのにテンションを落とさずに罵詈雑言や嘲笑を浴びせかけてくるほどの精神力の持ち主はいない。

篠原もまた、自分と同じように死ぬことを恐れていないのかもしれない
死を恐れないタイプには大別して二通りある。

一つは、死にたいと切に願っているタイプ。

もう一つは、死を特別視していないタイプ。

恐らく、篠原も後者のタイプなのだろう。

「もう少し、我慢してくれ」

『もう少しって……あと、どれくらいですか？』

「素材を仕入れるまでの時間も含めると、三日くらいかな」

『三日⁉　そ、そんなにかかるんですか⁉』

中森の大声が、スマートフォンのボディを軋ませた。

「いやなら、辞めてもいい。ただし、このタイミングで抜けたら、作品が完成してから君を警察に通報することになる。私は協力者の面倒はそれなりに見るが、敵にはケジメをつけるタイプでね」

『敵って……これまで、協力したじゃないですか⁉』

「これから挑む作品は私にとっての集大成だ。協力できないということは、敵とみなされても仕方がない」

『俺を通報するっていうことは、あなただって逮捕されるんですよ？　これだけのことをやったんだから、間違いなく死刑です。それでも、いいんですか？』

うわずった声で、中森が恫喝してきた。

「忘れたのか？　私は、警察に捕まることも死も恐れてはいない。一番怖いのは、作品が完成できない状況になったときだけだ。因みに、死刑は私だけじゃない。動画も撮ってあるし、君の言いぶんは裁判では通らないだろう。最高に運がよくて無期懲役の判決、模範囚で刑期が早まり十五年ってところだろうな」

恭介の淡々とした言葉に、電話の向こう側で息を呑む気配が伝わってきた。

中森を従わせるためのハッタリではなかった。

恭介は、「鬼畜と聖母」を完成させられれば満足だ。

余生を刑務所で過ごすことになろうとも、後悔はない。

後悔どころか、恭介の芸術の最高の理解者である名倉の聖域で死を迎えられるのは至福の境地だった。

『わかりました……』

か細い声が、受話口から流れてきた。

「落ち込んでいる暇はないぞ。私が創作活動に入れるまで、素材を弱らせてはいけない。冷蔵庫に食料が入っているから、三食きちんと食べさせてやってくれ」

『俺が、料理するんですか⁉』

「ああ。一通りの食材が入ってるから、栄養面を考えて作るんだ。脂っぽい料理は肌が荒れたりニキビが出るし、炭水化物は太るから抜くように。同様の理由で、糖質や小麦粉が多く含まれている食品はＮＧだ。篠原君は、頭とセンスは悪いが、スタイルだけはいいからね。それから、紙おむつをつけてマメに交換するように。性器の尿と肛門の便はアルコール消毒でその都度拭いてくれ。私が戻るまでに、素材の品質を落とさないように頼んだよ」

一方的に言い残し、恭介は電話を切った。

すぐに、別の携帯番号を呼び出し通話キーをタップした。

三回目の途中で、コール音が途切れた。

『ひさしぶりじゃねえか』

野呂の濁声が、受話口から流れてきた。

「おひさしぶりです。前振りなしで、仕事の依頼です。中野警察署刑事部捜査一課の名倉正一という警部の自宅住所と家族構成の調査をお願いします」

野呂のことはネットで調べた三十件以上の興信所と電話でやり取りした中で、直観で選んだ。

五年前と四年前と去年に、十三歳、十五歳、十七歳の少年をそれぞれ身辺調査して貰ったことがある。

――なんで十三のガキの調査をしたいか、差し支えなきゃ教えて貰えねえか？　おかしな性癖持ってるおっさんもいるしな。俺も、犯罪に巻き込まれたくねえからよ。

最初の依頼をしたときに、野呂が怪訝そうに訊ねてきた。

――お恥ずかしい話ですが、妻の前に交際していた女性との間に十四歳になる娘がいまして。親ばかと思われるでしょうが、娘のボーイフレンドの素性を知っておきたいんです。

本当の目的を悟られないためのでたらめ――恭介には、愛理以外に子供はいない。

二度目も三度目も、同じ依頼理由を口にした。

過去に依頼した三人の少年には、素材としての魅力を感じた。

創作活動に入る前に恭介が少年達の素性を知りたかったのは、過去の自分の経歴に傷をつけないためだった。

ビジュアルが作品の素材に値するレベルにあっても、品質に問題があれば無意味だ。

結局、三人を素材に選ぶことはなかった。

一人目はシンナーの使用歴があり、二人目は不特定多数の少女との性的関係があり、三人目は危険ドラッグの使用歴がありという報告を受けた。

三人以上に品性に欠ける篠原達を素材に選んだのは、許し難い作品を送りつけ恭介を侮辱したからだった。

それに、あそこまで突き抜けて下種で野卑で粗暴ならば、逆に芸術だ。

『爬虫類みたいに体温を感じさせない空気感も、肚の読めねえところも相変わらずだな。それで、いつまでだ？』

「十時間以内でお願いします」

『ずいぶん、急じゃねえか。ほかの依頼を後回しにしなきゃならねえから、報酬は高くつくぜ。しかも、どうせ、訳あり物件だろ？』

野呂が、下卑た声音で言った。

「三本でどうですか？」

『まさか、三十万なんて言わねえよな？』

「三百万です。相場の十倍の報酬です。訳ありを考慮しての金額なので、そのへん、よろしくお願いします」

恭介は、抑揚のない口調で用意していた言葉を並べた。

『あんたは、ほんと、摑みどころのねえ男だな。出版社勤務、都内にマイホーム、妻と娘の三人家族……とても、そんな普通の人間には見えねえ。正直、あんたのことをちょいと探ってみたが、網になんにもかかってこねえ。あんたの経歴は文字にすりゃ学歴やら職歴が並んでるが、リアリティがねえんだよな。とってつけたような経歴っつうか、あんたが生きてきたエネルギーみたいなもんを感じられねえ。交友関係もなければ、あんたの過去について知ってる人間もいねえ。俺の経験から出た結論は、消しゴム使わなきゃならねえ事情が……』

「そのへんで、終わりにして頂けませんか？　依頼内容に私への詮索は含まれていません」

恭介は、冷え冷えとした声で野呂を遮った。

『前にも、言わなかったか？　得体の知れない依頼を受けて犯罪に巻き込まれるのはごめんだってな』

「訳ありだから、十倍の報酬だと言ったでしょう？」

『長男が大学、次男が高校にそれぞれ入学してよ、俺もなにかと物入りでな。だけどよ、三百万くらいで、息子達の将来に傷をつけるかもしれねえ危ない橋を渡ることはできねえな』

「三百万以上は一円も出しません。受けられないというなら、ほかを当たります」

野呂以外の興信所を使うつもりはなかった。

だからといって、報酬額を上げるつもりもなかった。

人間は、一つの欲を満たしたら、二つ目の欲、三つ目の欲を満たそうとする生き物だ。

それに、野呂の性格を恭介は誰よりも知っていた。

『冗談だよ、冗談。ちょいと、からかってみただけだ。三百万で、手を打とうじゃねえか』

予想していた通りの言葉が、恭介の鼓膜を心地よく愛撫した。

16

国分寺(こくぶんじ)駅から徒歩十五分ほどの住宅街は、通勤前とあって閑散としていた。

ゴミ収集場の黄色のネットの下には、前夜から出されているのだろう半透明の袋が一つあるだけだった。

レンタカーのハイエースのフロントウインドウ越し——恭介は、クリーム色の外壁の平屋建てに視線をやっていた。

平屋建ては、名倉のマイホームだった。

——国分寺に五年前に購入した戸建てに、妻と二人暮らしだ。名倉佳澄(かすみ)。三十五歳。あんたが急かせるから、ほかの依頼を後回しにして最優先したぜ。

深夜の電話——恩着せがましく言う野呂の声が、恭介の鼓膜に蘇った。

聖母は存在した。

恭介はすぐにラブホテルを飛び出し、調達したレンタカーで国分寺に向かった。

名倉は、自分が抜け出したことも知らずに中野のマンションを張っている。

だが、着替えやシャワーで自宅に戻らないともかぎらない。

素材を調達するのは、早朝のゴミ出しのタイミングが最適だった。

ラッキーなことに、今日は可燃ゴミの回収の日だった。

この区域は午前八時半までにゴミ収集車がくるので、それまでに素材が姿を現す可能性は高かった。

遅くとも十時くらいまでには、調達しておきたかった。

時間が経つほどにリスクは高くなる。

それに、中森に世話を任せている篠原の鮮度も気がかりだった。

強がってはいるが、監禁されて二日目になるので相当な恐怖とストレスが溜まっているに違いない。

篠原が苦痛を感じるのは構わないが、吹き出物は困る。

創作者のセンスがどれだけ優れていても、素材の状態が悪ければクオリティの高い作品は望めない。

名倉家の向かいの家から、肥った中年女性がゴミ袋を手に出てきた。

中年女性がガニ股で歩く姿から逸らした視線を、恭介は名倉家に戻した。

音程の外れた歌や不味(まず)い料理以上に我慢できないのは、醜い人間だった。

男女問わずに恭介は、醜い人間を嫌悪していた。

彼、彼女達は人に迷惑をかけていないつもりかもしれないが、それは大きな勘違いだ。

視界に入るだけで不快な気分にさせ食欲をなくさせるのは、公害であり犯罪だ。

今度は、名倉家の二つ隣の家からスーツ姿の男性が現れゴミ袋をネットの上に放り投げると、足早にバス停の方向へと立ち去った。

ネットに載るゴミ袋を見た恭介は、気持ち悪さを覚えた。

恭介は軍手を嵌め、助手席に置いていた段ボール箱を手に車から降りた。

中身は空だった。

恭介はゴミ収集場に向かった。

宅配業者のユニフォームを着ているので、近隣の住人と擦れ違っても恭介を気に留める者はいない。

片手で段ボール箱を抱えた恭介は腰を屈め、スーツ姿の男が放り投げたゴミ袋をネットの下に入れるとハイエースに戻った。

軍手を外し、スマートフォンを耳に当てた。

三回、五回、七回……コール音が続いた。

まだ、寝ていても不思議ではない時間帯だ。

『もしもし……』

「昨夜、素材は食事を食べたか？」

十回目のコール音——寝起きらしい中森のくぐもった声を遮り、恭介は訊ねた。

『……はい。ササミと卵焼きを出しました。太らないように白米は出しませんでした』

「完食したか？」

『こんなんじゃ足りないって、文句を言ってました。いまは寝てます』

「紙おむつの交換は？」

『やってます。それより、もう一人が全然食べないんですけど……』

中森が、困惑した声で言った。

「放っておけ」

『え？　でも、このままじゃ身体が持たないと思います。いまも、ぐったりしてますし……』

真島は、篠原と違い恐怖に精神を病んでしまったに違いない。

恭介がいるときも、一言も喋らずに震えているだけだった。

「それでいい。衰弱して死んでくれれば無駄な手間が省けるからね。むしろ、食事をやらなくてもいいよ。そのまま餓死させるんだ」

電話の向こう側で、中森が息を呑む気配があった。

「冷血漢だと、軽蔑しているのか？」

恭介は、片側の口角を吊り上げた。

『そ、そんなこと……思っていませんよ』

中森が、しどろもどろに否定した。

「教えておくけど、君は同類だ」

『え？』

「私と、なにも変わらない人種ということだ」

最初から、そう思っていたわけではない。

創作を共にしているうちに、恭介は気づいた。

中森が、密かにトイレで欲情を処理していることを。

『な、なにを言ってるんですか……僕は、あなたとは違います』

「ああ、もちろんだ。私は君ほど低俗じゃない。君も人の命を尊いものと思っていないという点で、一緒だと言っているのさ」

『僕は、そんなふうに思って……』

「否定しなくていい。そうであってもなくても、まったく興味はない。創作の邪魔をしなければ、君が殺人鬼であろうと変質者であろうとどうでもいい」

恭介は、中森を遮り素っ気なく言った。

『……いま、どこですか？』

不満げな声で、中森が訊ねてきた。

侮辱したわけでもなく、恭介は真実を口にしただけだ。

恭介の視線の先――名倉邸から、ゴミ袋を右手に提げた女性が出てきた。

「素材のご登場だ」

恭介は一方的に電話を切り、軍手を嵌めるとバンを降りた。

女性……名倉佳澄は、ゴミ袋を置いて自宅に戻ってくるところだった。

「あ、名倉さんですか？」

恭介は、シナリオ通りの言葉を口にした。

「はい」

佳澄が立ち止まり、恭介を見た。

ノーメイクで髪を無造作に束ねているだけだったが、佳澄は目鼻立ちの整った上品な美女だった。

「ちょうどよかった！　お荷物があるんですけど、急いで会社に戻らなければならなくて、申し訳ありませんがここでお渡ししてもいいですか？」

「大丈夫ですけど……持てるかしら？」

「あ、重くないので、大丈夫だと思います。じゃあ、こちらにお願いします」

さわやかな笑顔で言うと、恭介は佳澄をバンへと促した。

佳澄は、疑いもなく恭介のあとについてきた。

恭介はリアシートのスライドドアを開けた。

シートには、予め用意していた三十センチ四方の段ボール箱が置いてあった。

「こちらです。受領のサインをお願いします」

恭介は、段ボール箱の上に伝票とボールペンを置いたままスマートフォンを取り出した。

「会社から電話が入ったので、サインしたらお持ち帰りください」

恭介は、スマートフォンを耳に当ててバンから離れた。

「お疲れ様です。あと三十分くらいあれば、戻れますので」

繫がっていないスマートフォンを相手に、恭介は一人芝居をした。

佳澄はリアシートに上半身を入れ、段ボール箱に覆い被さるようにサインを始めた。

恭介はユニフォームのパンツのヒップポケットに、空いているほうの右手を入れた。

背後から佳澄に歩み寄りつつ、周囲に首を巡らせた。

十メートルほど先に、通勤途中のサラリーマンの背中が見えるだけだった。

「サインしまし……」

振り返ろうとした佳澄のうなじに、恭介はヒップポケットから取り出したスタンガンの電極を押しつけた。

眼を見開いたまま表情筋を硬直させた佳澄の背中を押し、恭介はリアシートに乗り込むとスライドドアを閉めた。

革製の手錠と足枷で、素早く佳澄の手首と足首を拘束した。

「あう……ああ……」

「少しの間、眠っていてください」

恐怖に引き攣った顔で言葉にならない呻き声を上げる佳澄の鼻を、恭介は摘まんだ。

ほどなくすると、佳澄が口を開け空気を貪った。

すかさず、恭介は目薬の容器を翳し佳澄の口の中に液体を数滴垂らした。

中身は点眼薬ではなく、睡眠薬だった。

「すぐに、楽になりますから」

恭介は佳澄の口に粘着テープを貼ると、ドライバーズシートに移動した。

「暴れなければ、傷つけることはしません」

恭介は優しく声をかけ、アクセルを踏んだ。

嘘ではない。

我が子同様に大切な芸術作品に、傷などつけるわけがなかった。

☆

恭介は、ハイエースをマンションから三十メートルほど離れた路肩に停めた。

前方に、マンションを監視している名倉の乗るクラウンのテイルランプが見えた。

リアシートに横たわる佳澄は、寝息を立てて熟睡していた。

あと数時間は目覚めないだろう。

恭介はスマートフォンの履歴ページを開き、電話番号をタップした。

『なんだ？　また、無言電話か？』

一回目のコール音が途切れ、受話口から名倉の皮肉が流れてきた。

「奥様は、美しい方ですね」

電話越しに、名倉の息を吞む気配が伝わってきた。

「どうしました？　私の声を聞けて、感動で話すこともできなくなりましたか？」

『お前……適当なことを言ってるんじゃないぞ！　こんな子供騙しの嘘を吐いて、俺が取り乱すとでも思ってるのか⁉』

「お名前は佳澄さんですよね？　三十五歳という年齢からは考えられないような瑞々しい肌をしていますね」

『どこで調べたのか知らんが、名前くらい……』

「疑り深いのか、それとも信じるのが怖いのか……ならば、これでどうですか。奥様の左耳の下に黒子が、右の鎖骨のあたりに白く浮き出た古傷があります」

『なっ……』

恭介の言葉に、名倉が絶句した。

「ようやく、信じて頂けましたか？」

恭介は、人を食ったような口調で言った。

『嘘を吐くな！　お前は、中野のマンションにいるだろう⁉　どうやって、妻のところに行けるんだ⁉』

「昨日まではいました。篠原君と一緒に、裏口から出ましたけど。お仲間の若い男の人が車に乗っていましたよ」

ふたたび、恭介は小馬鹿にしたように言った。

『お……お前、本当に、中野のマンションにいないのか⁉』

名倉の声は強張り、上ずっていた。

「あ、そうそう。奥様は、ゴミ出しのときも携帯電話を持ち歩くんですね。旦那さんから電話があったらいつでも取れるようにしていたんでしょうね。本当に、出来た奥様です。信じられないのなら、いま、電話してみたらどうですか？」

恭介は、佳澄から奪っていたスマートフォンに視線を落としながら言った。

『ちょっと、待ってろ！』

名倉が、スマートフォンを操作している気配があった。

恭介の掌の上――佳澄のスマートフォンのディスプレイに、ショウちゃん、の文字が表示された。

た。

「もしもし？　ショウちゃんですか？」

スマートフォンを耳に当てた恭介が言うと、見えない名倉が凍てつく気配が伝わってきた。

『き……貴様……佳澄は無事なんだろうな⁉』

名倉が、恐怖と不安に震える怒声を浴びせてきた。

「そんなに大声を出さなくても、大丈夫ですよ」

『声を聞かせろっ』

「そうしたいんですが、いまは睡眠薬で眠っています」

『睡眠薬だと⁉　お前っ、こんなことして、なにが目的なんだ⁉』

「それは、刑事さんがよくご存知のはずでしょう？」

恭介は、少し憮然とした。

『俺が知ってるって、どういう意味だ⁉』

「刑事さん、それって、真面目に言ってますか？」

恭介の右足が、貧乏揺すりのリズムを取った。

惚けているのか？　本当にわからないとすれば、鈍感にもほどがある。

『お前こそ、ふざけたことばかり言ってないで、要求はなんだ⁉　言っておくが、刑事の妻家族を誘拐した罪がどれほど重いかわかってるだろうな⁉　いま、馬鹿なことをやめてを解放したら、今回の件は見逃してやる』

必死に駆け引きする名倉に、恭介は失望した。

「家族が事件に巻き込まれると、あっさりと正義を曲げるんですね。二十三年間、私を追い続けてきた執念は……絶対に刑務所に送り込もうとしていた執念はどこに消えたんですか？」

恭介は、思いを込めて訴えかけた。

自分の、一番のファンである名倉に。

『お……お前……まさか……本当に、あのときの少年なのか？』

掠れた声で、名倉が訊ねてきた。

恭介の右足が刻む、貧乏揺すりのリズムが激しくなった。

「心外ですね。初めて電話をくれたときに、お前、あのときの中学生か？　って、訊いたのは冗談半分だったんですか？　嬉しかったんですよ。私の芸術作品の熱烈なファンが存在するんだってね」

恭介は、感情をコントロールしながら言った。

気を抜けば、名倉を咎めてしまいそうだった。

芸術は無理強いするものではない。

気を遣われて作品について美辞麗句を並べられても、恭介のプライドが許さなかった。

思い違いをしていた。

名倉は、自分の作品の理解者だと思っていた。

いや、理解者であるのは間違いない。

だが、熱烈な、という形容詞はつかない。

名倉は、並みに毛が生えた程度の理解者だ。

眼を閉じ、大きく吸い込んだ空気を小刻みに鼻孔から吐き出した。

恭介は深呼吸を繰り返し、昂りそうになる気を静めた。

並みの理解者ならば、熱烈な理解者にすればいいだけの話……「ファーストキス」を超えるインパクトのある芸術を、突きつければいいだけの話だ。

『お、お前は、なにを言っている⁉ いったい……なにを考えている⁉』

鼓膜を震わせる名倉の大声が、恭介の創作魂に火をつけた。

「『花園と赤の噴水』、『真冬とイチゴシロップのかき氷』が、『ファーストキス』のときの私に劣っているのは認めます。ですが、あの二作品で私の感性が劣化したとは思わないでください。車でいうアイドリング、スポーツでいうウォーミングアップですから。『ファーストキス』を超える衝撃と感動をお届けすることを約束します」

恭介は眼を開け、名倉の乗るクラウンを見据えつつ宣言した。

名倉に、というよりも、自らにたいしての誓いだった。

『なっ……ちょっと待て……いや、待ってくれ！　お、お前が、あ、あのときの少年だというのは……じょ、冗談なんだろう⁉　し、新聞記事や週刊誌に載っていた記事を見て……犯人のふりをしているだけだろう⁉』

名倉は、滑稽なほどに動揺していた。

しかし、それは同時に恭介にたいしての侮辱を意味していた。

「ならば、最近の二作品に関しての内容を詳細に言いましょうか？　マスコミに報道されていないトシ君とカズ君の芸術作品の詳細をね。刑事さんが信じたくなくてそう言っているのか、それとも、私をからかっているのか。どちらにしても、奥様と篠原君という最高の素材を使った芸術作品で刑事さんの魂を虜にしてみせますよ」

恭介は、淡々とした口調で言った。

『か、佳澄と篠原だと……。どういう意味だ⁉　最高の素材って、なにをするつもりだ⁉　おいっ、お前、俺に捕まった犯人の肉親か⁉　俺に、恨みがあるからこんなことをしているのか⁉　だったら、忠告しておく！　お前の罪は、間違いなく死刑になるっ。俺への恨みで人生を棒に振るなんて、馬鹿らしいだろう⁉　いまなら、まだ間に合う！　佳澄と篠原を解放するんだっ。そうすれば、今回だけは罪に問わない！』

名倉の必死な訴えが、恭介の自尊心を切り刻んだ。

「刑事さん、これ以上、私を失望させないでください。身内を助けたいがために、二十三年間追い続けた犯人を見逃すんですか？　百歩譲って、刑事さんの提案に乗ったとしましょう。でも、私はトシ君とカズ君と呼ばれていた二人の少年の命を頂きました。正直、彼らがクズみたいな人生を歩むよりも私の作品になったほうが世の役には立つと思いますが、法的には殺人罪です。殺人犯を、見逃してもいいんですか？」

『も、もちろん、殺人は許されることではない。だが、篠原達にレイプされて殺された奥さんと娘さんは、お前の家族なんだろう⁉　そんな動画を観たら、俺だって犯人を殺してしまうと思う。篠原達の犯行は人間のやることじゃない。鬼畜だ。お前が二人を殺したのは、ある意味正当防衛とも言える。だから……』

「わかりました」

恭介は、名倉を遮った。

これ以上、手前勝手な正当化を聞いていると理性を保てる自信がなかった。

『わかってくれたか。なら、佳澄を返してくれるな？』

「もちろん、お返ししますよ」

『ありがとう……』

「『鬼畜と聖母』」

ふたたび、恭介は名倉を遮った。

『え？　鬼畜……それ、なんだ？』

「新作のタイトルです」

『まさか……』

　電話越しに、名倉が絶句した。

「『ファーストキス』は、私が思っていたよりも刑事さんにインパクトを与えていなかったようなので、『鬼畜と聖母』は狂喜乱舞して頂ける作品にするとお約束します」

『ちょ……ちょっと待てっ、いや、待ってくれ！　なにか気に障ることを言ったのなら謝る！　どんな償いだってする！　だから、佳澄を解放してくれ！』

　名倉が、切迫した声で懇願した。

「刑事さんのその言動が気に障るっていうことが、わからないんですか？　二十三年前の私を覚えていてくれたあなたが口にするのは、身内を救うための遜った言葉となりふり構わない裏交渉ばかり。篠原君のあとを尾け、中野のマンションを張ってまで私を捕まえたかったんでしょう？　私は、刑事さんの愚直なまでの正義感と異常なまでの執着心を評価していたんですよ」

『頼む……頼むから……。お前の狙いは俺なんだろう⁉　だから、佳澄をさらったんだろう⁉　だったら、俺が身代わりになるから！　恨みつらみがあるなら、俺に全部ぶつけてくれ！』

　呆れたことに、名倉は涙声になっていた。

どうやら、名倉という男を買い被っていたようだ。

「わかりました。刑事さんのお望み通りにしましょう。とりあえず、ご自宅に戻って待機していてください。四十八時間以内に、指定の場所にきて頂きます。そこで、刑事さんの身柄を拘束したら目の前で奥様を解放します」

名倉が指定の場所で佳澄に会えるのは嘘ではない。

ただし、名倉が眼にするのは芸術作品となった妻だ。

『どうして、四十八時間もかかるんだ？』

不安げな声で、名倉は訊ねてきた。

「刑事さんがおかしな人を呼ばないかを見極める時間ですよ。いいですか？　ご自宅の周辺には半径一キロ以内に監視の人間を複数配置しています。少しでも不審な人物をみかけたり刑事さんが自宅から出たら、奥様は私の芸術作品となりますので気をつけてください」

嘘——名倉を自宅に待機させるのは、「鬼畜と聖母」に没頭する時間を確保するためだ。

四十八時間もあれば、創作には十分だった。

『ちょ、ちょっと待ってくれ！　もちろん俺は警察に連絡したりしないが、お前達が勘違いしたらどうなる⁉　もし、俺と関係のない不審人物が家の周辺をうろついていたら⁉』

「ご心配には及びません。元興信所や元警察で働いていた人間なので、刑事さんが呼んだ警察関係者か無関係の不審者を間違うことはありません」

『そんな保証がどこにあるんだ⁉　万が一ってことも、あるじゃないか⁉』

名倉が、必死に食い下がった。

まさか、最愛の妻が僅か数十メートル後方にいるとは夢にも思っていないだろう。

「勘違いしないでください。刑事さんが不安か不安じゃないかを訊いているんじゃありません。どんなに不安でも、私に従うしか奥様を取り戻せる方法はないんです。いますぐ、ご自宅に帰ってください。到着したら、連絡を入れてください」

一方的に言い残し、恭介は電話を切った。

フロントウインドウ越し――クラウンの車内で、名倉がステアリングに突っ伏している背姿が見えた。

やがて、名倉が上体を起こすとテイルランプが点いた。

低いエンジン音が轟き、クラウンが発進した。

しばらくすると、マンションの裏手に停まっていた名倉の配下の乗ったアウディが続いた。

恭介は、念のためにすぐには動かなかった。
四、五分経ってから、イグニッションキーを回しアクセルを踏んだ。

17

中野から国分寺に向かっていたクラウンは、赤信号に捕まった。

名倉は、赤いランプを睨みつけながら拳で己の太腿を殴りつけた。

信号が青になると同時に、名倉はアクセルを踏んだ。

名倉は、逸る気持ちを抑えて速度制限を守った。

本当は一キロでもスピードを出したいところだが、万が一ネズミ捕りにでも引っかかったら洒落にならない。

いま、自分がやるべきことは自宅に戻り彼からの指示を待つことだった。

刑事の直観で、今回の事件は二十三年前の「石本慧君、畑中理恵ちゃん首切り殺害事件」の犯人が関係しているのではないかと思っていたが、いざ現実を突きつけられれば激しい動揺に襲われた。

自分の直観を疑っているわけではなかった。

あのときの少年が、「花園と赤の噴水」と「真冬とイチゴシロップのかき氷」の犯人だったことについての驚きはなかった。

まさかの盲点……名倉が動転したのは、佳澄が巻き込まれたことだった。

――初めて電話をくれたときに、お前、あのときの中学生か？　って、訊いたのは冗談半分だったんですか？　嬉しかったんですよ。私の芸術作品の熱烈なファンが存在するんだってね。

自分の不用意な一言で佳澄が……。
悔やんでも、悔やみきれなかった。

頼む、頼む、頼む！

名倉は心で叫びながら、太腿を拳で殴り続けた。
痛みによって、辛うじて平常心を保っていた。
助手席に置いていたスマートフォンが震えた。
『いきなり撤収するなんて、どうしたんですか？』
電話に出るなり、受話口から田山の怪訝そうな声が流れてきた。
田山は、名倉と車一台挟んでついてきていた。
「犯人と名乗る人物から電話が入った」

『え⁉　なんて言ってきたんですか⁉』

「いまから話すことを、署内の誰にも言わないと約束できるか？」

『どうしてですか？　犯人の情報をなぜ、秘密にしなきゃならないんですか⁉　署員総出で捜査したほうが……』

「約束できないなら、お前にも話すわけにはいかない」

名倉は、田山を遮った。

『警部、いったい、どうしたんですか⁉』

「誰にも口外しないと約束をすれば、教えてやる」

『そういうことなら、聞かなくてもいいです。その代わり、署のほうに報告します。悪く思わないでください。年老いた母親を養わなければならないし、クビになりたくないですからね』

「篠原と一緒に、妻が拉致されているんだ！」

思わず、名倉は叫んでいた。

『えっ……どうして奥様が⁉』

田山が裏返った声を上げた。

「二十三年前の事件にかかわっている俺が、いまも自分を追っていると知って妻に眼をつけたんだろう……」

はらわたが煮えくり返るのと同時に、背筋に悪寒が広がった。

佳澄は無事なのか？

もし、名倉の読み通りに男が二十三年前の犯人なら……菊池利也、中山一志殺害の犯人なら、常識が通じる相手ではない。

佳澄が無事だという保証は、どこにもない。

「奴は、俺の自宅周辺に複数の監視をつけていると言っていた。不審者をみかけたら、妻の命は保証しないとも……」

奥歯を嚙み締めた。

無力な自分を呪った。

国を守る警察が、妻一人さえも守れない。

組織力がなければ、倒錯者一人に翻弄される情けない男だ。

「菊池利也と中山一志の殺害法を見ているかぎり、犯人は冷徹非情な鬼畜だ。脅しじゃなくて、奴は本当に妻に手をかけるだろう。だから……署に報告するわけにはいかないんだ……わかってくれ」

名倉は、悲痛な声で言った。

『事情を知らなかったこととはいえ、すみませんでした。そういう事情なら、もちろん内密にします。俺が、全力でサポートしますから！』

「その気遣いは嬉しいが、俺一人で交渉する」

『そんなの、危険ですよ！』

田山の声が、スマートフォンのボディを軋ませた。

「お前がいたほうが危険なんだよ！　あ……心配してくれているのに悪かった。だが、さっきも言ったが、自宅周辺は監視されている可能性が高いから、俺一人で動いたほうがいい」

『それはわかりますが、警部を一人で行かせるわけにはいきません。犯人のターゲットが警部なら、なおさらです！』

田山が、執拗に食い下がってきた。

「ありがとう。なにかあったら連絡するから、そのときは協力を頼む」

『約束ですよ！　いつでも動けるように待機しておきますから！』

「わかった。じゃあ、ここからはついてこないでくれ」

名倉は言い残し、通話キーをタップした。


佳澄にもしものことがあったら……地獄の底まで追い詰めてやる。

名倉は心で誓い、アクセルを踏み込んだ。

☆

高さ一メートル以上ある大型の段ボール箱を載せた台車を、恭介は四〇五号室の前で停めた。

インターホンを押した恭介は、レンズに顔を向けた。

ほどなくして、内カギの開く金属音に続いてドアが開いた。

「もしかして……？」

憔悴した表情で出迎えた中森が、段ボール箱に視線を止めた。

「素材だ」

短く言葉を返しながら、恭介は鉄板を敷いた沓脱ぎ場に台車を入れた。

鉄板は篠原を捕獲するために、遠隔操作のリモコンでスイッチを入れると三百万ボルトの電流が流れる仕掛けになっていた。

部屋の中まで続く鉄板の上——台車を押し室内に足を踏み入れると、異臭が鼻腔に忍び込んできた。

臭いの元が、ゴミ袋に捨てられた糞尿が付着した紙おむつなのはすぐにわかった。

中森の報告通り、拘束椅子の真島はうなだれぐったりとしていた。

「なんだそりゃ？」

ベッドに拘束された篠原が、段ボール箱を視線で追いながら訊ねてきた。

真島とは対照的に、篠原は少し頬がこけた以外は声にも力強さがあり憔悴したふうには感じられなかった。

「君の仲間を連れてきてやったよ」

恭介は言いながら蓋を閉めていた粘着テープを剝がすと、段ボール箱を横に倒した。

鉄板の上に、手足を拘束された佳澄が転がり出た。

睡眠薬が効き過ぎたのか、佳澄はまだ熟睡していた。

「お！　色っぽい女じゃん！　おっさん、ゲイかと思ったら女にもちんぽ勃つのか？」

篠原が爆笑した。

「君の生命力は、称賛に値するね」

皮肉ではなく、本心からの言葉だった。

「なんだよ、そこの金魚の糞と3Pするのか？」

篠原が、中森に視線を移し茶化すように言った。

「金魚の糞って、ぼ、僕のことを言ってるのか？」

中森が、怖々と篠原に言った。

「っつーかさ、お前、おっさんにケツ貸してんだろ？」

鼓膜を劈く声でけたたましく笑う篠原に、中森の顔がみるみる紅潮した。

「お、お前……僕を侮辱するのか？」

中森が、強張った顔で篠原に詰め寄った。

「お、お前……僕を侮辱するのか？」

篠原が、馬鹿にしたように中森の物まねをした。

「て、てめえ！」

「やめなさい！」

熱り立つ中森を、恭介は一喝した。

「でも、こいつ僕のことを……」

中森が、屈辱に唇を震わせた。

「彼氏に甘えてんのか？　おい、金魚の糞、ゲイおっさんの包茎ちんぽをケツにぶち込んで貰えよ」

挑発目的ではなく、純粋に面白がっているのが篠原の常人離れしているところだった。

「君には愉しませて貰ったが、そろそろお別れだ。彼女は私と君を追っている刑事の奥さんだ。私の新作、『鬼畜と聖母』は君と奥さんの合作だよ」

恭介は、篠原のベッドに歩み寄りながら言った。

「なんだそれ？」

篠原が、眉根を寄せて吐き捨てた。

「まあ、簡単に言えば君を母の胎内に戻すというイメージの作品だよ」

「てめえは、なにわけわかんないこと言ってんだ？　お？」

「でも、それには、肩幅が広すぎるね」

恭介は腕を組み、篠原の身体に視線を這わせた。

遺伝なのか、篠原は骨太な骨格をしていた。

作品のクオリティを上げるためには、素材の大工事が必要だ。

「おい、ホモ野郎！　俺がビビるとでも思ってんのか⁉　ああ⁉」

「頭蓋骨も大き過ぎるから、かなり削る必要があるね」

恭介は、脳内の設計図を確認しながら呟いた。

「だからっ、わけわかんねえことばかり……」

怒声を浴びせようとする篠原の唇に、恭介は人差し指を当てた。

「興奮しないで。血の温度が上昇し過ぎると肌がくすむからね」

恭介は顔を篠原に近づけ、平板な口調で言った。

篠原が、鬼の形相で眼を見開いた。

「私が怒らせたなら謝るから、とにかく落ち着いてくれ」

恭介は、篠原の充血する瞳をみつめた。

皮肉でも挑発でもなく、恭介の心からの切なる願いだった。

18

「創作を開始する前に、君に断っておかなければならないことがある」

電動ノコギリを手にした恭介は、全裸で篠原が拘束されているベッドの脇に立つと物静かな声で切り出した。

恭介は、スイミングキャップ、ゴーグル、ゴムの繋ぎ服、オペ用手袋を身につけていた。

同じ出で立ちの中森が、アシスタントとして恭介の横に立っていた。

「なんだよ？　そんなもん持って、俺が命乞いすると思ったら大間違いだ」

相変わらず、篠原の強気な姿勢は変わらなかった。

頭部、胸部、腹部、大腿部、脛部を拘束ベルトで固定されているので、体重が三百キロ近いゴリラ並みの怪力で暴れても身体はビクともしない。

篠原の額と両肩には、削り取るべき目印としてマジックで点線が書いてあった。

聖母……名倉の妻の佳澄は、二メートルほど離れたベッドに篠原と同様に裸で拘束していた。

睡眠薬の効き目は強力で、衣服を脱がされベッドに移される間も熟睡から覚めることはなかった。

「君の桁外れな精神力と常軌を逸した狂気には感服するけど、時間がないから、言葉遊びはこのへんにしておく。私は医師ではないから、麻酔を使う気はない。覚醒した状態で皮と肉を裂き骨を削る激痛は、想像を絶するものだろう」

頬に生温い液体……篠原の唾液が付着した。

「おい、カマおやじ！　よく聞けや！　そんな脅しは俺には通用しねえ！　いや、脅しじゃなくても同じだっ。てめえは、俺が死ぬのを怖がってると思ってるんだろう？」

「死ぬのが怖くない人間は、そういないと思うがね」

恭介は、無表情に言いながら頬の唾液を携行用のアルコールティッシュで執拗に拭った。

顔に汚物を吐きかけられる行為は、恭介にとって殴られるよりも許せない仕打ちだった。

だが、恭介は篠原を責める気はなかった。

これから彼は、自分に最高の快楽と栄光を与えてくれるのだ。

「そこらの腰抜けと一緒にするんじゃねえっ。ガキの頃から、ずっと死にてえと思ってた。親も学校もそこらの人間も、糞にしか見えなかった。部屋ん中が糞だらけだったら、外に出たくなるだろうが？　それと同じだ。死ねば、糞みたいな奴しかいねえ糞まみれの世界よりましな世界が待ってるような気がしてよ。ハッタリじゃねえ。小学校の頃には、川や車に何度も飛び込んだ。中学生になったら、高校生のヤンキーや街のチンピラに喧嘩を売った。組事務所に連れ込まれてボコボコにされたこともナイフで刺されたことも、一度や二度じゃねえ。でも、なんでか死ねねえんだよな。俺は考えを変えた。死ねねえなら、人間をやめて悪魔になろうってな。それからは、気晴らしに人を殺しまくったよ。警察（サツ）に捕まるのは怖くなかったが、俺は未成年だから死刑にはならねえし牢屋の中じゃ人も殺せねえ。警察（サツ）から逃げ回ってたおかげで、てめえと出会えたってわけだ」

篠原が、狂気の宿る瞳で恭介をみつめると口角を吊り上げた。

まるで、鏡を見ているようだった。

警察に捕まるよりも死ぬよりも恐れるのは、自由を奪われ志を貫けないこと……篠原の考えは、自分の考えに似ていた。

「私も、君と出会えて嬉しいよ」

本心だった。

篠原との出会いは、最後の創作に神が与えてくれた最高のプレゼントに違いない。

神を讃えているわけでも、感謝しているわけでもない。

逆だ。

神こそ、自分を讃え感謝するべきだ。

神が愛を与えるのは事実だが、無償ではない。

与えた愛と同等以上の不幸を与える……それが、神の実体だ。

つまり恭介の芸術は、神への捧げものなのだ。

「俺はゲイじゃねえ。殺すんなら、さっさとやれや！」

言い終わらないうちに、ふたたび篠原が唾棄してきた。

俊敏な動きで恭介は上体を反らすと、スマートフォンのミュージックライブラリーをタップした。

「アメイジング・グレイス」……サラ・ブライトマンの神々しい歌声が、室内に流れ始めた。

「さて、準備は整ったし、幼き頃からの君の願いを叶えてあげるよ」

恭介は物静かな口調で言うと、人差し指で電動ノコギリのスイッチを押した。

甲高いモーター音が、女神の歌声とセッションした。

「左肩を先に削るから、しっかり押さえててくれ」

恭介は、中森に命じた。

拘束しているといっても、麻酔なしで骨を削るのだから篠原の身体が動くのは間違いない。

聖母のミクロコスモスに戻れるだけの面積を削ればよかった。

篠原が暴れて余計な部位まで削る事態は避けたかった。

中森の横顔が、緊張に強張っていた。

だが、ゴーグルの奥の瞳はいままで見たこともないように煌いていた。

「動くなよっ、くそ野郎が！」

中森が口汚い怒声を浴びせながら、篠原の左胸を押さえつけた。

「妹のおまんこ、どす黒かったぜ。ありゃ、ヤリまんだな」

篠原がけたたましい声で笑った。

「妹を侮辱するな！」

「やめなさい！」

篠原の首に手をかけた中森を、恭介は一喝した。

「でも……」

「従えないなら、外れて貰う。私の芸術を邪魔する者は、何人たりとも許さない」

恭介は、血液が氷結するような冷徹な瞳で中森を見据えた。

「わかりました」

ゴーグル越しに篠原を睨みつけながら、中森は渋々と従った。

妹の復讐などというなんの価値もない中森のくだらない感情に、つき合っている暇はない。

恭介は、激しく前後に動く電動ノコギリの刃を左肩の点線に当てた。

前腕に響く振動――ゴーグルが赤く染まった。

女神の歌声、モーター音……。

耳を澄ましても、ハーモニーになるはずの第三の音色が聴こえない。

恭介は、手の甲でゴーグルを拭いた。

目尻が裂けるほどに見開かれた眼、充血する白目、食い縛られた歯、切れて血が滲む唇、首筋やこめかみに浮かぶ血管……驚くべきことに、篠原は叫び声を上げずに耐えていた。

電動ノコギリの刃は皮膚と肉を裂き、まもなく骨に達する。

普通なら、狂ったように泣き叫んでいるところだ。

「ほらっ、我慢しないで叫べよ！　泣けよ！　泣け！　泣け！　泣けーっ！」

篠原の胸を押さえていた中森が、顔を近づけ怒声を浴びせた。

中森の瞳は、ほしかったクリスマスプレゼントを貰った幼子のように爛々と輝いていた。

前腕に伝わる振動が重々しくなった。

サラ・ブライトマンの流麗な歌声が、モーター音に重なった。

刃が骨を削る硬質な音と飛散する血肉――食い縛る篠原の前歯が欠け、眼球が迫り出していた。

それでも、篠原は声を発することはなかった。

その鬼神の如き形相に、恭介の胸は締めつけられ肌が粟立った。

いまの彼は、比肩するものがないほどに美しく高貴だった。

恭介の性器が、硬直した。

亀頭がひんやりとした。

気づかぬうちに、射精してしまったようだ。

不意に、前腕の振動がなくなった。

篠原の三角筋が床に落下した。

切断面から噴き出す大量の鮮血が、恭介のゴムの繋ぎ服を濡らした。

篠原が白眼を剝き、失神した。

「なに寝てるんだっ、おら！　眼を覚ませ！　くそ野郎が！」

「無駄口叩いてないで、右の胸を押さえるんだ」

恭介は、ベッドの反対側に移動しながら言った。

篠原はまもなく心肺停止する。

手早く作業を進めなければ、死後硬直が始まってしまう。

そうなると、母体に戻すのが困難になる。

作業が大変になるだけでなく、死後時間が経ち過ぎると血色が失われ艶や肌の質感が損なわれてしまう。

右肩の点線に、電動ノコギリの刃を当てた。

皮膚が裂けると、激痛に篠原が意識を取り戻した。

「おら！　そう簡単に死ねると思うな！　許してくださいって言ってみろ！」

ふたたび、中森が篠原に怒声を浴びせた。

裂けた肉と脂肪の奥に、白い骨片が見えた。

篠原は依然として悲鳴を上げなかったが、さっきまでとは違い我慢しているわけではなく声を出す気力もなくなったという感じだ。

その証拠に、歯も食い縛っていなかった。

刃が骨を切断し、右の三角筋が床の血溜りに落ちた。

左右の三角筋が切断され、篠原はなで肩になっていた。

本当は腋のつけ根から腕ごと切断したほうが確実に母体に戻すことができるが、それをやってしまえば美が損なわれてしまう。

両腕の切断は、どうにもならないときの最終手段だった。

「次は、どうするんですか⁉　眼を抉りますか⁉　首を切りますか⁉」

中森が、餌を前にした犬のように逸(はや)っていた。

恭介は中森を無視して篠原の頭部に移動し、額の中央から両耳のつけ根にかけて書かれた点線に刃を当てた。

いままでとは違う強い振動が、恭介の前腕に響いた。

篠原は眼を閉じたまま反応しなかった。

どうやら、事切れたらしい。

物凄い勢いで前後する刃が、額の皮膚と肉を切り裂いた――前頭骨が露出した。
さらに強い振動が、恭介の前腕から肩にかけて這い上った。
飛散する骨片がゴーグルにコツコツと当たり頬をチクチクと刺した。
恭介は、電動ノコギリの強度を上げた。
モーター音が甲高くなり、脳漿と血肉が飛散した。
十秒、二十秒……急に手応えがなくなった。
篠原の左の側頭部が削げ落ち、切断面から淡桃色の大脳皮質が溢れ出した。
「クソっ、クソっ、クソっ！」
中森が、鬼の形相で床に落ちた大脳皮質を踏みつけていた。
恭介は、右の側頭部も同じように切断した。
篠原の頭部は、工事現場のカラーコーンのように三角に尖っていた。
「そんなことをやってないで、掃除しなさい」
相変わらず脳みそを踏みつけている中森に、恭介は抑揚のない声で命じた。
「いい気味だ」
篠原の脳みそを掻き集めゴミ袋に捨てながら、中森が薄笑いを浮かべていた。
恭介は電動ノコギリのスイッチを切り、篠原の屍と隣の佳澄を交互に見比べた。
頭部は楽に通過するが、肩は微妙なところだ。

頭部を入れるだけでも作品として成立するが、それは芸術ではない。

芸術と呼べる作品にするには、どうしても肩まで戻したかった。

だが、これ以上、篠原の身体を削りたくはない。

肩まで戻しても、両腕がなければ意味がないのだ。

逆を言えば、両腕がなければ戻すのは首だけで十分だ。

人間の形が残っていればこそ、素晴らしい作品となる。

目的のために本来あるべき姿でなくし、ヘビのようにしてしまうのは本末転倒だ。

「あ……ああ……ああ……」

恭介は、呻き声のほうに視線を巡らせた。

意識を取り戻した佳澄が、恐怖に引き攣った顔を変わり果てた篠原に向けていた。

「お目覚めですか?」

言いながら、恭介は佳澄のベッドに歩み寄った。

小ぶりだが形のよい乳房、大き過ぎず小さ過ぎずの乳輪、薄桃色で小豆サイズの乳首、うっすらとあばらの浮いた脇腹、括れたウエスト、なだらかなヒップライン、引き締まった太腿とふくらはぎ——佳澄の肉体はアスリート選手並みに無駄な脂肪は一切なく、三十半ばの女性とは思えなかった。

肌質もきめ細やかで、染みや痣はなかった。

「はっうあ……はわぁ……い、いやーっ!」

空を切り裂く叫喚——上体を起こそうとした佳澄が、初めて自分がベッドに拘束されていることに気づいた。

上半身は篠原と同じ部位を拘束ベルトで縛っているが、下半身は両足をM字開脚の状態で固定していた。

「わぁっ、ああっ、いやっ、あふぁーっ!」

佳澄が、狂ったように叫び身を捩らせた。

血の気を失った顔は、涙と鼻水でぐしょぐしょになっていた。

「喜んでください。あなたは、私の最高傑作の素材に選ばれました」

恭介は、無表情に言った。

「ああーっ! やめー! いやーっ!」

佳澄の声は、大声の出し過ぎで嗄(しゃが)れていた。

「タイトルは『鬼畜と聖母』。もちろん、聖母はあなたです」

「いひゃっ……はぁあーっ……いやぁーっ!」

錯乱状態になった佳澄の首筋の血管は、破裂しそうなほどに浮き出していた。

死に物狂いで暴れているが、拘束ベルトはビクともしなかった。

「『鬼畜』の素材が傷んでしまうので、簡単に説明します。テーマは、聖母のミクロコスモスに回帰する鬼畜……わかりやすく言えば、あなたのヴァギナを裂いて腹腔から臓器を取り出して空にし、彼を肩まで戻します。彼の拘束を解いて、連れてきて。大切に扱うんだよ」

恭介は佳澄に淡々とした口調で言うと、中森に視線を移し命じた。

「な……なにふぉ……なにふぉふるう！　ひひゃあー！　ひぃひゃあー！」

恐怖と動転で錯乱しているのだろう、佳澄は言語障害気味でなにを喚いているのかわからなかった。

「あまり叫ばないでください。毛細血管が切れたら肌がくすんでしまいます」

恭介は、抑揚のない口調で言った。

背中に視線を感じ振り返った。

中森が立ち尽くし、錯乱する佳澄を凝視していた。

中森の股間は膨らんでいた。

「なにをやってる？　早く、篠原君を連れてこい」

恭介は言いながら、電動ノコギリのスイッチを入れると中森の顔に突きつけた。

「あ……はい」

我を取り戻した中森が、弾かれたように踵を返した。

中森の精神が壊れたとは思わない。

むしろ、逆だ。

極限の状況の中で、中森の眠っていた本質が覚醒しただけに過ぎない。

そう、もともと、中森には加虐的資質があったのだ。

「ど……どうして……どど……どう……して……」

眼を充血させた佳澄が、しどろもどろの口調で喘ぐように言った。

「それは、私が訊きたいことですよ。あなたはどうして、私の芸術作品として世の中に語り継がれるというのに、そんなに怯えているんですか？」

恭介は電動ノコギリのスイッチを切り、率直な疑問を佳澄に訊ねた。

「あはぁ……いひやぁ……うふぁわ……あはぁっ、あはぁっ、あふぁっ……」

過呼吸のように、佳澄が荒い呼吸を吐き始めた。

「大丈夫ですか？」

恭介は電動ノコギリを床に置き、佳澄の傍らに腰を屈めた。

「あはぁっ、あはぁっ、あふぁっ、ふはぁっ、ふはぁっ、あふぁっ、あはぁっ、あはぁっ……」

水面に口を出す金魚のように唇を開き、佳澄が空気を貪った。

「落ち着いてください。ゆっくり、ゆっくり……大丈夫ですから。もう、なにもしません。だから、怖がる必要もありません。リラックスしてください」

恭介は、佳澄の耳元で優しく囁いた。

「ああ……あ……はふぁ……ふぁ……」

佳澄の呼吸が、じょじょに収まってきた。

「リラックス、リラックス……落ち着いたら、家に送って差し上げますから」

恭介は、佳澄の耳もとで囁き続けた。

もちろん、発作をおさめるための嘘だった。

佳澄が、眼を閉じた。

「こいつ、どうします？」

屍となった篠原をお姫様抱っこした中森が、伺いを立ててきた。

依然として、彼の股間は膨らんでいた。

恭介は、ジェスチャーで佳澄の足もとにくるように……篠原の頭が佳澄の股間に向くように中森に指示した。

恭介は、脳内で素早く完成図をシミュレーションした。

性器を大きく裂いて股関節を含めた骨盤を削り内臓を取り出せば、篠原の両腕を残したままで母体に戻すことができる。

「とりあえず、ベッドに戻せ。私情は捨てて大切に扱えよ」

恭介に釘を刺された中森は舌を鳴らし、篠原をベッドにそっと横たえた。

本当は、変わり果てた篠原を床に叩きつけて滅茶苦茶に踏みつけたい気分に違いない。

中森の個人的な私怨に作品を台無しにされたら、たまったものではない。

「私が聖母の創作をしている間、身体に付着した血液や脳漿を拭き取り、鬼畜を美しい状態にしておいてくれ」

恭介は中森に命じながら、スマートフォンのミュージックライブラリーから「アヴェ・マリア」を選曲しリピート機能で再生した。

恭介はワゴンからメスを手に取り、佳澄の股間に回った。

下腹を掌で押さえると、佳澄が眼を見開いた。

「いやっ……な……なに……」

「落ち着かせるために嘘を吐きました。すみません」

まったく感情の籠らない声音で言うと、恭介はクリトリスから五センチほど上にメスの切っ先を当てた。

メスを持つ手に力を込めた――切っ先で皮膚を裂くと、肉と脂肪が溢れ出した。

「あああぁぁーっ！」

佳澄の悲鳴を合図に、スマートフォンからタイミングよく「アヴェ・マリア」が流れてきた。

恭介はメスを、恥骨の周囲に楕円形を描くように肉と脂肪を切り裂きつつ走らせた。

「やめ！　やめっ……あはあぁーっ！」

佳澄の悲鳴が、ソプラノの歌声に聞こえた。

「いまからそんなに叫んでいたら、サビの頃には声が嗄れますよ」

恭介は言いながら、切れ目を入れたヴァギナを削ぎ取った。

「あぎゃあぁーっ！」

佳澄が絶叫した。

佳澄の股間は、楕円形に皮膚と肉が剝ぎ取られ骨が露出していた。

恭介は電動ノコギリのスイッチを入れ、剝き出しの恥骨、骨盤の寛骨臼、骨頭を削った。

「ああ……あぎふぁっ、ふぎはふぁーっ！」

佳澄の濁音交じりの悲鳴が、電動ノコギリのモーター音を掻き消した。

恭介はスイッチを切り電動ノコギリを置くと、右手に金槌、左手にハンドクリーナーを持った。

「ここからは、少し乱暴にさせて頂きます」

言い終わらないうちに、恭介は佳澄の股間に金槌を叩きつけた。

「うぁぎゃ！」

電動ノコギリで亀裂を入れられていた恥骨や骨盤は、呆気なく粉砕した。

二発、三発、四発と金槌を打ちつけた。

「あうぁ！　うぎふぁ！　ああああぁぁぁー！」

佳澄が、八つ裂きにされる雄鶏さながらの悲鳴を上げた。

恭介は血塗れの膣の中に、ハンドクリーナーのノズルを突っ込みスイッチを押した。

バキューム音が鳴り響き、膣の中に飛び散る骨片を血肉とともに吸い込んだ。

透明のダストボックスが、すぐに真っ赤に染まった。

「ダストボックスをきれいにしてくれ」

アルコールティッシュで篠原の身体を拭っていた中森に、恭介はハンドクリーナーを渡した。

恭介はワゴンの前に移動し、額帯鏡を額に装着し、子宮胎盤鉗子とメスを手にした。

胎盤鉗子は、中絶手術の時に医師が使う医療器具だ。

本来は、ラミナリア桿という棒状の器具を事前に膣内に挿入し、子宮頸管を拡張してから胎盤鉗子で胎児を引き摺り出す手順だ。

だが、恥丘の骨は電動ノコギリと金槌で破壊され、幼児の拳程度の穴が開いているのでラミナリア桿を使用する必要はなかった。

佳澄は眼を開けたまま、身じろぎ一つしなかった。

恭介は左胸に耳を当て、次に鼻先に手の甲を近づけた。

佳澄は人事不省になっていた。

個人差にもよるが、二時間くらい経過した頃に首や顎から死後硬直が始まるので急がなければならない。

半日も経てば、死後硬直は全身に広がる。

死後硬直だけでなく、血流が止まるので下になった静脈に血液が溜り死斑が出現する。死後二、三十分で点状の斑点が出現し、二、三時間後に斑点が融合し、二十時間以上経過すると死斑が固定してしまう。

恭介は、尿道、膣、Gスポット、子宮、子宮頸、円蓋、卵管、卵巣にメスを入れ、胎盤鉗子で何度かにわけて切断した肉塊を引っ張り出した。

破れた膀胱から溢れ出した尿のアンモニア臭が、マスク越しに鼻孔を刺激した。

「ハンドクリーナー」

中森が差し出したハンドクリーナーのノズルを腹腔に突っ込み、血液混じりの尿と肉片を吸い込んだ。

「ダスト交換」

ハンドクリーナーを中森に渡し、恭介は腹腔の奥に両手を突っ込んだ。

息を止め、直腸をメスで切断した。

茶褐色の糞便が、腹腔内に飛散した。

息を止めたまま、胎盤鉗子で肉塊と化した直腸を引っ張り出した。

我慢できずに呼吸した途端に、強烈な異臭に恭介の胃は伸縮し、立て続けにえずいた。

電動ノコギリで、骨盤を切断した。

金槌で砕き、ハンドクリーナーで骨片を吸い取った。

その作業を繰り返し、完全に骨盤を除去した。

佳澄のM字に折り曲げた両脚の奥には、漆黒の空洞が開いていた。

これならば、鬼畜も聖母の母体に戻れるだろう。

「蛇口にホースがついているから……水を出して持ってこい」

えずきながら恭介が命じると、中森が流し台に走った。

中森からホースを受け取った恭介は、腹腔に水を注いだ。

腹腔から溢れ出す赤褐色の水が透明になるまで、恭介は放水を続けた。

「止めろ」

恭介は中森にホースを渡し、アルコールティッシュで佳澄の腹部や太腿に付着する血や糞尿を丁寧に拭った。

佳澄の身体を綺麗にすると、恭介は部屋の隅からキャスター付きのステンレステーブルを運び中央に置いた。

縦三メートル五十センチ、横一メートル五十センチ——恭介が、この日のために数年前に自らが制作した特別仕様のテーブルだった。

テーブルは微かに傾斜しており、コーナーには血や体液が溜らないように排水口を作っていた。

排水口の下には、流れ出た血と体液を溜める二リットルの容量のプラスティック容器を取りつけていた。

佳澄の拘束を解き、抱え上げてステンレステーブルに移した——仰向けに寝かせ、両足をM字に立てた。

「いよいよですね!」

中森が、充血した眼を輝かせ唾を飛ばしながら言った。

「カメラをセットしろ」

「了解です!」

声を弾ませ、中森が三脚にスマートフォンを設置した。

罪悪感の海に溺れ、凄惨な現場に嘔吐していた以前の彼と同じ人間とは思えなかった。

「まだ、回すなよ」

恭介は言いながら、用意していたメイクボックスを佳澄のもとに運んだ。

櫛で髪を梳かし、ファンデーションを施し、アイブロウとアイラインを引いた。

最後に、ルージュを塗った。

佳澄は、眠りについているようだった。

死んでいるイメージを与えないために、ピンクのチークで頬をうっすらと染めた。

メイクを済ませると、恭介は篠原の屍を抱え上げステンレステーブルに運び佳澄の足もとにうつ伏せに寝かせた。

背中には、うっすらと死斑が出現していた。

恭介は、スマートフォンのデジタル時計に眼をやった。

創作を始めて、二時間が過ぎていた。

篠原が死んでからまだ一時間程度なので、死斑は固定しておらず色素も薄いが見栄えが悪かった。

「カメラセット完了です！　早くこのくそ野郎のとんがり頭を、まんこに突っ込みましょうよ！」

リピートされる「アヴェ・マリア」の美しい歌声に、嬉々とした表情で言う中森の興奮にうわずった声が割り込んだ。

恭介は無視して、篠原の背中にファンデーションを塗り死斑を隠した。

「ねえ、まだ……」

「静かにしろ。耳障りだ」

恭介は冷え冷えとした声で言うと、眼を閉じた。

アヴェ・マリア！　汚れのない女よ
私たちがこの岩盤の上に眠りのために倒れるとき
そして貴女の保護で私たちを覆いくださっているときは
私たちには固い岩盤も柔らかく思われるのです

貴女が微笑むと　この岩盤の隙間に薔薇の香りがそよぎます
おぉ聖母よ　この子の嘆願を聞いてください
おぉ乙女よ　一人の生娘は呼んでいます！
アヴェ・マリア！

恭介は、聖母の声に耳を傾けた。
鬼畜も天使も分け隔てなく受け入れるマリアの慈愛のなんと美しいことか。
室内に流れる優美な旋律に、恭介は感性を委ねた。

この固く荒々しい岩壁の中から
私の祈りが貴女のもとへ届きますように
私たちは朝まで安らかに眠ります

たとえ人々がどんなに残忍であっても
おぉ乙女よ
この生娘の心配事を見てください
おぉ聖母よ
一人の懇願する子を聞いてください
アヴェ・マリア!

恭介は、眼を開けた。

生まれたばかりの赤子をそうするように、鬼畜をうつ伏せのまま抱え上げた。

そっと、聖母の入り口に鬼畜の頭部を近づけた。

ふたたび眼を閉じ、深呼吸を繰り返した。

この瞬間を、どれだけ待ち望んできたことか……この瞬間のために、生きてきたと言っても過言ではなかった。

心を静め、恭介はゆっくりと眼を開けた。

五十センチ、四十センチ、三十センチ……鬼畜の頭部が聖母の入り口に近づいてゆく。

初恋の少女を前にした思春期の少年のように……入試の合格発表で自分の番号を探す受験生のように鼓動が高鳴った。

二十センチ、十センチ、五センチ……。

ついに訪れる至福の瞬間に、恭介の分身は痛いほどに怒張していた。

期待と不安が恭介の心を綱引きした。

期待——後世に残る名作の誕生に。

不安——期待以下の作品の誕生に。

三センチ、二センチ、一センチ……鬼畜の側頭部を削り取った鋭角な頭はすんなりと、三角筋を切断した両肩もギリギリで入った。

仰向けに寝る聖母のM字開脚した股間の奥の空洞に、うつ伏せの姿勢で肩まで突っ込んだ鬼畜。

慈愛に満ちた安らかな寝顔で鬼畜を受け入れる聖母……感動が全身に鳥肌を立てた。

恭介は三脚に駆け寄り、ゴーグルとマスクを外しムービー機能になっているスマートフォンを覗いた。

ズームアップした。

「ああ……」

あまりの崇高なる光景に、恭介は思わず声を漏らした。

「罪人(つみびと)よ、聖なる母のもとへ帰りなさい。罪人よ、あなたの悪業を赦しましょう。罪人よ、聖なる母のもとへ帰りなさい。罪人よ、赦しは愛であり愛は神であり神は赦しなのですから。罪人よ、聖なる母のもとへ帰りなさい。罪人よ、あなたは悪を演じていたに過ぎません。罪人よ、聖なる母のもとへ帰りなさい。罪人よ、あなたは思い出すでしょう。あなたが偉大なる父と聖なる母の愛の結晶であることを」

「鬼畜と聖母」のために用意していた詩を、恭介は口にした。

二十三年間、自分を追い求め続けてくれた彼を失望させないために、心を込めたメッセージだった。

善も悪もない。

あるのは、無だけ。

我々が善と呼ぶものも悪と呼ぶものも、無が創り出した幻に過ぎない。

我々は神に縋(すが)り、悪を恐れた。

神も悪も無が創り出した幻影とも知らずに。

我々、と認識している存在自体も幻影とも知らずに。

不意に、甘美な電流が陰茎に走った。

「うっ……」

恭介は、眼を閉じた。

強烈なオルガスムスとともに、陰茎が脈打ち生温い液体を放出した。

「はぅっ……」

自分のものとは違う呻き声がした。

眼を開けた。

カメラの死角になる位置で、中森がズボンとトランクスを脛まで下ろし「鬼畜と聖母」を見ながら右手で激しく陰茎を扱いていた。

スマートフォンのムービーを切り、恭介は電動ノコギリを手に中森のもとに向かった。

中森の髪の毛を鷲掴みにし、スイッチを入れた電動ノコギリの唸りを上げて前後する刃を喉もとに近づけた。

「な……なにを……するん……ですか……」

蒼褪めた顔で、中森が言った。

猛々しく脈打っていた陰茎は、干乾びた芋虫のように萎んでいた。

「私の作品を冒瀆する気か？」

恭介は一片の情もない瞳で中森を見据えた。

「え……で、でも……」

中森の凍てついた視線が、恭介の膨らんだ股間に移った。

「芸術作品にたいして陶酔する私と君の下種な性欲を一緒にするな。私の作品を汚す者には、生きていてほしくない」

恭介は言いながら、前後する刃を中森の喉にさらに近づけた。

「す、すみません！　も、もう……もうしませんから、許してください！」

悲鳴を上げる中森の陰毛に埋もれた性器から、尿が滴り落ちていた。

「君の働きに免じて、今回だけは見なかったことにするよ。これから、作品を届けに行かなければならない。大きな段ボール箱を五箱くらいと台車、それにレンタカーでバンを借りてきてくれ」

「え？　運ぶって……どこに、ですか？」

安堵の表情を浮かべた中森が、訝しげに訊ねてきた。

「最愛の妻の最高に美しい姿を、見て貰わなくてどうする？」

恭介が言うと、中森の口角が吊り上がった。

鼓動の高鳴りを、抑えきれなかった。

恭介は眼を閉じ、「鬼畜と聖母」と対面した名倉の驚きの表情に思いを馳せた。

19

名倉は、貪るように紫煙を吸い込んだ。

まるで全身麻酔をかけて意識をなくすとでもいうように、肺奥深くに紫煙を入れた。

あっという間に短くなった煙草を、名倉は灰皿に押しつけた。

リビングルームのテーブルには、灰皿から溢れ出した吸殻が何本か落ちていた。

一晩で、三箱を空にしていた。

テレビから流れる情報番組のオープニング曲で、午前八時だということを知った。

名倉は新しい煙草に火をつけ、スマートフォンを鷲摑みにしてリダイヤルキーをタップした。

『オカケニナッタデンワハデンパノトドカナイトコロニアルカ……』

「出ろよっ」

名倉は送話口にいら立ちの声を浴びせ、通話キーをタップしてすぐにリダイヤルキーをタップした。

『オカケニナッタデンワハデンパノトドカナイトコロニアルカ……』

名倉は舌を鳴らし、スマートフォンを持つ手を振り上げた。

叩きつけようとした腕を、思い直して宙で止めた。

携帯電話だけが、佳澄との命綱だった。

発着信の履歴の欄には、一晩中名倉がかけ続けた篠原の名前で埋め尽くされていた。

『では、まずはニューストピックスからです』

情報番組の女子アナウンサーの声に、名倉の身体に緊張が走った。

画面に大写しになったフリップボードに書かれた文字を、名倉は祈るような気持ちで視線で追った。


「幼女虐待殺人事件」被告人の継母に、懲役十五年の実刑判決。

イタリアで行方不明の留学生、伊藤瑠璃さん死体で発見。

イジメを苦に中二男子、校舎の屋上から投身自殺。

柔道の名門「大東館付属高校」の顧問から体罰を受けた部員が、意識不明の重体。

巡回中の警察官、下着泥棒で現行犯逮捕。

カリスマ整体師、施術中に女性客を昏睡レイプ。

渋谷駅構内で女子高校生が四十代無職男にナイフで胸を切りつけられる。

「煽り運転」の被害者続出！

フリップボードのトピックスに佳澄の名前がなくて、名倉は胸を撫でおろした。

——「鬼畜と聖母」。

——え？　鬼畜……それ、なんだ？

——新作のタイトルです。

——まさか……。

「少年」とのやり取りを思い出しただけで、鼓動が高鳴り喉が干上がった。

あのときの中学生が、二十三年ぶりに名倉の前に現れた。

およそ二十五万人の警察官が網を張り巡らせても捕えることのできなかった「少年」が、あっさりと……。

「少年」は、なにも変わっていなかった。

成長や贖罪するに十分なはずの二十三年の歳月を経ても、「少年」は猟奇的な殺人を繰り返していた。

——「花園と赤の噴水」「真冬とイチゴシロップのかき氷」が、「ファーストキス」のときの私に劣っているのは認めます。ですが、あの二作品で私の感性が劣化したとは思わないでください。


贖罪どころか、懐かしんでいた。

研ぎ澄まされた感性を持っていた二十三年前の自分を。

贖罪どころか、誓っていた。

二十三年前の自分を超える「傑作」を生み出すことを。


「少年」は己の犯した大罪を悔い改めるどころか、罪の意識の欠片(かけら)も持っていない。

人の命を弄び、虫けらのように殺す……「少年」は、生粋の猟奇殺人犯だ。


――「ファーストキス」を超える衝撃と感動をお届けすることを約束します。


しかも「少年」は、最愛の妻を毒牙に……。

名倉は、ふたたびリダイヤルキーをタップした。

鼓膜に繰り返し流れ込む無機質なコンピューター音声が、名倉の焦燥感に拍車をかけた。

「あいつは、いったい、なにをやってるんだ！」

名倉は立ち上がり、リビングルームを檻(おり)の中の熊のようにグルグルと回った。

「少年」が電話を切ってから、まもなく二十時間になろうとしている。

――とりあえず、ご自宅に戻って待機していてください。四十八時間以内に、指定の場所にきて頂きます。そこで、刑事さんの身柄を拘束したら目の前で奥様を解放します。

佳澄の代わりに自分を拘束しろと申し出たときの「少年」の言葉を、名倉は思い起こしていた。

焦るな……。

彼の言った時間の、まだ半分にも達していない。

そもそも、自分と佳澄の身柄を交換するのにどうして四十八時間もかかる?

名倉は自問した。

自分が警察関係者に知らせてはいないかを見極めている時間……「少年」はそう説明した。

名倉は自答した。

あんな悪魔の言うことを信用するのか？

名倉は自問した。

「少年」を信じずに、警察に通報して佳澄の身になにかがあったらどうする？

名倉は、質問を返した。

「少年」が信用できない人間だということくらい、わかっていた。

だが、イニシアチブを握られている以上、「少年」を刺激するわけにはいかない。

従っていれば佳澄が助かることはあっても、逆らえば間違いなく殺される。

気になるのは、自分と佳澄の身柄を交換すると「ファーストキス」を超える作品になると宣言していた「鬼畜と聖母」はどうなるのか？　ということだ。

「少年」は連続殺人鬼にありがちな、人を殺したいという欲求を満たしているわけではなかった。

自らを不世出なアーティストと世の中に認めさせたい自己顕示欲がすべてだ。

そう考えると、佳澄を手放すと「鬼畜と聖母」が完成できなくなる。

まさか、自分を騙して「鬼畜と聖母」を創作しているのでは……。

脳みそが氷結した。

無意識に、スマートフォンのディスプレイに田山の電話番号を呼び出しタップした。

一回目の途中でコール音が途切れた。

『警部、なにか動きがありましたか⁉』

電話に出るなり、田山の緊張した声が受話口から流れてきた。

「……いや、いまのところ、問題なしだ」

名倉は、寸前のところで用意していた言葉を飲み込んだ。

『奥さん、戻ってきましたか⁉』

「まだだ」

『え⁉　まずいじゃないですか⁉』

「四十八時間以内と言っていたからな。まだ、半分の時間も経ってないし」

名倉は、懸命に平静を装った。

『でも、嫌な予感がしますね。ご自宅は見張りがいるとまずいので、中野のマンション、様子を見てきましょうか？』

「中野のマンション？」

名倉は、鸚鵡返し（おうむがえし）に訊ねた。

『ええ。もし、犯人が嘘を吐いているとしたら、中野のマンションにいるんじゃないかと思いまして』

田山の言葉に、名倉の鼓動が早鐘を打ち始めた。

もし、田山の言う通りだとすればいま頃……。

危惧と懸念が、高波のように名倉の胸内に押し寄せた。

スマートフォンを持つ掌が冷や汗で濡れた——額が脂汗で濡れた。

「奴は、俺の自宅の前で妻を拉致したんだぞ⁉　中野にいるわけないじゃないか⁉」

思わず、語気が強まった。

『警部の注意を逸らして、中野に戻ったという可能性も十分に考えられます』

田山の言葉が、警報ベルのように名倉の脳内で鳴り響いた。

「佳澄を連れて……なにをするために中野に戻るんだ！」

名倉の怒声に、田山が黙り込んだ。

「怒鳴って悪かった」

名倉は、素直に詫びた。

いまは、狼狽した不安な感情を田山にぶつけている場合ではない。

もし、名倉の脳内を過る（よぎる）最悪の映像が現実になる可能性があるならば一刻も早く中野へ向かわなければならない。

だが、あくまでも危惧でしかない。

もちろん田山の予想は外れていてほしいが、その場合、「少年」の命令に従わなかったことで佳澄が殺されてしまう。

『いいえ、僕も警部の気持ちも考えずに軽率でした』

「すぐに、中野に行ってくれないか？」

『警部は行かないんですか？』

「俺は残る。もしお前の推理が外れていた場合、佳澄が危険な目にあってしまうからな」

『たしかに、そうですね。じゃあ、僕が様子を見てきます』

「くれぐれも、気をつけてくれよ」

『わかってます。信用してください。また、連絡します』

通信音が漏れるスマートフォンを、虚ろな瞳で名倉はみつめた。

名倉はテレビのリモコンを手に取り、チャンネルを替えた。

どの情報番組も恐れている事件を報じていなかったことに、名倉はふたたび胸を撫でおろした。

テレビの隅——デジタル時計は、8：42を表示していた。

時が経つのが異様に遅く、一分が五分にも十分にも感じられた。

もし、田山の推理通りだったら……。
湧き上がる不安を打ち消し、名倉は篠原の番号を呼び出しタップした。
コール音が鳴ることを願いつつ、名倉は耳を澄ました。
名倉を嘲笑うかのように、コンピューター音声が流れてきた。
スマートフォンをソファに投げつけ、名倉は背凭れに突っ伏した。

☆

アラームが鳴っていた。
名倉は、スマートフォンを手に取りアラームをオフにした。
アラーム音は鳴り止まなかった。
名倉は、ディスプレイを確認した。
たしかに、アラームはオフにしていた。
不具合があるのかもしれない。
名倉は電源をシャットダウンした。
それでも、アラーム音は鳴り止まなかった。
名倉がスマートフォンを壁に叩きつけると、粉々に破損した。
眼を開けた。

スマートフォンは、ソファの上に置いてあった。
どうやら、寝落ちしていたらしい。
インターホンが鳴った。
名倉は弾かれたようにソファから立ち上がり、モニターを覗いた。
息を呑んだ。
モニターには、佳澄が映っていた。
名倉は中ドアを開け、玄関に走った。
裸足のまま沓脱ぎ場を下り、内カギとチェーンロックを外しドアを開けた。
「佳澄！　無事だったのか⁉」
名倉は、佳澄を抱き締めた。
太腿が濡れた。
佳澄から離れた名倉は、絶句した。
佳澄の腹部が大きく裂け、糞尿とともに溢れ出した腸が足もとにとぐろを巻いていた。
「うわぁーっ！」
名倉は絶叫した。
眼を開けた。
名倉はソファに座っていた。

慌てて、首を巡らせた。

佳澄の姿はどこにもなかった。

また、夢を見たようだった。

いや、眼が覚めたと思ったのも夢で、いま、初めて眼が覚めたのだ。

テレビからは、昼の情報番組が流れていた。

田山からの電話を待っているうちに、うたた寝をしてしまったようだ。

それにしても、嫌な夢だった。

ソファの上で、スマートフォンが震えていた。

「どうした⁉」

電話に出るなり、名倉は訊ねた。

朦朧としていた意識が、一気に覚めた。

『周辺で聞き込みをしたんですが、引っかかることがありまして……』

「なにが引っかかる⁉」

名倉は、身を乗り出した。

『同じマンションに住んでいる大学生の男が言っていたんですが、昨日の夕方、大きな段ボール箱を運び込む男がいたそうです』

「引っ越し業者じゃないのか？」

嫌な予感から意識を逸らし、名倉は訊ねた。

『ええ、配送屋の作業着を着ていたらしいのですが……』

田山の歯切れは悪かった。

「それなら、配送屋だろう？」

名倉は、平静を装った。

動揺している自分を認めること即ち……。

思考を止めた。

そんなことが、あってはならなかった。

『僕もそう思ったんですが、大学生がおかしなことを言ってまして……』

「おかしなこと？」

『はい。段ボール箱を運んでいる男がマスクと眼鏡をかけていたそうなんですよ』

「眼の悪い配送員で風邪を引いているか、埃(ほこり)が入らないようにしていれば眼鏡とマスクをしていても不思議はないだろう？」

『その大学生が細かいというか観察力が鋭いというか……彼が言うには、レンズのない伊達メガネだったそうです。視力が悪いから眼鏡をかけているわけではない……つまり、お洒落か変装目的という可能性が出てきます』

「いったい、なにが言いたいんだ！　そんなに、佳澄を殺したいのか！」

不安が爆発し、名倉は田山に怒声を浴びせた。

『そんな……ひどいですよ』

名倉は電話を切った。

すぐに、田山から折り返しの着信があったが無視した。

いまは、田山に罪の意識を感じている余裕は精神的にも時間的にもなかった。

署に応援を要請して中野のマンションを一斉捜査するか？

だが、田山の読みが外れていた場合、助かるはずの佳澄が殺されてしまう。

どこの馬の骨かもわからない大学生の証言だけで、佳澄の身を危険に晒(さら)すわけにはいかない。

名倉は煙草に火をつけては灰皿に押しつけ、また新しい煙草に火をつけることを繰り返した。

スマートフォンのデジタル時計は、午後一時を回っていた。

「少年」が期限を切った四十八時間の半分を過ぎたが、なんの動きもなかった。


——どうして、四十八時間もかかるんだ？

——刑事さんがおかしな人を呼ばないか見極める時間ですよ。

脳裏に蘇る「少年」とのやり取り……疑い出せばキリがない。

だが、起爆装置を持っているのは「少年」だ。

彼の気分一つで……。

名倉は、スマートフォンを手に取った。

鳴り続ける着信音――ディスプレイに表示される田山の名前。

『警部！　いったい、どういうつもり……』

「わかってるから、少し考える時間をくれ！」

田山の声を、名倉は遮った。

『状況は察しますが、時間が経てば経つほどに奥様の身は危険になります！　一刻も早く、署に応援を要請しましょう！』


そんなことわかっている！


ふたたび口から出そうになる怒声を、名倉は喉奥で止めた。

「ああ、そうだな。あと、五時間だけ……六時まで待ってくれ」

『その間に、なにかあったらどうするんですか⁉』

「お前の心配する気持ちもわかるが、奴は四十八時間以内に場所を指定すると言っていた。

まだ、半分を過ぎたばかりだ。五時間後でも、三十一時間だ。それまでに動きがなかったら、残り十七時間あるが肚を決めるよ」

『警部！　そんな悠長なことを言っている場合ではありませんっ。奥様の命がかかっている……』

「佳澄の命がかかっているからこそ……頼む！　俺は、自分の刑事の勘にかけてみたいんだ。わかってくれ」

名倉は、懇願口調で言った。

五時間待っても待たなくても、裏目に出たら地獄行きだ。

もし地獄に落ちるなら、せめて、悔いのない選択をしたかった。

『知りませんよ。僕は、忠告しましたからね』

「心配するな。お前には迷惑をかけない」

『警部っ、僕はそんなこと……』

「考え事をしたいから切るぞ」

一方的に言うと、名倉は通話ボタンをタップした。

間を置かずに、着信音が鳴った。

「頼むから放っておいてくれないか！」

ふたたび、名倉は感情を爆発させた。

違和感のある静寂が広がった。

「おい、なんとか言ったら……」

『誰だと思ったんですか？』

予期せぬ声に、名倉の心臓が跳ね上がった。

慌ててスマートフォンを耳から離し、ディスプレイに浮く名前を確認した。

篠原……。

「いや……間違えただけだ」

名倉は、平常心を掻き集めた。

『まさか、同僚の方じゃないでしょうね？』

「少年」の声は、相変わらず無感情だった。

「妻の命が懸かっているのに、そんなわけないだろう」

『なら、いいんですけどね。名倉さんが裏切っても、私は別に困らないんですよ。最初の予定通りに、「鬼畜と聖母」を完成させるだけですから』

「信じてくれっ、警察関係者に連絡はしていないから！」

名倉は立ち上がり、声高に訴えた。

厳密に言えば、田山には伝えていた。

だが、田山の援護を断っているので裏切りにはならないはずだ。

『だったら、私の前にかけてきたのは誰なんですか？』

「少年」の口調は淡々としているが執拗だった。

「大学時代の後輩だ。昨日、飲みに行く約束をしたのにすっぽかしたから、いろいろと心配して根掘り葉掘り聞いてくるから、つい、いらついてしまってな」

でたらめが、すらすらと口を衝いた。

『わかりました。刑事さんのことは信用していませんが、奥様にたいしての愛情を信用しましょう』

「少年」が、皮肉っぽい口調で言った。

「佳澄は、無事なんだろうな⁉」

『ご安心ください。刑事さんが約束を守るかぎり、生きていますから』

「佳澄の声を聞かせてくれ」

『それはできません』

にべもなく、「少年」が拒否した。

「どうしてだ⁉　無事なら、電話口に出してもいいだろう⁉」

不安が、名倉の心を急き立てた。

『それは刑事さんの考えです。無事は保証しますが、電話口には出しません。これから会えますから、我慢してください』

『はい。三時に、いまから言う場所にきてください。東日暮里三丁目の交差点から百メートルちょっと行くと、「荒川倉庫」という看板のかかった建物があります。エントランスに入ったら、エレベータで四階にきてください。奥様と、そこでお待ちしてますから』

「これから⁉　本当か⁉」

「ちょっと、待ってくれっ」

名倉は立ち上がり、筆記用具を探した――ボールペンと週刊誌を手に、ソファに戻った。

「東日暮里三丁目の交差点、『荒川倉庫』、四階……だな⁉」

週刊誌のページの余白にボールペンを走らせつつ、名倉は確認した。

『ええ。刑事さんの自宅周辺にも「荒川倉庫」周辺にも、監視者を配置しています。言わなくてもわかっているでしょうが、刑事さん以外に不審者を見かけたら即刻「鬼畜と聖母」の創作に入ります』

「わかった。必ず一人で行くから……」

『お待ちしています』

「少年」は名倉の声を遮り、一方的に電話を切った。

名倉は弾かれたように立ち上がり、財布を鷲摑みにすると玄関へと走った。

☆

尾竹橋通りを走っていた車は、東日暮里三丁目の交差点を曲がった。

ナビの音声案内では、目的地までおよそ百五十メートルというところだった。

車窓越しの景色は、住宅よりも工場や空き地が目立つようになった。

前方左手に、クリーム色の外壁の大きな建物が見えてきた。

——東日暮里三丁目の交差点から百メートルちょっと行くと、「荒川倉庫」という看板のかかった建物があります。エントランスに入ったら、エレベータで四階にきてください。奥様と、そこでお待ちしてますから。

「少年」の声が鼓膜に蘇った。

名倉はデジタル時計に眼をやった。

PM2：50
指定された時間まであと十分……なんとか、遅れずに到着できそうだった。

田山には、連絡を入れていなかった。

連絡を入れれば、名倉の身を案じ絶対に自らも行くと言い出すのが目にみえていた。

彼の性格を考えれば、名倉に隠れてでも現場に向かうはずだ。

「少年」が配置した監視要員に見つかれば、佳澄の命はない。


『マモナクモクテキチニトウチャクシマス』


ナビの音声案内に従うように、名倉は車をスローダウンした。

「荒川倉庫」の建物の前で車を横づけにした名倉の鼓動が、早鐘を打ち始めた。

ステアリングが、掌の汗で濡れていた――シートが、太腿の汗で濡れていた。

ここにきて、別の不安が鎌首を擡げた。

佳澄の身の安否ばかりを考えていた。

自分と佳澄の身柄を交換するという約束を、「少年」が守らないのではないかと不安だった。

「少年」は、約束通りに電話をかけてきた。

一つの地獄を切り抜けるのと入れ替わるように、もう一つの地獄が現れた。

――お前の狙いは俺なんだろう⁉　だから、佳澄をさらったんだろう⁉　だったら、俺が身代わりになるから！　恨みつらみがあるなら、俺に全部ぶつけてくれ！

涙声で、名倉は訴えた。

佳澄の命が助かるのなら、身をなげうつことに躊躇いはなかった。

だが、いざ、自分が人質になることを考えると恐怖に支配された。

死ぬのが怖いというよりも、佳澄と永遠の別れになることが怖かった。

本当は、署に応援を要請して建物を包囲してから乗り込むほうが名倉は安全だが、そのぶん佳澄が危険に晒される。

しかし、なんの保険もかけずに乗り込む気はなかった。

佳澄を未亡人にするわけにはいかない。

名倉はスマートフォンのリダイヤルボタンをタップした。

『警部っ』

一回目のコール音が鳴り終わらないうちに、田山が出た。

「いまどこだ？」

『中野ですが……犯人から連絡ありましたか⁉』

「ああ。いま、荒川区にいる」

中野から東日暮里まで、道が空いていても四十分はかかる。

田山がまっすぐに飛んできても、佳澄を解放するだけの時間はあった。

『荒川区⁉　どうして、そんなところにいるんですか⁉』

「近くの建物で、佳澄が捕らわれている。いまから、代わりに人質になってくる」

『代わりに人質って……いま応援を呼んで駆けつけますから、それまで待ってください！』

「それができないから、こうやってお前に頼んでるんだ。この周辺にも、監視要員が配置されている。お前一人ならなんとかなっても、大勢となると必ずバレてしまう。逆を言えば、お前にとってはリスクが高くなる。嫌なら、断ってくれてもいい。だが、応援を要請するのだけは、やめてくれ」

名倉は、願いを込めて言った。

駆け引きではなかった。

応援を呼ぶか、さもなくば田山を諦めるか？

二者択一ならば、迷うことなく後者を選ぶ。

田山がこなければ、自分が助かる確率はかぎりなく低い。

「少年」は、名倉が抵抗できない体勢になってからしか佳澄を解放しないだろう。

だが、それでも応援を呼ぶわけにはいかない。

『わかりました。応援は呼びません。場所は、どこですか？』

「きてくれるのか？」

『あたりまえじゃないですか！　どこに行けばいいか、教えてください！』

「ありがとう……東日暮里三丁目交差点近くの荒川倉庫にきてくれ。俺は、電話を切ったら建物に入る。着いたら、待機してくれ。無事に佳澄が解放されたら、隙を見てメールを送る。メールが届いたら、建物に突入してくれ」

『メールする余裕がなかったら、どうするんですか⁉』

「おいおい、ずいぶんと甘く見られたもんだな。俺を誰だと思っているんだ？」

名倉は、明るく笑い飛ばして見せた。

『建物に入った瞬間に、発砲される恐れもあります』

「それはない。奴の目的は私だ」

『だからこそ……』

「すぐには、殺しはしないはずだ。奴の性格からして、私を殺すよりも苦しめるのが目的のはずだからな」

『でも、拳銃は携行してくださいよ』

「わかった」

『じゃあ、とりあえず、すぐにそちらに向かいます』

「ああ、頼んだぞ」

『あ、警部』

電話を切ろうとした名倉を、田山が呼び止めた。

「なんだ？」

『これだけ無茶を聞いているんですから、終わったら酒を奢ってくださいよ』

うわずる声をごまかすように、田山が必死に明るく言った。

「愉しみにしてろ。お前の安月給じゃ絶対に呑めないような高級酒を奢ってやるから」

『約束ですよ』

「ああ。じゃあ、あとでな」

一切の情を断ち切るように、名倉は通話ボタンをタップした。

この瞬間から、感情のスイッチはオフにした。

悪魔を相手にするならば、こちらも魂を捨てなければならない。

名倉は拳銃を右の足首に巻いたレッグホルスターに仕込み、車を降りた――「荒川倉庫」の建物に向かった。

間近で見るとクリーム色の壁は何度も塗り替えられた跡があり、ところどころ罅割れていた。

エントランスに入り、旧式のエレベータに乗った。

名倉は四階のボタンを押し、大袈裟な音を立てながら上昇する階数表示のランプを視線で追った。

心臓が、胸腔内で跳ね回っていた——心拍が不規則なリズムを刻んでいた。

佳澄の無事を確認したい焦燥感と、二十三年間追い続けた「少年」と対峙する緊張感がない交ぜになり名倉を襲った。

4の数字を橙色が染め、地獄へ、と続く扉が開いた。

エレベータを下りた名倉は、スチール製の両開きのドアの前で足を止めた。

足首に伸びかけた手を止めた。

切り札が相手の手にある以上、拳銃を脅しの道具にはできない。

携行しているのは、あくまでも護身のためだ。

首を巡らせた。

天井から睨む四台の監視カメラ。

すべては「少年」の手の内——肚を括るしかない。

眼を閉じ、深呼吸を繰り返した。

この扉を開けた瞬間に、殺されるかもしれない。

刑事とて人間だ。

できるなら、死にたくはなかった。

だが、選択権を握っているのが「少年」である以上、流れに身を委ねるしかなかった。

名倉は眼を開け、レバー式のノブを押すと勢いよくドアを開けた。

目の前に、百坪はありそうな空間が広がった。

約十メートル先……フロアの中央に、真紅の幕がかかっていた。

幕の向こう側に、フロアが続いているらしい。

『罪人よ、聖なる母のもとへ帰りなさい。罪人よ、あなたの悪業を赦しましょう』

突然、どこからか声が聞こえてきた。

名倉は、首を巡らせた。

『罪人よ、聖なる母のもとへ帰りなさい。罪人よ、赦しは愛であり愛は神であり神は赦しなのですから』

また、声が聞こえた。

どこかで聞いたことのある声……。

「おいっ、なんのつもりだ⁉」

名倉は、周囲を見渡しながら叫んだ。

『罪人よ、聖なる母のもとへ帰りなさい。罪人よ、あなたは悪を演じていたに過ぎません。罪人よ、聖なる母の愛の結晶であることを』

大なる父と聖なる母の愛の結晶であることを』

「悪ふざけはいい加減に……」

名倉は、言葉を切った。

不意に、胸騒ぎに襲われた。

導かれるように、真紅の幕に歩み寄った。

幕からは、白い紐が垂れていた。

名倉は震える手で、紐を摑んだ。

意を決して、紐を引いた。

肩ひもを切られたキャミソールドレスさながらに、ふぁさりと幕が落ちた。

「え……」

無意識に、声が漏れた。

テーブルクロスの敷かれたダイニングテーブルに置かれた肉の塊……絡み合う全裸の二人。

すぐには、視界に飛び込んできた光景が理解できなかった。

名倉は、眼を凝らした。

「うっ……」

全裸の一人……右側の仰向けになった女性を認識した名倉は、唇を掌で塞いだ。

「か……佳澄……」

口を押えた指の隙間から吐瀉物が溢れ出した。

出産するようにM字に立てられた両足、陰部から裂かれて大きく口を開く腹部、裂かれた陰部にうつ伏せの姿勢で肩まで突っ込まれた男性……。

ふたたび噴き出す吐瀉物が、佳澄の裸体を汚した。

「嘘……嘘だ……ああ……だめだ……なんで……嘘だ……」

名倉はうわ言のように繰り返し、腰から崩れ落ちた。

股間を生温かい液体が濡らし、アンモニア臭が鼻腔の粘膜を刺激した。


――「ファーストキス」は、私が思っていたよりも刑事さんにインパクトを与えていなかったようなので、「鬼畜と聖母」は狂喜乱舞して頂ける作品にするとお約束します。


脳裏に蘇る「少年」の声に、誰かの声が重なった。

「あぁぁーっ！ うわぁーっ！ 嘘だぁーっ！ あぁぁーっ！ 佳澄っ、佳澄ぃーっ！」

誰かの声――自分の叫喚。

『いかがでしたか？「鬼畜と聖母」は、気に入って頂けましたでしょうか？』

どこからか、誰かの声が聞こえてきた。

「あああぁーっ！ あああぁーっ！ うわあぁーっ！」

誰かの声に、誰かの叫び声が重なった。

『罪人である篠原君を、聖母である佳澄さんは受け入れ罪を赦しました。罪深き鬼畜が、聖母の貴い無償の愛により生まれ変わったことを表現しました。我ながら、傑作だと確信しています。よろしければ、刑事さんの感想を聞かせてください。この映像は転送されているので、私に伝わりますから。さあ、お聞かせください。「鬼畜と聖母」は、いかがでしたか？　「ファーストキス」を、二十三年前の私を超えることができましたか？　刑事さんの胸を歓喜に打ち震わせ感涙に咽ばせることが……』

「どぅあぁーっ！　だあぁぁーっ！　であぁあーっ！」

誰かの声を、誰かの叫び声が掻き消した。

目の前――肉の塊が、闇に呑み込まれた。

20

映画館のように照明を消した部屋には、ショパンの「夜想曲　第20番『遺作』」の物哀しく流麗な旋律が響き渡っていた。

設置された特大モニターの前……ワイングラスを片手に恭介は、ソファに深く背を預けていた。

この日のために開けた百万円のロマネ・コンティ、この日のために買った百五十万円のカッシーナの一人掛けのソファ、この日のために借りた家賃二百万円の青山の高級マンション。

今日という日を、どれほど待ったことか……。

恭介は、この瞬間を迎えるためだけに生きてきた。

広々としたスクエアな空間、フロアを中央で仕切る真紅の幕――恭介はディスプレイを、食い入るように凝視した。

鼓動が早鐘のリズムを刻んでいた。

こんなに胸が高鳴ったのは、二十三年前の「ファーストキス」のとき以来だった。

最愛の我が子が生首になり、幼馴染みとキスしている写真を眼にした両親……あのとき中学生だった恭介は、想像だけで初めて射精した。

恭介は、膝上に置いているスマートフォンに視線を落とした。

指定した三時まで、あと十分。

期待に、胸が破れて心臓が飛び出してしまいそうだった。

幕を落とした名倉は、ダイニングテーブルに飾られた「鬼畜と聖母」を目の当たりにどういう反応をするだろうか?

あまりの傑作に、声を失うことだろう。

そして我を取り戻した名倉は、「聖母」となった妻の姿に歓喜の涙を流すことだろう。

スマートフォンが膝上で震えた。

ディスプレイに浮く中森の名前を見て、恭介の眉間の縦皺が深く刻まれた。

『もう、着きましたか?』

受話口から、興味津々の声が流れてきた。

中森は、中野のマンションに残してきた。

「そうなら、君の電話には出ていないさ」

いら立ちを押し殺し、恭介は言った。

精神が乱れた状態では、せっかくの芸術鑑賞が台無しになってしまう。

『ですよね。でも、俺も行きたかったな。ずるいですよ~、自分ばっかり』

中森が、不服そうに言った。

「悪いが、ＬＩＶＥで観せることはできない。昔から、芸術を鑑賞するのは一人と決めているんだ。あとで、録画したものをみせてやるからそれで我慢してくれ」

『僕も、刑事が取り乱して泣き喚く姿を見たかったな……』

「残念だが、君の望む展開にはならないよ。彼が取り乱すことはないし、流す涙は恐怖でも怒りでもなく感涙さ」

『やっぱり、俺にはあなたの感覚がよくわからないです。自分の奥さんがあんな姿になっているのを目の当たりにしたら、普通は発狂しますよ』

「並みの作品ならな。数十万の宝石に驚かない女性も、数十億の宝石なら足が竦むほど感動するだろう」

『そんなもんですかね……あ、それより、一つお願い事があります』

「なんだ？」

恭介は、デジタル時計を気にしつつ促した。

名倉が現れる予定の二時まで、五分しかなかった。

このタイミングで電話をしてくるなど、空気の読めない男だった。

恭介の最高傑作をサポートしたという実績がなければ、電話に出ることはなかった。

『留守番する代わりに、おもちゃを貰ってもいいですか？』

「おもちゃ？」

恭介は訊ね返した。

『はい。もう一人、まだ生きているんでどうするのかな、と思って。もし、使い道がないなら……』

「好きにしていいよ」

恭介は、中森を遮り言った。

篠原の仲間……真島という少年がいたこと自体、忘れていた。

いや、最初から眼中になかった。

一流のシェフが、食材に付着する害虫に興味を持つことはない。

『本当ですか⁉』

中森が、声を弾ませた。

「好きに遊んでもいいけど、あと片付けはきちんとしてくれよ」

『了解です！』

「じゃあ、終わったら連絡を入れるから、もう電話をしないように」

恭介は物静かな口調で釘を刺し、通話キーをタップした。

電話が終わったのを待っていたかのように、モニターの中のドアが開いた。

恐る恐る、名倉が入ってきた。

名倉は幕を認め、ゆっくりと足を踏み出した。

恭介はモニターの前のテーブルに設置されたミキサーのスイッチを入れ、ヴォリュームを上げた。

『罪人よ、聖なる母のもとへ帰りなさい。罪人よ、あなたの悪業を赦しましょう』

録音した恭介の声がスピーカーから流れると、名倉が弾かれたように首を巡らせた。

『罪人よ、聖なる母のもとへ帰りなさい。罪人よ、赦しは愛であり愛は神であり神は赦しなのですから』

名倉の、首を巡らせる速度が速くなった。

『おいっ、なんのつもりだ⁉』

名倉が足を止め、天井を見渡しつつ叫んだ。

『罪人よ、聖なる母のもとへ帰りなさい。罪人よ、あなたは悪を演じていたに過ぎません。罪人よ、聖なる母のもとへ帰りなさい。罪人よ、あなたは思い出すでしょう。あなたが偉大なる父と聖なる母の愛の結晶であることを』

『悪ふざけはいい加減に……』

名倉が言葉を切り、真紅の幕に近づいた。

幕から垂れている紐に気づいた名倉が、怖々と腕を伸ばした。

モニター越しにも、名倉の手が震えているのがわかった。

恭介は息を止め、モニターを凝視した。

待ちに待った瞬間だ。

「ファーストキス」を超える最高傑作を眼にした名倉がどういったリアクションを取るのか、愉しみで仕方がなかった。

名倉が、肚を決めたように勢いよく紐を引いた。

『え……』

ダイニングテーブルに飾られた「鬼畜と聖母」を目の当たりにした名倉の顔が強張った。

無理もない。

芸術性、インパクト、センス、完成度……どれを取っても「鬼畜と聖母」は「ファーストキス」を遥かに凌駕していた。

だが、名倉はまだ「聖母」の素材が妻だとは気づいていないようだった。

十秒、二十秒、三十秒……名倉は、「鬼畜と聖母」を呆然とみつめていた。

作品があまりにも素晴らしく感情を奪われ、思考が追いつかないのだろう。

一分が過ぎた頃に、名倉が「聖母」を凝視した。

『うっ……』

ようやく「聖母」が妻と悟ったのだろう、名倉が唇を掌で塞いだ。

これだけの歴史的作品の素材に妻が使われているのだから、感涙に咽ぶのも仕方がない。

『か……佳澄……』

名倉の唇を塞ぐ五指の隙間から噴き出す液体に、恭介は身を乗り出した。

恭介は、視線を名倉から「鬼畜と聖母」に移した。

佳澄の裂けた陰部は、吐瀉物に塗れていた。

『嘘……嘘だ……ああ……だめだ……なんで……嘘だ……』

名倉が、糸が切れた人形のようにその場に崩れ落ちた。

モニター越しにも、名倉の股間にシミが広がっているのがわかった。

恭介の膝上に置かれた手に、力が入った。

『あぁーっ！　うわぁーっ！　嘘だぁーっ！　あぁーっ！　佳澄っ、佳澄ぃーっ！』

絶叫する名倉を、恭介は冷静な眼でみつめた。

どっちなのかの、判別がつかなかった。

恭介は、ミキサーに接続されているマイクを手にした。

「いかがでしたか？　『鬼畜と聖母』は、気に入って頂けましたでしょうか？」

名倉が驚いたハトのように、きょろきょろと首を巡らせた。

正気を失っているのか？

恭介の胸内に、不穏な空気が広がった。

「罪人である篠原君を、聖母である佳澄さんは受け入れ罪を赦しました。罪深き鬼畜が、聖母の貴い無償の愛により生まれ変わったことを表現しました。我ながら、傑作だと確信していいます。よろしければ、刑事さんの感想を聞かせてください。この映像は転送されているので、私に伝わりますから」

名倉の眼が見開かれ、表情が凍てついた。

突然、自分の声がしたから動転しているのだろう。

野球少年の前に憧れのプロ野球選手が現れたときのように……小劇団員の前にアカデミー賞の主演男優賞俳優が現れたときのように。

そうに決まっている……そうでなければならない。

恭介は、自らに言い聞かせた。

「さあ、お聞かせください。『鬼畜と聖母』は、いかがでしたか？『ファーストキス』を、二十三年前の私を超えることができましたか？刑事さんの胸を歓喜に打ち震わせ感涙に咽ばせることが……」

『どぅあぁーっ！　だあぁーっ！　であぁあーっ！』

恭介の声を、名倉の叫び声が掻き消した。

激しく頭を振りながら叫ぶ名倉を、恭介は凝視した。

スーツのパンツ越し……膝に、爪が食い込んだ。

「刑事さん、どういうことでしょう？」

恭介は、平常心を掻き集めた声をマイクに送り込んだ。

『あうぁ……わぅあっ……ああ……ああー！』

名倉が自らの髪の毛を掻き毟りつつ、言葉にならない声を張り上げた。

名倉の頰を濡らすのは、感涙ではない。

だとすれば、なんの涙だ？

「わかるように、喋って貰えますか？　二十三年間、追い求めていた私の最高傑作を眼にして、もっとほかに言うことがあるでしょう？　『鬼畜と聖母』の感想をお聞かせ願えますか？」

『か……佳澄……佳澄……ああ……ああ……なん……なんで……どぅあぁーっ！』

太腿に置いた五指に力が入った——パンツの生地が裂け、露出した皮膚から血が滲んだ。

相変わらず、名倉は狂乱するばかりだった。

狂喜乱舞ではなく、狂乱……。

太腿の開いた傷口を、恭介の爪が抉った。

こんな屈辱は、初めてだった。

『か……佳澄っ！　佳澄ぃーっ！』

名倉が、「聖母」に覆い被さり泣き喚いた。

恭介は、眼を疑った。

「なにをやってるんですか！」

恭介は、マイクを鷲摑みにして語気を荒らげた。

『あぁーっ……あぅあ……か……かす……み……』

恭介の声が聞こえないのか、名倉は「聖母」の身体の上で泣きじゃくっていた。

あの様子なら、涙や鼻水が作品に付着してしまう。

「作品から離れなさいっ！　汚れるじゃないですか！」

恭介は、さらに強めた語気をマイクに送り込んだ。

『どうして……どうしてなんだあぁーっ！』

名倉が、「聖母」に覆い被さったまま激しく揺らした。

「聖母」の肉体が捩れ、「鬼畜」のコーンヘッドが陰部から外れた。

「なっ……」

恭介はマイクを持ったまま、立ち上がった。

「なんてことをするんですかーっ！」

恭介は、人生で出したことのないような大声を張り上げた。

取り乱すのはプライドが許さないが、最高傑作が崩壊してゆくのを前に冷静にしていられなかった。

『どぅわあぁーっ！　はぎゃぁーっ！　おうわぁー！』

名倉が「鬼畜」の胴体に腕を回し「聖母」から完全に引き抜くとダイニングテーブルから投げ飛ばした。

「鬼畜」が床に、仰向けに転がった。

恭介の手から、マイクが滑り落ちた。

思考がショートしたように、頭の中が真っ白に染まった。

いったい、どうなっている？　いま、目の前でなにが起きているというのだ？

『お……おまえぇーっ！　おまえっ！　おまえっ！　死ねっ！　死ねっ！　死ねっ！　死ねっ！　死ねっ！　死ねっ！　死ねっ！　死ねっ！　死ねっ！　死ねっ！　死ねっ！　死ねぇーっ！』

髪の毛を振り乱し白目を剝いた名倉が「鬼畜」に馬乗りになり、狂ったように左右の鉄槌を顔面に浴びせた。

右、左、右、左……拳が振り下ろされるたびに、「鬼畜」のコーンヘッドが右に左に揺れた。

右、左、右、左……無抵抗の「鬼畜」を殴りつける様は、まるで野獣のようだった。

モニター越しにも、「鬼畜」の頰が陥没し眼球が垂れ流れるのがわかった。

恭介は、眩暈に襲われた。

自分の命に等しい……いいや、命よりも崇高な最高傑作が無残に破壊されている。

それは、世界遺産の仏像に糞小便をかけられたような……天然記念物の鳥を丸焼きにされたようなショックと屈辱だった。

妻と娘が篠原達に凌辱されたのちに惨殺されたときの数十倍……数百倍の衝撃的な光景だった。

見込み違いだったのか？　買い被り過ぎていたのか？　彼はいったい、どうして二十三年間にも亘り、恭介を追い求めていたのか？

恭介の想像ではモニターの中の名倉は、「鬼畜と聖母」の前に立ち尽くし、芸術を超越した神神しさと圧倒的な美的センスに声を失い随喜の涙を流しているはずだった――我を取り戻すまでに、五分から十分は彫像のように立ち尽くしているはずだった。

現実の名倉は随喜の涙を流すどころか、最高傑作に微塵のリスペクトもなく粗暴に破壊している……。

『うおらぁー！　死ねっ！　死ねっ！　死ねっ！　死ねっ！　死ねっ！　死ねっ！　死ねっ！　死ねっ！』

名倉は立ち上がり、「鬼畜」の顔面をプロレス技のストンピングの要領で繰り返し踏みつけていた。

恭介は、眼を閉じた。

これ以上、大切な我が子が凌辱されるのを見ていられなかった。

深呼吸をした。

その間も、名倉の喚き声と肉がひしゃげ骨が砕ける生々しい音が恭介の鼓膜に忍び込んできた。

まるで、自分の身が切り刻まれているような苦痛に恭介は襲われた。

罪を悔い改めた「鬼畜」を赦し受け入れようとした「聖母」。

そんな「鬼畜」に嫉妬し神の愛を冒瀆した「愚者」こそ、真の「罪人」ではなかろうか？

妻と娘を嬲(なぶ)り、犯し、殺すという下品で陳腐な作品を得意げに送り付けてきた篠原を鬼畜だと思っていたが、芸術性のかけらもない名倉より遥かにましだ。

恭介は、ゆっくりと眼を開けた。

執拗に恭介の最愛の「子供」を破壊する「愚者」を、冷え冷えとした瞳で見据えた。

恭介は、ディスプレイを見据えたままスマートフォンのリダイヤルキーをタップした。

三回目で途切れるコール音。

「やってもらいたいことがある」

恭介は、戸惑う相手に抑揚のない声で指示を出した。

目的地の建物から二、三十メートルほど離れた路肩で車を停めた恭介は、シートに背を預けて眼を閉じた。

中にはまだ半狂乱の名倉がいることは、車に持ち込んだパソコンのモニターで確認している。

☆

――え？　どうしてですか⁉

――肉牛は人間に食べられるだろう？

――は？　それ、なんですか？

――ピアニストはピアノを弾くだろう？

――それとこれが、どう関係あるんですか？

――君の目の前に毒蛇が現れたら、立ち竦むか、捕まえるか、逃げるか、殺すか……そのいずれかを選択するだろう？　私は選択し、必要な作業を君に命じただけだ。

――なんだかよくわかりませんが、俺はこれから真島を……。

――繋がれている飼い犬より、解き放たれている野犬を優先してくれないか？

中森とのやり取りを、恭介は思い返した。

中森から電話があるかどうかわからない。

指示に従わなければ、恭介の時間は無駄になる。

解き放たれた野犬を捕獲する手間も増えてしまう。

もう少し、生きることを続けなければならなくなってしまった。

死にたいわけでも、この世に絶望しているわけでもない。

生きる目的と意味がなくなった瞬間に消えるだけの話だ。

空けられたワインボトルのように……競走生活を終えたサラブレッドのように。

空になったワインボトルの収集家もいることだろう。

競走生活を終えて種牡馬や繁殖入りして第二の生き場所をみつけるサラブレッドもいることだろう。

しかし、恭介にその気はなかった。

表現者として、すべてをやり尽くした。

表現者以外の新たな世界に足を踏み入れようとは思わない。

そう思っていた——勘違いだった。

表現者として……創作者として頂点を極めるどころか、なにも成しえていなかった。

「ファーストキス」で鮮烈デビューした実績が、無意識のうちに自分を驕(おご)り高ぶらせていた。

町のコンクールで優勝した程度のピアノスキルで、あたかもショパンコンクールに出場できるレベルであるとでもいうように……。

恥ずかしかった。

できることなら、時を巻き戻し悦に入っている自分を惨殺したかった。

エンジン音が近づいてきた。

恭介が待機する車の脇を擦り抜けたタクシーが、「荒川倉庫」の前で停まった。

彼は、指示にしたがったようだ。

ほどなくして、後部座席のドアが開いた。

恭介は、スマートフォンのリダイヤルキーをタップした。

およそ二、三十メートル前方――タクシーを降りた中森が足を止め、デニムのヒップポケットに手を入れた。

「紙袋になにが入っている？」

電話に中森が出るなり、恭介は訊ねた。

『高圧ボルトのスタンガンとサバイバルナイフと粘着テープです』

「ナイフは使うな」

『わかってますよ。素材を傷つけるな、ですよね？』

「そういうことだ」

『これが終わったら、真島を好きにさせてくださいよ』

「約束は守るから安心しろ。私は、あんな三流素材に興味はない。それより、気を抜くな。ターゲットは拳銃を持っている」

『え⁉ 拳銃を持っているんですか⁉ そんなの、初めて聞きましたよっ』

中森のリアクションが、恭介には意外だった。

「言う必要はないと思ったよ」

『なにを言ってるんですか⁉ 相手は、拳銃を持っているんですよ⁉ 言わなきゃならないに決まっているじゃないですか！』

中森の声は切迫し、上ずっていた。

「もしかして、怖いのか？」

挑発しようとしているわけではなく、本心からの質問だった。

『怖いに決まってますよ！ スタンガンとナイフで、拳銃に立ち向かうなんて自殺行為ですよ！』

恭介は、スマートフォンを持ったまま首を傾げた。

中森の言葉に、違和感が拭いきれなかった。

「君は、死にたくないのか？」

『あたりまえじゃないですかっ』

「平凡だね」

恭介は、心のままを口にした。

『ど……どういう意味ですか⁉　あなただって、死にたくないでしょ⁉』

「まだ、死ねないね。ただ、死ぬのが怖いわけでも長生きしたいわけでもなくて、満足のいく芸術を残したいだけさ」

『あなたは、狂ってる……』

中森が、怯えた声で言った。

「私と触れ合うことで少しは啓発されたかと思っていたんだが、結局は、屈折した性癖の持ち主だったというだけの話だな」

『こんなときにわけのわからないことばかり、いい加減にしてください！　とにかく、拳銃を持ってる相手のところになんか行けませんっ！』

「彼はいま、精神的に錯乱している。不意を衝いて失神させるのは容易だ」

恭介は言いながら、車を降りた。

『他人事(ひとごと)だと思って、軽々しく言わないでくださいよっ』

「他人事だろう？　でも、軽々しく言っているわけじゃない。君のためさ」

『とにかく、俺はこの件から降ります！』

背を向けている中森は、歩み寄る恭介に気づいていない。

「考え直したほうがいい。君が後悔することになる」

『従わなければ、あなたの共犯だと警察にタレ込むって脅しなら無駄ですよ！　拳銃で撃たれて死ぬくらいなら、警察に捕まったほうがましです！』

「もう一度言う。考え直す気はないのか？」

恭介は、足を止めた。

『ありませんよ！　さっさと、警察に言えばいいでしょう！　なんなら、俺が自首してすべてをぶちまけますよ！　そしたら、あなたは間違いなく死刑だ！　それでもいいんですか！』

取り付く島もなく、中森が叫んだ。

「残念だな」

恭介は、対照的に物静かな口調で呟いた。

『なんと言われようと俺はもう……』

振り返った中森が、真後ろに立っていた恭介に気づき息を呑んだ。

恭介の手に視線を落とした中森の顔が凍てついた。

「失望したよ」

恭介は腹話術師のようにほとんど唇を動かさずに言うと、右手を突き出した。

「え……」

中森が、驚いたように眼を見開き恭介の顔を見た。

続けて、下腹に刺さるナイフに視線を移した。

「ど、どうして……」

ふたたび恭介の顔に視線を戻した中森が、掠れ声で訊ねてきた。

「凡庸な人間の凡庸な考えで、やり残したことを邪魔されるのは我慢ならなくてね」

恭介は無表情に言うと中森の肩を抱き寄せながら、右手を引き、突き出すことを繰り返した。

何度か繰り返しているうちに、中森の顔が目の前から消えた――ガックリと膝を突いた。

恭介の爪先に、中森の引き裂かれた下腹から流れ出した腸が絡みついた。

「素直に従っていれば、真島君をおもちゃにできたのにね」

恭介はうつ伏せに倒れた中森に言い残し、路面に転がる紙袋を拾い上げると建物のエントランスに入った。

人影――恭介は、足を止めた。

眼を凝らした。クリアになる人影の輪郭。

「君ですか。愚かですね」

覚めた口調で言いながら、恭介はナイフを人影に突きつけた。

21

「あなたの奥様のまんこ、いい香りがしましたよ」

赤く燃える視界で、少年がニヤニヤしながら言った。

「おぁぁーっ！　どらぁーっ！　どぅあぁーっ！　でああぁーっ！　とぁぁあーっ！」

誰かが叫んでいる――名倉は、少年の顔面を踏みつけた。踏みつけた。踏みつけた。

「死ねーっ！　死ねっ！　死ねっ！　死ねっ！　死ねっ！　死ねっ！　死ねっ！　死ねっ！　死ねっ！　死ねっ！　死ねっ！　死ねっ！　死ねっ！　死ねーっ！」

誰かが叫んでいる――名倉は、少年の顔面を踏みつけた。踏みつけた。踏みつけた。踏みつけた。踏みつけた。

「でも、奥様のまんこはガバガバでしたよ。顔は上品なのに、下半身は下品なんですね」

赤く燃える視界で、少年が挑発的に言った。

「やめろぁーー！」

名倉は、パイプ椅子を振り上げた。

「おふっ！　おふっ！　おふっ！　おふっ！　おふっ！　おふっ！　おふっ！　おふ

っ！」

少年の尖った頭を目掛けて、名倉はパイプ椅子を振り下ろした。

何度も、何度も、何度も……数えきれないほどに振り下ろした。

「芸術がわからない刑事さんには、お似合いの娼婦みたいな奥様ですね」

赤く燃える視界で、少年が微笑んだ。

「やめろってぇー！　やめろってぇー！　やめろってぇー！　やめろってぇー！」

名倉は幼稚な口調で叫びつつ、滅多無性にパイプ椅子を少年に叩きつけた。

赤い視界で、眼球が、耳が、骨がスローモーションのようにゆっくりと飛び散った。

不意に、肩を摑まれた。

振り返った名倉の視線の先……拳銃を持った「少年」が、なにかを叫んでいた。

「おうぁーっ！　貴様ぁーっ！」

名倉は、パイプ椅子を持つ両腕を勢いよく横に薙いだ。

ぐしゃりという衝撃音とともに、「少年」が吹き飛んだ。

「ちょ……ちょっと……」

仰向けに倒れた「少年」が、血塗れの顔を強張らせた。

「ふざけるなー！　死ねやーっ！　こりぁーっ！」

名倉はレッグホルスターから拳銃を抜き取り、「少年」に馬乗りになった——顔面に、銃口を向けた。

「お、落ち着いてください……」

「少年」が、強張った顔で命乞いをした。

「佳澄を返せーっ！　返せっ返せっ返せーっ！」

名倉は、「少年」の口の中に銃口を捩じ込んだ——銃身が前歯を折りながら喉奥に侵入した。

「れいへいに……れいへいに……」

「少年」が瞳に涙を溜め、空気の漏れるような声で訴えた。

「あぅおあぁーっ！」

名倉の絶叫を、銃声が掻き消した。

「少年」の後頭部から飛び散った血と脳漿が床を濡らした。

名倉は口から引き抜いた唾液塗れの銃口を「少年」の額に押しつけ、狂ったように引き金を引いた。

割れた額から脳みそが溢れ、衝撃に眼球が飛び出した。

「佳澄……」

名倉はふらふらと立ち上がり、佳澄のもとへ戻った。

「おお……ごめん……ごめんな……俺の……俺のせいで……」

名倉は、変わり果てた佳澄に覆い被さり号泣した。

本当に現実なのか？

不意に、疑問が浮かんだ。

こんなに悲惨なことが起こるのは、決まっていつも夢だ。

佳澄に毒殺された、母親が虎の檻で食われた、父親が五歳の少女をレイプして逮捕された、弟が佳澄と不倫した挙句に刺殺した……これまでも身内絡みで、凄惨な悪夢を見てきた。

最初は現実だと思うが、ある瞬間から夢だとわかる。

だが、夢はなかなか覚めてくれない。

そんなときビルの屋上から飛び降りるか行き交う車に飛び込めば、眼が覚めるということを学習した。

いま、目の前で起こっている地獄絵図は悪夢に決まっている。

ここは屋上ではなく四階だし、車も走っていない。

屋上から飛び降りなくても……車に飛び込まなくても、夢から覚める方法はあった。

「お前らは……現実じゃない……」

名倉は呟き、ゆっくりと右手を上げるとこめかみに銃口を当てた。

「ざまあみろ！　騙されないぞ！　つき合うのは、ここまで……」

銃声が、名倉の言葉の続きを呑み込んだ。

22

リストの「ラ・カンパネラ」の煌(きら)びやかなメロディが鳴り響いていた。

「少年」は、流麗な鐘の音色をくちずさんだ。

大聖堂の尖塔の先に広がる碧空に、数羽の白い鳥が舞っていた。

そこここで交わされるフランス語、ドイツ語、イタリア語の会話が少年の鼓膜に流れ込む。

「少年」は、耳を澄ました。

首を擡(もた)げようとしたが、身体が動かなかった。

大人になったら、芸術の都に永住するのが夢だった。

夢を叶えるために、フランス語を勉強した。

「『ギャラリーラファイエット』の今年のクリスマスツリーはなにかしら?」

「去年のテーマはたしか、『夢の工場』だったわよね?」

「ええ。『ピアジェ』とのコラボだったわ」

「でも、去年はいまいちだったわね。私は、一昨年の『スペクタキュラーなクリスマス』が好みよ。移動遊園地をモチーフにしたカラフルなバルーンやチョコやキャンディやマシユマロのオーナメントが素敵だったわ」

会話の内容から察して、「少年」の夢は叶ったようだ。

パリなら、「少年」の感性が評価されるはずだ。

生まれた場所を間違えてしまった。

「鬼畜と聖母」をパリで発表していたら、アート界に東洋人の超新星が現れたと話題騒然となっただろう。

過去のことを悔やんでも仕方がない。

これから、新作を発表する時間はいくらでもあるのだから。

遠くから、サイレン音が聞こえた。

サイレン音は、次第に大きくなってきた。

ヨーロッパ特有の間延びしたサイレン音ではなかった。

エンジン音とドアの開閉音に続き、複数の足音が入り乱れ迫ってきた。

「誰か倒れてるぞ⁉」

「そいつは犯人だ！」

「生きてるのか⁉」

「わからないっ」

「名倉警部は⁉」

「建物の中だと思います！」

「どうしてわかる⁉」

「連絡がないから救出に行くと田山から連絡が入りました！」

「中にこいつの仲間がいるかもしれん！　気を引き締めろ！」

「まだ、生きてるぞ！」

「腹を撃たれてます！　出血がかなりひどいですね……」

「死なせるなっ。すぐに、病院に搬送しろ！」


飛び交う日本語……勘違いだったようだ。

「少年」の夢は、叶っていない。


旬君、どこにいるの？


どこからか、女性の声がした。

懐かしく、怖気（おぞけ）のする声だった。

旬君、出てきなさい。

どこからか、女性の声がした。

懐かしく、吐き気のする声だった。

旬君、隠れても無駄よ。

どこからか、女性の声がした。

懐かしく、殺意の湧く声だった。

旬君、みつけたわよ。もう、終わりにしなさい。

「少年」に似た女性の顔が、空を塗り潰した。

旬君はね……。

女性が言葉を切り、「少年」の首を絞めた。

死になさい……。

三十年前に見たのと同じ光景……耳にした女性の声が、「少年」の脳裏に蘇った。

「少年」は、薄っすらと微笑んだ。

最期の瞬間まで、美しくありたかった。

『少年は死になさい…美しく』二〇一九年三月　中央公論新社刊

中公文庫

少年は死になさい…美しく

2021年8月25日　初版発行

著　者　新堂冬樹

発行者　松田陽三

発行所　中央公論新社

〒100-8152　東京都千代田区大手町1-7-1
電話　販売 03-5299-1730　編集 03-5299-1890
URL http://www.chuko.co.jp/

DTP　ハンズ・ミケ
印　刷　大日本印刷
製　本　大日本印刷

Published by CHUOKORON-SHINSHA, INC.
Printed in Japan　ISBN978-4-12-207096-7 C1193

定価はカバーに表示してあります。落丁本・乱丁本はお手数ですが小社販売部宛お送り下さい。送料小社負担にてお取り替えいたします。

各書目の下段の数字はISBNコードです。978-4-12が省略してあります。

中公文庫既刊より

し-43-3
血
新堂 冬樹
死んだほうがいい人って、こんなにいるんだよ――十五年の時を経て漆黒の闇から這い出る赤い悪魔の正体とは…。高校一年生の少女の行く先々で起こる不審死と殺人事件!!
206832-2

こ-40-19
任俠学園
今野 敏
「生徒はみな舎弟だ!」荒廃した私立高校を「任俠」で再建すべく、人情味あふれるヤクザたちが奔走する!「任俠」シリーズ第二弾。〈解説〉西上心太
205584-1

こ-40-22
任俠病院
今野 敏
今度の舞台は病院!? 世のため人のため、阿岐本雄蔵率いる阿岐本組が、病院の再建に手を出した。大人気「任俠」シリーズ第三弾。〈解説〉関口苑生
206166-8

こ-40-23
任俠書房
今野 敏
日村が代貸を務める阿岐本組は今時珍しく任俠道を弁えたヤクザ。その組長が、倒産寸前の出版社経営を引き受け……。『とせい』改題。「任俠」シリーズ第一弾。
206174-3

こ-40-38
任俠浴場
今野 敏
こんな時代に銭湯を立て直す!? 頭を抱える日村に突然、阿岐本が「みんなで道後温泉に行こう」と言い出し……。「任俠」シリーズ第四弾!〈解説〉関口苑生
207029-5

と-26-9
SRO I 警視庁広域捜査専任特別調査室
富樫倫太郎
七名の小所帯に、警視長以下キャリアが五名。管轄を越えた花形部署のはずが――。警察組織の盲点を衝く、連続殺人犯を追え! 新時代警察小説の登場。
205393-9

と-26-10
SRO II 死の天使
富樫倫太郎
死を願ったのち亡くなる患者たち、解雇された看護師、病院内でささやかれる『死の天使』の噂。SRO対連続殺人犯の行方は。待望のシリーズ第二弾! 書き下ろし長篇。
205427-1

と-26-11 **SRO Ⅲ キラークィーン** 富樫倫太郎

SRO対〝最凶の連続殺人犯〟、因縁の対決再び!! 東京地検へ向かう道中、近藤房子を乗せた護送車は裏道へ誘導され――。大好評シリーズ第三弾、書き下ろし長篇。

205453-0

と-26-12 **SRO Ⅳ 黒い羊** 富樫倫太郎

SROに初めての協力要請が届く。自らの家族四人を殺害して医療少年院に収容され、六年後に退院した少年が行方不明になったというのだが――書き下ろし長篇。

205573-5

と-26-19 **SRO Ⅴ ボディーファーム** 富樫倫太郎

最凶の連続殺人犯が再び覚醒。残虐な殺人を繰り返し、日本中を恐怖に陥れる。焦った警視庁上層部は、SROの副室長を囮に逮捕を目指すのだが――。書き下ろし長篇。

205767-8

と-26-35 **SRO Ⅵ 四重人格** 富樫倫太郎

不可解な連続殺人事件が発生。傷を負ったメンバーが再結集し、常識を覆す新たなシリアルキラーに立ち向かう。人気警察小説、待望のシリーズ第六弾!

206165-1

と-26-37 **SRO Ⅶ ブラックナイト** 富樫倫太郎

東京拘置所特別病棟に入院中の近藤房子が動き出す。担当看護師を殺人鬼へと調教し、ある指令を出すのだが――。累計60万部突破の大人気シリーズ最新刊!

206425-6

と-26-39 **SRO Ⅷ 名前のない馬たち** 富樫倫太郎

相次ぐ乗馬クラブオーナーの死。事件性なしとされるも、どの現場でも人間と同時に必ず馬が一頭逝っている事実に、SRO室長・山根新九郎は不審を抱く。

206755-4

と-26-36 **SRO episode0 房子という女** 富樫倫太郎

残虐な殺人を繰り返し、SROを翻弄し続けるシリアルキラー・近藤房子。その生い立ちとこれまでが、ついに明かされる。その過去は、あまりにも衝撃的!

206221-4

ほ-17-14 **新装版 ジウⅠ 警視庁特殊犯捜査係** 誉田哲也

人質籠城事件発生。門倉美咲、伊崎基子両巡査が所属する警視庁捜査一課特殊犯捜査係も出動する。だが、この事件は〝巨大な闇〟への入口でしかなかった。

207022-6

各書目の下段の数字はISBNコードです。978－4－12が省略してあります。

ほ-17-15
新装版　ジウⅡ　警視庁特殊急襲部隊
誉田　哲也
誘拐事件は解決したかに見えたが、依然として黒幕・ジウの正体は掴めない。事件を追う東と美咲。一方、特進をはたした基子の前には不気味な影が。〈解説〉宇田川拓也
207033-2

ほ-17-16
新装版　ジウⅢ　新世界秩序
誉田　哲也
新宿駅前で街頭演説中の総理大臣を標的としたテロが発生。歌舞伎町を封鎖占拠し、〈新世界秩序〉を唱えるミヤジとジウの目的は何なのか⁉〈解説〉友清　哲
207049-3

ほ-17-4
国境事変
誉田　哲也
在日朝鮮人殺人事件の捜査で対立する公安部と捜査一課の男たち。警察官の矜持と信念を胸に、銃声轟く国境の島・対馬へ向かう。〈解説〉香山二三郎
205326-7

ほ-17-7
歌舞伎町セブン
誉田　哲也
『ジウ』の歌舞伎町封鎖事件から六年。再び迫る脅威から街を守るため、密かに立ち上がる者たちがいた。戦慄のダークヒーロー小説！〈解説〉安東能明
205838-5

ほ-17-11
歌舞伎町ダムド
誉田　哲也
今夜も新宿のどこかで、伝説的犯罪者〈ジウ〉の後継者が血まみれのダンスを踊る。殺戮のカリスマvs.新宿署刑事vs.殺し屋集団、三つ巴の死闘が始まる！
206357-0

ほ-17-12
ノワール　硝子の太陽
誉田　哲也
沖縄の活動家死亡事故を機に反米軍基地デモが全国で激化。その最中、この国を深い闇へと誘う動きを、東警部補は察知する……。〈解説〉友清　哲
206676-2

ほ-17-10
主よ、永遠の休息を
誉田　哲也
この慟哭が聞こえますか？　心をえぐられた少女と若き事件記者の出会いが、やがておぞましい過去を掘り起こす……驚愕のミステリー。〈解説〉中江有里
206233-7

ほ-17-5
ハング
誉田　哲也
捜査一課「堀田班」は殺人事件の再捜査で容疑者を逮捕。だが公判で自白強要の証言があり、班員が首を吊った姿で見つかる。そしてさらに死の連鎖が……誉田史上、最もハードな警察小説。
205693-0

ほ-17-6
月光 誉田哲也
同級生の運転するバイクに轢かれ、姉が死んだ。殺人を疑う妹の結花は同じ高校に入学し調査を始めるが、やがて残酷な真実に直面する。衝撃のR18ミステリー。
205778-4

ほ-17-13
アクセス 誉田哲也
高校生たちに襲いかかる殺人の連鎖。仮想現実を支配する「極限の悪意」を相手に、壮絶な戦いが始まる！著者のダークサイドの原点！〈解説〉大矢博子
206938-1

と-25-45
新装版 雪虫 刑事・鳴沢了 堂場瞬一
俺は刑事に生まれたんだ——鳴沢了は、湯沢での殺人と五十年前の事件の関連を確信するが、署長である父は彼を事件から遠ざける。〈解説〉宇田川拓也
206821-6

と-25-46
新装版 破弾 刑事・鳴沢了 堂場瞬一
警視庁にやってきた了は署内で冷遇を受ける女性刑事・冴と組む。心に傷を抱えた二人が今、最高のコンビとして立ち上がる。〈解説〉沢田史郎
206837-7

と-25-47
新装版 熱欲 刑事・鳴沢了 堂場瞬一
青山署の刑事として現場に戻った了。詐欺がらみの連続傷害殺人事件に対峙する了の捜査は、NYの中国人マフィアへと繋がっていく。シリーズ第三弾。
206853-7

と-25-48
新装版 孤狼 刑事・鳴沢了 堂場瞬一
行方不明の刑事と不審死した刑事。遺体の手には「鳴沢了」と書かれたメモ——最強のトリオで警察内に潜む闇に挑め。シリーズ第四弾。〈解説〉内田俊明
206872-8

と-25-49
新装版 帰郷 刑事・鳴沢了 堂場瞬一
殺人事件の被害者遺族に依頼された、父が遺した未解決事件の再調査。「捜一の鬼」と呼ばれた父を超えるため、了は再び故郷に立つ。〈解説〉加藤裕啓
206881-0

と-25-50
新装版 讐雨 刑事・鳴沢了 堂場瞬一
爆破事件に巻き込まれた了。やがて届く犯行声明。爆弾魔の要求は世間を騒がせた連続幼女誘拐犯の釈放であった。大人気シリーズ第六弾。〈解説〉内田　剛
206899-5

各書目の下段の数字はISBNコードです。978－4－12が省略してあります。

と-25-51
新装版 血烙 刑事・鳴沢了
堂場瞬一
恋人の子・勇樹が誘拐された。背後に揺れる大物マフィアの影。異国の地を駆ける了が辿り着いた事件の哀しき真相とは。シリーズ第七弾。〈解説〉安西京子
206909-1

と-25-52
新装版 被匿 刑事・鳴沢了
堂場瞬一
西八王子署管内で代議士が不審死。ろくな捜査もせず警察は事故と断じる。苛立つ了のもとに地検から秘密裏に協力の要請が。シリーズ第八弾。〈解説〉狩野大樹
206924-4

と-25-53
新装版 疑装 刑事・鳴沢了
堂場瞬一
保護した少年が失踪。やがて彼の父親がひき逃げ事件を起こしたことが判明した。少年を追う了を待つ衝撃の事実とは。シリーズ第九弾。〈解説〉倉田裕子
206934-3

と-25-54
新装版 久遠(上) 刑事・鳴沢了
堂場瞬一
ターゲットは、鳴沢了。何者かに殺人の濡れ衣を着せられた了。潔白を証明するため、一人、捜査に乗り出すのだが……。刑事として生まれた男、最後の事件。
206977-0

と-25-55
新装版 久遠(下) 刑事・鳴沢了
堂場瞬一
謎の符号「ABC」の正体を摑むも捜査は行き詰まる。闘い続けた男の危機に仲間たちが立ち上がる。全てを操る黒幕の正体とは？ 警察小説の金字塔、完結。
206978-7

や-53-15
もぐら新章 血脈
矢月秀作
新たなる「もぐら」伝説！ 人類最強を決める壮絶な闘いの末、伝説は終わりを告げた……はずだった。今、最後の地沖縄であの伝説が蘇る。文庫オリジナル。
206718-9

や-53-16
もぐら新章 波濤
矢月秀作
もぐら・影野竜司の血を引く竜星。沖縄開発の裏で暗躍する組織と、二十年ぶりに島に現れた伝説の武闘派ヤクザ――新たな戦いの中で竜星は未来を模索する！
206862-9

や-53-17
もぐら新章 青嵐
矢月秀作
コロナ禍に沈む沖縄で拳を振るうボクサー崩れの城間尚亮。渡久地巌に心酔する城間の暴走が、もぐらの血を引く竜星の怒りを爆発させる。文庫オリジナル。
207051-6